Jetta Sachs-Collignon

Luise von Weimar

Jetta Sachs-Collignon

Luise von Weimar

Historischer Roman

Stieglitz Verlag
D-75417 Mühlacker
A-8952 Irdning/Steiermark

Schutzumschlag: Volker Riedel, Knittlingen

Titelbild:
Luise von Weimar

Die Deutsche Bibliothek – CIP-Einheitsaufnahme

Jetta Sachs-Collignon:
Luise von Weimar:
Historischer Roman / Jetta Sachs-Collignon
Mühlacker; Irdning / Steiermark:
Stieglitz-Verlag, 2002
ISBN 3-7987-0364-7

ISBN 3-7987-0364-7
Alle Rechte, auch die des auszugsweisen
Nachdrucks, der fotomechanischen Wiedergabe
und der Übersetzung, vorbehalten.

© Stieglitz Verlag
D-75417 Mühlacker
A-8952 Irdning / Steiermark
2002

Druck: Karl Elser Druck GmbH, Mühlacker

Inhalt

Verlobung	8
Hochzeit	19
Station in Frankfurt	25
Ankunft	28
Aller Anfang ist schwer	33
Eine stürmische Freundschaft	38
Eheleben	43
Allen Gewalten zum Trutz…	52
Das Luisenfest	57
Von der Hoffnung genarrt	60
Endlich ein Prinz	71
Rückzug nach Wilhelmsthal	78
Pyrmont	84
Erneute Entfremdung	98
Der General Herzog von Weimar	105
Schiller	111
Ritt durch die Nacht	115
Das Fanal	119
Die Tage von Valmy	126
Eklat in Frankfurt	135
Zurück in Weimar	147
Der Wonnemonat	154
Caroline Jagemann	160
Pläne für den Erbprinzen	171

Madame de Staël 176
Gewitterwolken 179
Die Schwiegertochter 184
Die Lage wird ernst 190
Der Donner von Jena 197
Ich werde Ihren Mann vernichten! 202
Die Hasenjagd 214
Verrat und Gesinnung 222
Elternsorgen, Großelternglück 228
Mummenschanz 234
Das Verhängnis von 1812 238
Der Wind dreht sich 242
Der Kongress tanzt… 250
Belle-Alliance 256
Großherzog von Weimar 259
Es ist ein Schnitter, der heißt Tod… 266
Der himmlische Garten 269
Verzeichnis der Abbildungen 277
Bibliographie 278

Weimar:
Anfangs ist es ein Punkt,
der leise zum Kreis sich öffnet.
Aber wachsend,
umfaßt dieser am Ende die Welt.

Christian Friedrich Hebbel

Verlobung

„Ich heirate nie", sagte Luise von Hessen-Darmstadt und betonte jede Silbe. Beide Arme aufgestützt saß sie an ihrer Frisierkommode und fixierte ihr eigenes Spiegelbild. „Niemals werde ich heiraten", wiederholte sie, „niemals!"

„Wenn Sie nicht endlich stillhalten, Prinzessin", mahnte eine Stimme, „kann ich den Puder nicht aus Ihrem Haar bürsten." Das war Jette, langjährige Kammerfrau und mit der Zeit zur mütterlichen Freundin geworden. Ihr Einwand jedoch wurde nicht beachtet. Stattdessen setzte Luise unbeirrt das Selbstgespräch mit ihrem Spiegelbild fort.

„Ich weiß ja, wie es meinen Schwestern erging. Friederike wird zwar Königin von Preußen, muss ihr Eheglück aber mit der kleinen Encke, der Kneipentochter aus der Spandauer Straße, teilen. Und Wilhelmine? Sie kommt wohl einmal auf den Zarenthron, aber über den Zarewitsch hört man die seltsamsten Dinge. Jähzornig soll er sein und manchmal nicht ganz bei Trost. Und Amalie mit ihrem badischen Erbprinzen! Kaum verheiratet, durchlebt sie ein Martyrium unter der Fuchtel ihrer Schwiegermutter. Ach, welch traurige Hochzeit war das so wenige Tage nach dem Tod unserer geliebten Mutter..." Das Spiegelbild, ein blasses Oval unter hochgetürmter, pudermatter Frisur, verzog schmerzlich den kleinen Mund, und zwei große Tränen perlten aus blauen Augen.

Am 30. März 1774 war Caroline von Hessen-Darmstadt, die ‚Große Landgräfin', wie ihr Ehrentitel lautete, verstorben und unter Wehklagen begraben worden. Landgraf Ludwig IX. übergab die zwei jüngeren Prinzen ihren Erziehern, löste im Darmstädter Schloss die gesamte Hofhaltung auf und verheiratete, den Trauerflor noch am Hut, in aller Eile seine Tochter Amalie mit dem Badener Erbprinzen, um sich anschließend nach Pirmasens zurückzuziehen, wo er nach friederizianischem Muster sein Regiment drillte. Offen blieb nur, was aus Prinzessin Luise, mit ihren eben siebzehn Jahren die jüngste der Töchter, werden sollte.

„Du bleibst einfach bei mir, Luise", hatte die frischgebackene Erbprinzessin von Baden gleich nach der Trauung verkündet und die Schwester fest in die Arme geschlossen.

So war denn Luise mit ins Karlsruher Schloss eingezogen und führte dort das von der Schwester beschützte, von der Markgräfin geduldete Dasein einer jungen Verwandten von Stand.

Am Karlsruher Hof lebte man bescheiden. Zu groß war die Schuldenlast, die der Neubau des Schlosses verursacht hatte. Nun aber stand es da, inmitten einer prächtigen Parkanlage, das Hauptgebäude mit Turm stark gegliedert, wie zwei ausgestreckte Arme die seitlichen Flügel, in deren Verlängerung Orangerie und Marställe. Von hier verliefen strahlenförmig, genau symmetrisch, die Straßen der sich rasant entwickelnden Stadt.

Nur ab und zu unterbrach ein Fest, selten mit Tanz, den steifen Ablauf des geregelten Hoflebens. Wenn allerdings Gäste ins Schloss geladen waren, dann erstrahlten die hohen Räume im Licht tausender Kerzen, erschienen Damen und Herren in der spielerischen Vielfalt der Mode Louis Seize, gebauscht, geschürzt, ordengeschmückt, die Frisuren beider Geschlechter hoch getürmt und gepudert.

Solch ein festlicher Abend lag soeben hinter Luise, und froh, dem Trubel entkommen zu sein, hatte sie sich von der Kammerfrau aus Kleid und Taille helfen lassen, Halsschmuck und Ohrgehänge achtlos beiseite gelegt. So war sie ihrem Antlitz im Spiegel begegnet und hatte ihm, abgestoßen vom eitlen Treiben höfischer Geselligkeit Verzicht und Abkehr zugeschworen.

„Natürlich werden Sie heiraten, Prinzessin", nahm Jette munter den Faden wieder auf, „Sie wissen ganz genau, dass Ihre selige Mutter bereits mit dem Hof von Weimar verhandelt hat. Eine eheliche Verbindung mit dem Haus Sachsen-Weimar war sozusagen ihr letzter Wille, den Sie achten sollten…"

„Ach was", wischte Luise mit Ungeduld das vorgebrachte Ansinnen beiseite, „ebenso ist die Mama um einen Platz im Stift von Quedlinburg für mich nachgekommen, dem die Schwester des Preußenkönigs als Äbtissin vorsteht." Und plötzlich nachdenklich geworden wandte sie sich wieder ihrem Spiegelbild zu. „Dort im Schatten der Stiftskirche mit Blick auf graublaue Schiefertürme und die winkligen Gassen der Stadt… dort könnte ich vielleicht glücklich werden…"

„Aber liebes Kind…", Jette erlaubte sich gelegentlich diese Anrede, „woher die Trübsal? Man wird einen braven Mann für Sie finden, und Sie werden Kinder haben… dem Weimeraner Carl August sagt man viel Gutes nach. Ein wenig jung ist er noch, unausgegoren, aber von hellem Verstand und schönem Äußeren…

„Ich will keinen Mann!" fuhr die Prinzessin auf, „ich taug' nicht für die Ehe!" Trotz und Trauer mischten sich im jungen Gesicht, das sich zwischen rankendem Schnitzwerk spiegelte. Da Jette ihre Arbeit beendet hatte, glänzte das offene Haar nun goldblond und legte sich in natürlichem Fall um die schmalen Schultern. In Luises Augen stand Entsetzen, und um die Lippen zuckte es bedenklich. Ein Mann? Und Kinder? Was hatten die Schwestern doch geseufzt und geflüstert? Und hatte Amalie nicht Tränen in den Augen gehabt am Morgen nach der Hochzeit? Was mussten sie gelitten haben! Nein, so weit wollte Luise sich niemals demütigen lassen, niemals. Unwillkürlich hatte sie den letzten Gedanken wohl in Worte gefasst. So kam denn Jettes Antwort mit einem gutmütigen Lachen.

„Was das betrifft, Prinzessin, so gewöhnt man sich daran und will es alsbald nicht mehr missen."

„Aber Jette", entfuhr es Luise, „du warst nie verheiratet!"

Das Lachen der Untergebenen wurde zu einem wehmütigen Lächeln.

„Es ist nicht immer die Ehe, die einen die Liebe lehrt, das Herz geht oftmals eigene Wege, wohl auch mal in die Irre..." Ein Seufzer unterbrach den Satz. Jette legte die Bürste fort und wechselte den Ton. „Nun aber genug! Sie müssen müde sein nach Redoute und festlichem Empfang." Sie half ihrem Schützling in Hemd und Haube für die Nacht, und Luise ließ sich zu Bett bringen wie ein Kind.

„Gute Nacht, Prinzessin."

„Jette... du meinst also, ich sollte..."

„Schscht... jetzt nicht mehr, Prinzessin, es ist schon spät." Jette nahm den Leuchter und verließ leise das Zimmer.

Luise aber lag lange noch im Dunkeln und dachte darüber nach, was die Liebe doch für ein Ding sei. Vielleicht bescherte sie einem ja doch so etwas wie Glück? Heute würde sie es nicht mehr erfahren. Der Schlaf nahm sie mit ins Reich der Träume.

Tatsächlich hatten heiratspolitische Verhandlungen zwischen Darmstadt und Weimar stattgefunden. Anlässlich eines Treffens in Erfurt waren sich die beiden Damen, Caroline Landgräfin von Hessen-Darmstadt und Anna Amalia Herzogin von Sachsen-Weimar, so gut wie einig geworden, ihre Kinder einander zu vermählen. Einzig der Tod der Landgräfin hatte das Vorhaben stocken lassen. Herzogin Anna Amalia aber war der Plan nicht mehr aus dem Kopf gegangen, und je länger sie darüber nachdachte, desto vorteilhafter erschien ihr ein Ehebund zwischen ihrem Sohn, dem Erbprinzen von Weimar, und Luise, der gewissermaßen übrig gebliebenen Tochter des Landgrafen Ludwig IX.

„Du wirst sehen", so nahm sie sich ihren Sohn Carl August vor, „sie wird dir gefallen, die Prinzess Luise! Ein wenig scheu mag sie sein, aber guten Herzens, so hat man mir versichert, dazu freundlich und belesen..."

„Warum soll ich jetzt schon ans Heiraten denken", begehrte Carl August aber auf, „glauben Sie mir, liebste Mutter, das hat noch lange Zeit. Ich wurde soeben erst siebzehn!"

„Die Prinzess ist im gleichen Alter, und man sagt, Jugend zu Jugend passt leichter sich an", argumentierte Anna Amalia beharrlich und erinnerte den Sohn unmissverständlich daran, dass die Last des Erbes bereits auf seinen Schultern lag, „in Jahresfrist wirst du mündig und übernimmst aus meiner Hand die Regierung des Landes. Zu einem Herzog aber, so erwartet es deine Landeskinder, gehört auch eine Herzogin."

Schon wurde der Widerstand des Prinzen schwächer. Immerhin war auch er in der Tradition früher und einzig aus dynastischen Gründen geschlossener Ehen erzogen.

„Nun gut, meine kluge, allwissende Mutter, wenn Sie es denn so wünschen…" Ein wenig Spott zwischen Mutter und Sohn war nur der Ausdruck ihrer Liebe zueinander.

„Bist halt doch ein braver Junge", ging Anna Amalia auf seinen Ton ein, um dann nüchtern zu planen: „Im Dezember schicke ich euch, dich und deinen Bruder Constantin auf Kavalierstour nach Frankreich. Euer Weg führt über Karlsruhe, wo Luise seit dem Tod der Landgräfin lebt. Ich werde deinen Besuch sogleich dem Markgrafen melden."

Kavalierstour nach Frankreich! Paris! Reisen in die ferne, weite Welt! Damit hatte die Herzogin nicht nur seine Begeisterung geweckt, sondern den Sohn augenblicklich für ihre Wünsche gewonnen.

„Zu Euren alleruntertänigsten Diensten, herzogliche Gnaden", lachte er ausgelassen und warf seiner Mutter übermütig beide Arme um den Hals.

Am badischen Hof ging es nicht viel anders zu als an vielen Höfen jener Zeit. Die Herren frönten der Jagd, die Damen saßen über ihren Stickrahmen, die Abende gehörten meist dem gemeinsamen Kartenspiel, ein Leben, das Luise nicht sehr behagte. So hielt sie sich so weit wie möglich vom seichten Genuss dieser Gewohnheiten fern und suchte ungestört ihren Träumereien nachzugehen. Gern nahm sie ein Buch zur Hand und las still für sich Klopstocks Oden, die ‚Emilia Galotti' von Lessing oder ergötzte sich an frühen Versen von Goethe. *Bedecke deinen Himmel, Zeus...* Ach, Goethe! Wie gern hatte ihre Mutter den jungen Dichter im Schloss zu Darmstadt gesehen, wenn er, von Frankfurt kommend, manchmal zu Pferd, manchmal zu Fuß sogar, mit seinem Freund Merck daselbst seine Aufwartung machte. Ach, Goethe! Wie war er stets fröhlich, immer gut gelaunt und hatte für Luise, die fast noch ein Kind war, oftmals ein zärtliches Wort auf den Lippen. ‚Mein Engel' nannte er sie ohne Scheu vor Rang und Stand und ohne zu ahnen, welch Echo er damit im Gemüt der jungen Prinzess hervorrief. Jahre war es her, so schien es Luise, seit eine unbeschwerte Jugend durch den Tod der Mutter ihr Ende gefunden hatte. In Wahrheit waren es erst Monate, die Luise unter den Fittichen des Markgrafenpaares, als Onkel und Tante ihr nahe verwandt, und ihrer Schwester, der Erbprinzessin, zubrachte. Woran lag es nur, dass sie sich am badischen Hof wie eine Gefangene vorkam und der einsetzende Winter nicht nur draußen das Land, sondern auch ihr Herz mit eisigem Frost zu umklammern schien? Luise wusste es nicht. Seufzend griff sie wieder nach ihrem Buch, als Schritte sich hörbar näherten und die Tür zu ihrem Zimmer aufgerissen wurde.

„Er kommt, Luise! Denk dir nur, er kommt!" Amalie stand in der Tür, und der rosige Schimmer auf ihren Wangen deutete die Ankündigung als gute Nachricht.

„Wer kommt?" fragte Luise und erwies sich als völlig ahnungslos.

„Nun, der Weimarer Herzog, wer sonst? Er wollte uns auf seinem Weg nach Frankreich doch besuchen, und wenn ich's richtig deute, gilt sein Besuch einzig dir, Schwesterchen." Amalie war an den Kleiderkasten getreten und unterzog ein halb Dutzend Roben einer kritischen Prüfung. „Hier, nimm dies", entschied sie, „es steht dir gut zu Gesicht. Läute nach Jette und lass dich umkleiden. Beeil dich! Der Vorreiter hat die Ankunft der Kutsche bereits gemeldet."

Eine halbe Stunde später stand Luise, angetan in Creme und Rosé, inmitten des gesamten Hofes in der Schlosshalle bereit, den Erbprinzen von Sachsen-Weimar zu empfangen. Es war der 19. Dezember 1774, und tiefer Schnee lag auf den Straßen. Der Nachmittag dunkelte rasch in einen frühen Abend hinein, als man von fern schon Fluch und Peitschenknall des Kutschers hörte. Man hatte wohl versäumt, den Wagen rechtzeitig auf Kufen zu heben, und so hatten die Pferde Mühe, ihn jetzt durch den Schnee zu ziehen. Doch endlich hielt die weimarisch-herzogliche Kutsche vor dem Karlsruher Schloss, und Diener mit Lampen und Fackeln machten sich daran, den Reisenden den Schlag zu öffnen und den Tritt herabzulassen. Aber nur ein einzelner älterer Herr entstieg dem Wagen und stellte sich den Wartenden als Johann Eustachius Graf Görtz von Schlitz, Erzieher und Reisemarschall der Prinzen von Weimar vor. Von Fragen nach dem Verbleib des Prinzen bestürmt, bedurfte es keiner Antwort, denn eben galoppierten drei Reiter auf dampfenden Pferden die Auffahrt herauf. Einer von ihnen schwang sich aus dem Sattel und betrat, Hut und Cape schneebedeckt, mit großen Schritten die Halle.

„Mille fois pardon, lieber Görtz, wir hatten einen Aufenthalt", entschuldigte er sich bei dem Grafen, um sich dann den Gastgebern zuzuwenden. „Ich bin Carl August!" Und auf den zweiten Reiter verweisend, der nach ihm hereingestürmt kam: „Das ist mein Bruder Constantin!" Dem dritten der Reiter, der bescheiden hinter ihm eingetreten war, legte er lässig den Arm um die Schulter: „Und das ist mein Freund Knebel, ebenfalls unablässig um meine Erziehung bemüht!" Sein Lachen klang voller Übermut.

Der markgräfliche Haushofmeister versuchte, da sich der Gast so ganz und gar nicht nach der Vorschrift präsentiert hatte, den Schaden wieder gutzumachen: „Seine Hoheit, der Erbprinz von Sachsen-Weimar..."

„Lassen Sie nur", winkte Markgraf Karl Friedrich gutmütig ab, „unser Herr Neffe scheint nicht sehr für Förmlichkeiten eingenommen!" Damit streckte er Carl August beide Hände entgegen. Dass er seinen Gast als Neffen bezeichnete, war ein Akt der Höflichkeit, und so vollzog sich auch die Begrüßung durch die Markgräfin und deren Söhne in familiärer Herzlichkeit.

„Willkommen, lieber Junge, auf Schloss Karlsruhe."

Luise fand reichlich Zeit, den Prinzen zu betrachten, bevor es an ihr war, ihm die Hand zu reichen. Mein Gott, ist er jung, war ihr erster Gedanke. Tatsächlich zeigte das runde Gesicht noch ganz das Aussehen eines Knaben. Keinerlei markante Züge, keinerlei Runen des Lebens hatten sich darin eingegraben. Es war nicht eigentlich ein hübsches Gesicht, aber die Jugend ließ es frisch und angenehm erscheinen. Seine Augen verrieten Intelligenz, zeigten im Wechsel gleichermaßen Unschuld wie Mutwillen. Er war gekleidet, wie es eine lange Reise verlangt: Stiefel, Wams und Lodencape. Als Carl August von Weimar endlich auch Luise seine Reverenz erwies, musste sie sich eingestehen, dass er ihr gut gefiel.

Den Herren wurde nach langer Fahrt und anstrengendem Ritt eine Pause gegönnt, sich zu restaurieren, und so erschien der Prinz zur festlichen Abendtafel nicht mehr im lodenen Reiseanzug, sondern im lichtblauen Schoßrock mit gelber Weste, und unter einer kurz gelockten Zopfperücke sah er fast noch jünger aus als zuvor. Auch die Fürstlichkeiten hatten große Garderobe angelegt, so bot denn die Gesellschaft in allen möglichen pastellfarbenen Schattierungen ein Bild, wie es das Rokoko prächtiger nicht bieten konnte.

Nicht ganz absichtslos hatte man den Prinzen neben Luise platziert, und während der Markgraf noch einmal ein paar Begrüßungsworte sagte, zerbrach sie sich den Kopf, wie das Gespräch mit dem Weimeraner zu beginnen sei. Er wird nur Jagd und Pferde im Kopf haben, dachte Luise, allenfalls vom Lorbeer des Krieges schwärmen. Andere Themen hatte sie unter Männern jedenfalls niemals gehört. Noch hielt Luise ratlos den Blick auf ein Stück Hasenpastete gesenkt, als Carl August das Gespräch eröffnete

„Ich habe in Frankfurt den Goethe getroffen", sagte er, „wir sprachen lange miteinander über Politik, Literatur, über den Umbruch der Zeiten... und über seinen Werther..."

Luise blieb fast der Mund offen stehen.

„Goethe..." hauchte sie unbeholfen, „ich kenne ihn..."

„Ich weiß", bestätigte Carl August lebhaft, „Goethe sprach mit Wärme und Wehmut von der Landgräfin, ihrer Kunstliebe, ihrer geistigen Offenheit. Er beschrieb Darmstadt wie eine zweite Heimat, die er schmerzlich vermisst."

Luise kämpfte plötzlich mit den Tränen. Wie falsch hatte sie den Prinzen eingeschätzt. Sie wollte etwas Zustimmendes sagen, aber der Prinz sprach weiter.

„Vielleicht könnte ich ihm eines Tages eine solche Heimat ersetzen. Einen Mann wie Goethe hätte ich gern in Weimar."

Der Abend nahm weiter seinen Verlauf, ein wenig einsilbig auf Seiten Luises, aber gesprächig und vielseitig von Seiten Carl Augusts. Er schien ein ganzes Füllhorn neuer Gedanken, weltverbessernder Ideen vor ihr auszubreiten, während sie zutiefst beeindruckt war von diesem jungen Fürsten, der so bald schon die Herrschaft über hunderttausend Seelen übernehmen sollte. Ihr war nicht bange für diese Menschen. Er aber schrieb noch am gleichen Abend an seine Mutter über die Begegnung mit Prinzessin Luise:

In den wenigen Minuten, in denen ich den Vorzug hatte, sie zu sehen, ist sie mir als eine Prinzessin von Geist und

Charakter erschienen. Ich gebe mir alle mögliche Mühe, sie besser kennen zu lernen.

Anderntags schien die Sonne über weiß glitzernder Landschaft, Schloss und Park lagen unter friedlich blauem Himmelszelt. Was wäre da schöner als eine gesellige Schlittenfahrt hinter munter ausgreifenden Gespannen? Und so wurde es auch beschlossen. Man bestieg zu zweit und zu viert je ein Gefährt, warm in Pelze verpackt, und los ging's mit Schellengeläut. Im letzten der Schlitten saß Luise neben Carl August, der selbst die Zügel führte. Eine ganze Weile sagten beide nichts, schienen nur auf das Gleiten der schmalen Kufen im Schnee zu lauschen.

„Luise", begann Carl August mitten in das Schweigen hinein, und seine Stimme klang belegt, „Luise, du weißt, dass wir füreinander bestimmt sind?" Seine Frage war nicht eigentlich eine Frage, eher eine Feststellung. Auch benutzte er jetzt das vertrauliche ‚Du', das Luise nur unter Geschwistern kannte. Dadurch irritiert, fand sie nicht gleich die rechte Antwort. So war er es, der weitersprach. „Ich weiß nicht, ob du mir rechte Liebe entgegenbringen kannst..." Oh, ich kann es, wollte Luise rufen, ich kann es von ganzem Herzen! Aber kein Laut kam über ihre Lippen. „Es ist wohl eher Gehorsam, den man von uns erwartet", fuhr Carl August fort, „aber was mich betrifft..." Seine Hand, die nicht die Zügel führte, schob sich zu Luise hinüber, und sie spürte durch den Handschuh hindurch die Wärme seiner Finger „...ich könnte dich sehr liebhaben, Luise, das weiß ich schon jetzt. Du bist die Frau, die ich mir an meiner Seite gewünscht habe. Meine Hochachtung, mein ganzer Respekt werden immer nur dir gehören. Nimm dies als ein Versprechen, was auch immer geschehen mag. Den Rest mag Gott leiten zu unser beider Glück..." Damit beugte er sich rasch zu ihr, und sie fühlte seinen flüchtig brüderlichen Kuss auf ihrer Wange.

Noch hatte sie nicht gesprochen und wusste doch, dass dies ein Verlöbnis war, wenn auch nach den Regeln fürstlicher Heiratspolitik zwischen Kleinstaaten eines zerrissenen Römischen Reiches Deutscher Nation. Irgendwie aber war das Luise nicht genug. Einem Mann für das ganze Leben verbunden zu sein, musste mehr bedeuten. Dazu jedenfalls war sie entschlossen, so überwand sie alle Scheu und wandte ihm ihr Gesicht zu.

„Auch ich will dich lieben, Carl August, von ganzem Herzen will ich das." Luise schloss die Augen, ihr Mund wartete auf seinen Kuss. Aber er wartete vergebens. Carl August küsste sie nicht noch einmal, stattdessen hörte sie ihn fröhlich lachen.

„Dann also sind wir verlobt, Luise! Lass es uns gleich den anderen sagen!" Er schnalzte mit der Zunge und schwang die Peitsche, als habe er es mit einem Mal ungeheuer eilig.

Diesmal geht ein Brief nach Weimar ab, der schon ganz anders klingt. Fast triumphierend teilt Carl August der Mutter mit:

Ich habe mich mit meiner Luise gefunden! Sie ist ganz und gar so, wie ich sie mir nur wünschen kann! Und mehr als zufrieden fährt er fort: *Sie ist nicht schön, aber wenn man sie liebt und sie fühlen läßt, daß man sie liebt, ist sie unendlich liebenswürdig. Sie besitzt große kornblumenblaue Augen, ihr Blick ist nachdenklich. Nase und Mund sind klein, jeder Zug ihres Gesichts ist wohlgebildet. Ihr Herz scheint nobel, frei und stark; sie gibt sich sehr einfach, wenn man sich mit ihr unterhält.*

Hochzeit

Sechs Monate dauerte die Kavalierstour der Weimarer Prinzen durch Frankreich. Während Carl August nach Versailles eingeladen wird und dem ‚Grand Lever' König Ludwig XVI. beiwohnt, hört Luise kein Wort von ihm.

„Ob er wohl noch an mich denkt?" seufzt sie, und ihre einzige Zuhörerin ist wieder Jette. „Er wird mich doch nicht vergessen haben, jetzt, wo wir verlobt sind?"

„Beruhigen Sie sich, Prinzessin, es wird ihm spätestens vor dem Altar wieder einfallen."

„Ach, Jette, du weißt ja nicht, wie es ist, einem Menschen anzugehören! Ich sehne mich jetzt schon nach ihm…"

„Sieh an, sieh an", spottete Jette liebevoll, „vor Wochen noch hätt' ich nicht gedacht, mein kleines Mädchen je so sprechen zu hören."

„Wenn ich nur wüsste, ob es wirklich zur Hochzeit kommt", bangte Luise, „vielleicht war ja alles nur ein Traum…"

Nein, ein Traum war es nicht. Seit Carl August im Dezember 1774 sein Einverständnis zur Eheschließung mit der Darmstädter Prinzessin bekannt gegeben hatte, wurden im Hintergrund fleißig alle Fäden gesponnen, die zur Planung dieses offiziellen Bundes und zur Durchführung der Hochzeitsfeierlichkeiten notwendig waren. Carl von Dalberg, Domherr und Statthalter von Erfurt, war der Herzogin Anna Amalia als solcher nicht nur gut nachbarlich, sondern vor allem freundschaftlich attachiert und machte sich in deren Namen zum ‚Hochzeitsbitter'. Er nahm Verbindung mit dem Vater der Braut auf, um mit ihm den Ehekontrakt seiner Tochter auszuhandeln. Landgraf Ludwig IX. aber war vollauf damit beschäftigt, zu Pirmasens seine Soldaten zu exerzieren, und wollte, wie schon zuvor, mit der Heiraterei seiner Töchter nichts zu tun haben. Er legte alle diesbezüglichen Verhandlungen in die Hände seines Ministers Moser. Dieser handelte Punkt für Punkt den Ehekontrakt aus: 20 000 Gulden Mitgift brachte die Braut. Das war nicht eben üppig, aber aus mütterlichem Vermögen kamen noch 2527 Taler jährlich hinzu. Weimar hingegen hatte eine Leibrente von 5000 Talern zu garantieren sowie ein ‚Hand- und Spielgeld' von 6000 Talern. Soweit waren sich Dalberg und Moser rasch einig geworden. Zum Dritten im Bunde gewannen die beiden dann den badischen Markgrafen, der sich bereit erklärte, der Schwester seiner Schwiegertochter die Hochzeit in Karlsruhe auszurichten. So blieb nur noch die Frage nach dem Termin. Dazu befragte man Anna Amalia.

„Mein Sohn wird am 3. September mündig und damit zum regierenden Herzog von Weimar. Danach mag er heiraten, wann immer es ihm beliebt", sagte sie vage und ließ den Tag für die Hochzeit offen.

Luise war der Winter viel zu langsam dahingeschmolzen und in einen strahlenden Frühling übergegangen. Noch haderte sie mit der Ungewissheit ihrer Zukunft und ihren eigenen Gefühlen, da kündigte Carl August, von Frankreich heimkommend, für den 22. Mai erneut seinen Besuch an. Diesmal stürmte er nicht ungestüm in die Halle, sondern kam festen Schritts herein, zog seinen Hut und blickte abwartend in die Runde. Luise war es, die statt seiner ungeduldig ihre Freude nicht verbergen konnte.

„Carl August!" rief sie und hielt ihm, ganz züchtige Braut, die Wange zum Kuss entgegen. Doch Carl August streifte ihre Wange nur mit zwei Fingern und blickte ihr prüfend ins Gesicht.

„Du bist schöner geworden, Luise", sagte er, „weit schöner, als ich dich in Erinnerung hatte." Und dann beugte er sich zu ihr und küsste sie vor aller Augen auf den Mund. Warm und weich lagen seine Lippen auf den ihren und schienen sie nicht mehr loslassen zu wollen, während Luise glaubte, in den Boden sinken zu müssen.

„Sachte, sachte, lieber Neffe", erreichte die Stimme des Markgrafen endlich das Paar, „zügel noch ein wenig dein Recht als Bräutigam!" Er lachte gönnerhaft, und der halbe Hof stimmte in das Lachen mit ein. Der Prinz ließ von seiner Braut ab und widmete sich der Begrüßung von Hof und Familie.

Er hat sich verändert, dachte Luise noch halb und halb beschämt, er ist ein anderer geworden. Fast meinte sie, der Prinz sei noch gut um einen Zoll gewachsen, sei breiter in den Schultern geworden, und die Züge seines Gesichts hätten sich gestrafft. Was ist nur mit ihm geschehen, grübelte sie, ohne zu ahnen, was ein paar Monate Paris aus einem nun bald Achtzehnjährigen machen konnten. Was auch immer es sein mochte, er gefiel ihr, dieser neue Bräutigam, der so bald ihr Ehemann sein sollte. Ja, er gefiel ihr sehr, und seinetwegen wollte sie auch das notwendige Maß an jenen geheimnisvollen ehelichen Vorgängen ertragen, die die Natur wohl vorschrieb, ihren Schwestern aber nach der Hochzeitsnacht Seufzer und Tränen gekostet hatten.

Carl August blieb diesmal mehrere Wochen in Karlsruhe, aber man ließ dem Paar nicht eine Minute für sich allein. Wohl tanzten sie zusammen, konnten dabei ein paar Worte wechseln oder wandelten zu zweit zwischen kunstvollen Rabatten im Park, aber in einigem Abstand folgten ihnen Damen und Herren des Hofes.

„Wann, Carl August, wann?" nahm Luise einen günstigen Augenblick wahr.

„Du meinst unsere Hochzeit?" Ein ärgerlicher Schatten huschte über das Gesicht des Prinzen. „Noch hat meine Mutter, die Herzogin, zu bestimmen. Aber nicht mehr lange…"

„Wenn es so weit ist, Carl August", flüsterte Luise und bückte sich nach einer eben erblühten Narzisse, „wenn wir nach Gottes Wort einander verbunden sind, will ich dir eine gute Frau sein und deinem Land eine gute Herzogin!"

So wie sie es sagte, klang es einfach und schlicht. Carl August konnte sich einer Welle heftiger Rührung nicht erwehren.

„Das wirst du, Luise, du wirst meinem Land die beste Herzogin sein, die allerbeste..." Der beobachtenden Blicke wegen, die sie entrüstet wie belustigt streiften, küsste er sie diesmal nicht, sondern drückte nur innig ihre Hand. An diesem Tag aber schrieb der Erbprinz von Weimar in einem dritten Brief an seine Mutter:

Sie ist eine Seele, meine Luise, jedermann lobt ihren Charakter. Sie wird mir helfen, meine Untertanen glücklich zu machen.

Noch einmal wechselte die Jahreszeit, erlosch die bunte Pracht des Parks, ehe am 3. Oktober in der Schlosskirche von Karlsruhe die Hochzeitsglocken läuteten. Landgraf Ludwig IX. war nicht erschienen, seine Tochter nach altem Brauch zum Altar zu führen, so übernahm denn Karl Friedrich von Baden diese Ehrenpflicht. Vom eigenen Vater in dieser Weise gedemütigt zu werden, hob nicht gerade Luises Stimmung. Ohnehin nahe am Wasser gebaut, glitzerten schon wieder zwei Tränen an ihren Wimpern.

„Kopf hoch, liebes Kind", tröstete der Markgraf und drückte Luises Arm. „Schau nur, wie prächtig dein kleiner Herzog aussieht!"

„Ach", seufzte Luise, „ich danke Gott, wenn dies alles vorüber ist."

Prächtig sah Carl August, nunmehr regierender Herzog von Sachsen-Weimar, wirklich aus im weißseidenen Hochzeitsfrack mit Lockenperücke nach letzter französischer Mode. Seine freundlich braunen Augen blickten der Braut aufmunternd entgegen.

„Luise..." flüsterte er zärtlich und nahm ihre Hand aus der des stellvertretenden Brautvaters.

Luise, ebenfalls in schneeigem Weiß, war weit einfacher gekleidet, aber trug herrliche Perlen, ein Geschenk der russischen Zarin an die verstorbene Landgräfin.

Wortlos ließ sie Zeremonie und kirchlichen Segen über sich ergehen, horchte auf Orgelklang und Lobgesang, und endlich, als sie glaubte, sich kaum mehr auf den Beinen halten zu können, verließ sie am stützenden Arm ihres Mannes die Kirche nunmehr als Herzogin von Weimar.

Die folgenden Festlichkeiten fielen, dem Anlass nicht gemäß, bescheiden aus. Es wurde zwar gut getafelt und fröhlich getanzt, aber schon sehr bald begleitete man die Braut in drei ineinandergehende Räume, die der Markgraf im Seitenflügel des Schlosses hatte herrichten lassen. Amalie ging der Schwester an Mutter statt voran, hinter ihnen das Wispern und Kichern der Hofleute. Eine Tür öffnete sich und eine zweite, hinter der zu Luises Entsetzen ein riesiges Pfostenbett mit gerafftem Seidenhimmel zu sehen war.

„So, Schwesterchen", begann die Erbprinzessin mit peinlicher Feierlichkeit, „hier überlasse ich es nun Jette, dir behilflich zu sein." Damit hob sie das bereitgelegte Brauthemd an und zeigte es in die Runde. „Venezianische Spitze, noch von unserer Großmutter her. Mir diente es auch schon, aber es hat sich nicht bewährt." Alles lachte. Jedermann wusste, dass in der Ehe der Erbprinzessin sich noch keinerlei Anzeichen für Nachkommenschaft zeigten. „Lass dich hübsch machen", wandte sie sich wieder der Schwester zu, „aber lass dir nur Zeit, die Herren trinken noch ein letztes Glas miteinander, und das kann dauern." Amalie küsste Luise auf die Stirn. „Gott mit dir, Schwester", sagte sie mit einem Mal ernst geworden. Dann verließ sie das Zimmer und schloss die Tür hinter Schwatz und Gewisper. Plötzlich schien es sehr still in der Brautkammer.

„Darf ich der Frau Herzogin aus dem Kleid helfen?" begann Jette in die Stille hinein, „ich meine, wenn Euer Hoheit erlauben…"

„Ich bitt' dich, Jette, lass das!" flehte Luise und fühlte schon wieder Tränen aufsteigen, „ich bin doch wie vorher ganz einfach… dein liebes Kind!" Und da die Tränen nun reichlich flossen, schloss Jette ihre Arme um Luise und drückte sie fest an ihren mächtigen Busen.

„Natürlich, Kind, nur ruhig, mein Kind, Sie müssen sich nicht fürchten..."

Endlich war das Haar gebürstet, ein wenig Lavendel hinters Ohr getupft, und venezianische Spitze kräuselte sich zart um Luises Hals. Und dann stand Carl August in der offenen Tür, einen blakenden Leuchter in der Hand.

Die Nacht sollte den Liebesbund festigen und vertiefen, den die Herzen längst miteinander geschlossen hatten. Stattdessen brachte sie nichts als Missverständnis und Enttäuschung. Während Luise geschlossenen Auges wieder einmal dachte: Ich danke Gott, wenn dies vorüber ist, setzte Carl August seinen Ehrgeiz darein, die ganze Palette der Liebeskunst vorzuführen, so wie er sie in Paris gelernt hatte. Einfühlungsvermögen und rücksichtsvolle Geduld gehörten allerdings nicht dazu. Als endlich ein neuer Tag sich kraftlos am Himmel erhob, fand er zwei ratlose Kinder, deren Bund einen ersten tiefen Riss aufzeigte.

Station in Frankfurt

Endlich war der Trousseau der Herzogin Luise auf zwei Packwagen verladen, Aussteuer wie Hochzeitsgeschenke, darunter ein vollständiges Silbergeschirr reinsten Rokokostils, sowie 15 Ellen rosa-brochierter Atlas aus Marseille, die Elle zu 25 Taler, dito schwerer Atlas zu 36 Taler die Elle und weitere reich bestickte Stoffe, zudem zwei Ballen grüner Samt.

In anderen Wagen sollte Luises persönliche Begleitung Platz nehmen, darunter zwei aus dem Hofstaat ihrer Schwester übernommene Damen, ein Fräulein von Waldner und ein Fräulein von Wöllwarth, und selbstverständlich Jette. Graf Görtz von Schlitz war wieder mit von der Partie, ausersehen, im künftigen Hofstaat der Herzogin den Posten des Oberhofmeisters einzunehmen. Carl August drängte zum Aufbruch, denn er war begierig, seine Pflichten als Landesherr daheim in Weimar wahrzunehmen. Abschied war schnell genommen, er schmerzte nur zwischen den Schwestern.

„Gott schütze dich, Luise", sagte die Erbprinzessin von Baden, und die weimarische Herzogin wischte sich eine Träne aus dem Auge.

„Behalt mich lieb, Amalie, so wie ich dich!" Damit bestieg sie die geräumige Berline mit dem herzoglichen Wappen am Schlag, und los ging die Reise. Luise schob sacht ihre Hand in die ihres Mannes, aber der schien es gar nicht zu bemerken. Eine ganze Weile waren sie so gefahren, als Carl August aus seinen Gedanken auffuhr.

„Den Goethe hätt' ich gern wiedergesehen", sagte er.

„Den Goethe?" suchte Luise sich anzuschließen, „oh, den würd' auch ich gern einmal wiedersehen, sehr gern sogar."

„So lass uns in Frankfurt Aufenthalt nehmen", machte Carl August gleich Nägel mit Köpfen.

Man traf dann am 12. Oktober in der Freien Reichsstadt ein, nahm Quartier im ‚Römischen Kaiser' und schickte nach dem sechsundzwanzigjährigen Doktor der

Jurisprudenz in den Großen Hirschgraben. Goethe kam. Ganz ‚junger Werther' war er gekleidet wie jener, blauer Frack mit gelber Weste, Stulpenstiefel, das eigene Haar nach hinten in ein Band geknüpft, statt Jabot oder Kragenbinde nur ein Tuch lose um den Hals geschlungen.

„Hoheit", begrüßte er Carl August mit angemessener Reverenz und wandte sich dann Luise zu. Er fand sie, müde von der Reise, auf einer Ottomane ruhend, erste Schatten schwindenden Tageslichts über Stirn und Wangen, aber die Augen leuchtend auf ihn gerichtet, auf den Lippen ein Lächeln herzlichen Willkommens. Bei ihrem Anblick überfielen Goethe gleichermaßen übermächtig Erinnerungen an unbeschwerte Tage im Darmstädter Schloss. Das Kind mit den großen blauen Augen, das er geneckt und liebkost, wie man es mit Kindern tut, und dann der schmerzliche Augenblick, als er erkannte, sein kleiner Engel war erwachsen geworden, und damit war eine Hürde errichtet, die sie unerreichbar für ihn machte. Die Landgräfin war mit ihren drei Töchtern nach Frankfurt gekommen, hatte im ‚Roten Haus' übernachtet, um anderntags mit ihnen die lange Fahrt nach Russland anzutreten, wo Wilhelmine dem Zarewitsch angetraut werden sollte. Er, Goethe, war in die Zeil geeilt, den Damen eine gute Reise zu wünschen, und beim Abschied hatten ihn die blauen Augen seines kleinen Engels mit einem ganz neuen Ausdruck angesehen. Es war nicht allein der Abschied dieser Reise gewesen, es war der Abschied von der Kindheit, der Abschied von Spielerei und Unbefangenheit, der Abschied von Gefühlen, die ihm nun nicht mehr zustanden. Goethe trat einen Schritt näher.

„Mein Engel Luise…" rief er halblaut wie ganz für sich, dann erst beugte er sich tief über ihre Hand. „Durchlauchtigste Herzogin, meine Devotion…"

Carl August blickte rasch vom einen zum anderen, von seiner Frau, die er erst so wenig kannte, zum jungen Dichter, den er im Innern sich zum Freund erkoren. Da war etwas zwischen den beiden, das er nicht verstand, das ihn, den Dritten im Bunde, ausschloss. Was war es? Dass Eifersucht hier nicht vonnöten war, ja dass sie ihn der Lächerlichkeit preisgeben würde, das begriff der junge Herzog sofort. Aber was war es dann? Noch war er nicht lebenserfahren genug, um die Kraft gemeinsamer Jugenderinnerung, gemeinsamer Wehmut um Verlorenes zu erkennen. Schlagartig war das Bild der vergangenen Tage im Darmstädter Schloss vor den beiden auferstanden, die Leseabende, Konzerte, Theateraufführungen, vor allem das Lachen und die fröhliche Leichtigkeit, die das Hofleben unter der Ägide der Großen Landgräfin ausgemacht hatte. Carl August beschloss, zur Sache zu kommen. Er fasste Goethe mit einer herzlichen Gebärde am Ellenbogen und sprach von der geplanten Einladung.

„Seien Sie in Weimar mein Gast oder treten Sie in meine Dienste, ganz wie Sie wollen, lieber Goethe, aber kommen Sie!" Und da sein Blick Luise aufforderte, sich ihm anzuschließen, tat sie es mit ihren Worten:

„Ja, Goethe, auch ich hätte Sie gern an unserer Seite als unser Beistand und unser Freund."

Goethe schien geneigt, aber erbat sich Bedenkzeit. Zwar suchte er eben nach einer neuen Aufgabe in seinem Leben, hatte ihn die Juristerei enttäuscht und blutete ihm noch das Herz durch die Trennung von Lili Schönemann, andererseits wusste er auch um die verfilzten Verhältnisse in jenen mitteldeutschen Miniatur-Fürstentümern des Kaiserreichs im achtzehnten Jahrhundert. Aber Goethes Bedenkzeit fiel kurz aus. Er sagte den Hoheiten zu, ihnen nach Weimar zu folgen, zu welchem Zweck oder auf welchen Posten, das würde sich finden. Und was er dann am 13. Oktober an seine mütterliche Freundin Sophie La Roche schreibt, das klingt fast wie ein Jauchzer:

Liebe Mama! Ich gehe nach Weimar! Freut Sie das? Ich warte noch, bis das junge Paar dort eingetroffen ist, dann geht's los!

Das Fürstenhaus zu Weimar

Ankunft

Nicht ganz mühelos hatte der Wagenzug sich durch die Höhen des Thüringer Waldes gekämpft und traf am 17. Oktober, einem Dienstag, bei Nohra auf die Chaussee von Erfurt her. Ein Vorreiter hatte längst die Nachricht in die Stadt gebracht, Herzog Carl August sei im Anmarsch. Nun war es nicht mehr weit, und Luise freute sich, ihrer neuen Heimat zu begegnen. Was dann aber über sie hereinbrach, war mehr, als sie erwartet hatte.

Als Erstes kam ihnen eine Kompanie Husaren entgegen, siebzig Mann im Schmuck ihrer bunten Uniformen, gleich drauf eine Abteilung Waldhornbläser, lautstark übertönt von Pauken und Trompeten wie vielfachem Salutschuss. Am Stadttor dann strömten ihnen die Massen entgegen mit Hochrufen: ‚Vivat unserem Herzog, Gottes Segen der Herzogin!' Die Menge schien außer Rand und Band. Luise drückte sich in den Wagenfond und haschte nach Carl Augusts Hand. Noch nie war sie so nah an so viele Menschen herangekommen. Sie umringten den Wagen, machten ihr Angst.

„Sie freuen sich", beruhigte Carl August seine junge Frau, „sie sind stolz, uns zu empfangen!" Er nahm freundlich ihre Hand in die seine und wiederholte: „Sie freuen sich auf ihre Art, sie sind uns wohl gesonnen."

In den Gassen dann war kaum ein Durchkommen. Ganz Weimar, 62 000 Seelen stark, schien auf den Beinen. Carl August winkte ungezwungen nach links und rechts, Luise, das erste Mal in ihrem Leben umjubelter Mittelpunkt, tat es ihm zögernd nach.

Auf den ersten Blick war Weimar für sie eine Enttäuschung, die Straßen eng, nur hier und da gepflastert, die Häuser unansehnlich niedrig, kaum eines höher als zwei Stockwerke. Das Ganze trotz Mauer und Graben ein Mittelding zwischen Dorf und Stadt, gekrönt vom düsteren Eindruck der brandgeschwärzten Ruine des Schlosses, das im vorigen Jahr ein Raub der Flammen geworden war.

„Wir werden es wieder aufbauen", versicherte Carl August, der Luises Gesichtsausdruck richtig deutete, „du wirst sehen, wir bauen es schöner denn je zuvor! Bis dahin wohnen wir ein wenig provisorisch..."

Unterdessen war man bei eben jenem Provisorium, dem so genannten Fürstenhaus angekommen. Der Anblick des eher nüchternen viereckigen Kastens, als Verwaltungsbau errichtet, niemals als herzogliche Residenz gedacht, vermochte Luises Stimmung nicht gerade zu heben. Auch dort erwartete sie ein Menschenauflauf, eine Abordnung der Bürgerschaft sowie der Innungen. Reden wurden gehalten, Gedichte vorgetragen, und bei langsam schwindendem Tageslicht brachten Schüler des Jenaer Gymnasiums, brennende Fackeln in der Hand, noch eine Festkantate zu Gehör.

Endlich konnte das junge Paar im Saal des Fürstenhauses den wartenden Hof begrüßen, allen voran die

Herzoginmutter Anna Amalia. Da stand sie also, die Schwiegermutter, umgeben von einem Dutzend alter Schranzen, aller Augen vor Neugier geweitet. Luises erste Reaktion war ganz die von Frau zu Frau. So also sieht sie aus, fuhr es ihr durch den Kopf, aufgeputzt wie ein Papagei! Dieses Kleid! Längst trägt man doch kein ‚Grand Panier' mehr, sondern den Rock schmaler, und man zeigt Fuß und Knöchel! Weiß man in Weimar nicht, was die Mode gebietet? Luises eigenes Kleid hob sich, der Reise angepasst, durch gewisse Schlichtheit ab, weniger ein Gebot der Mode als noch das der Darmstädter Landgräfin, die zu sparen verstand. Als Mutter und Sohn sich in aller Herzlichkeit umarmten, war der zweite Impuls, den Luise zu spüren bekam, Eifersucht. Zwar konnte sie sich über Carl Augusts Achtung und Aufmerksamkeit nicht beklagen, aber hatte er sie jemals so zärtlich in den Arm genommen? Luises dritte Reaktion war Wachsamkeit, nämlich darüber, ob ihr auch ja von Beginn an der ihr gebührende Platz eingeräumt würde. Die Rolle des zurückstehenden Aschenputtels hatte sie lange genug gespielt, seit die Schwestern ihr vom Schicksal vorgezogen worden waren und sie als arme Verwandte im Karlsruher Schloss Unterschlupf suchen musste. Jetzt war sie Herzogin von Weimar und Anna Amalia nur mehr die Herzoginmutter. Wie also würde Carl August sie präsentieren?

„Ich darf mir erlauben, teuerste Mutter, Ihnen Ihre Schwiegertochter, Herzogin Luise, vorzustellen."

Luise war zufrieden. Sie würde nicht knicksen vor der Schwiegermutter, ihr nur die Hand reichen und leicht den Kopf senken. So etwa sah es die Etikette vor. Wie gründlich aber wurde ihre Absicht durchkreuzt, als Anna Amalia mit ausgebreiteten Armen auf sie zukam und sie nicht weniger zärtlich auf beide Wangen küsste.

„Mein liebes Kind, herzlich willkommen in Weimar! Du bist noch schöner, als mein Sohn in seinen Briefen geschwärmt hat. Ich will dir, liebe Luise, ebenso eine

*Anna Amalia, Herzogin von Sachsen-Weimar-Eisenach.
Die Schwiegermutter von Herzogin Luise*

Mutter sein wie ihm und dir helfen, dein schweres Amt zu tragen."

Fast hätte die spontane Herzlichkeit Luise überwältigt, aber die letzten Worte der Schwiegermutter waren erneut eine Warnung. Das Amt, wie Anna Amalia es nannte, nämlich als Herzog und Herzogin für das Wohl und Wehe ihrer Untertanen verantwortlich zu sein, war einzig Carl Augusts und ihre Sache. Sie, Luise, würde auf der Hut bleiben, sich dieses Recht nicht schmälern zu lassen. Aber einstweilen wurde ihre Aufmerksamkeit durch weitere Honneurs gefordert. Minister und Räte wollten sich präsentieren, Damen und Herren des Adels ihre Aufwartung machen. Vor allem aber sollten Luise die Mitglieder ihres eigenen Hofstaats vorgestellt werden. Den Grafen Görtz, den sie sich selbst als Oberhofmeister auserbeten, kannte sie ja schon. An Damen hatte sie die Waldner und die Wöllwarth aus Karlsruhe selbst mitgebracht, aber ihre Oberhofmeisterin zu bestimmen, hatte Anna Amalia sich vorbehalten.

„Gräfin Gianini, liebe Luise, wird künftig deinem Hofstaat vorstehen", sagte sie in sehr bestimmtem Ton und wies auf eine nicht mehr ganz junge Dame, die sich soeben anschickte, in einen Hofknicks zu versinken. Genau genommen war die Gräfin fünfundfünfzig Jahre alt, mit Barthaaren und einer hässlichen Kolbennase bedacht, wenn auch mit klugen ausdrucksvollen Augen. Zudem hatte sie stark Rouge aufgelegt, ein absolutes Muss der Damenmode, das aber Luise trotz eines blassen Teints ablehnte.

Es war aber weniger der Anblick der Gräfin als der bestimmende Ton der Herzoginmutter, der Luise in gelinder Abwehr die Hand heben ließ.

„Verschieben wir es auf morgen, liebe Schwiegermutter, die Reise hat mich sehr ermüdet. Ich wünsche mich zurückzuziehen."

Nur eine Sekunde schien Anna Amalia irritiert und suchte voller Ärger Blickkontakt mit ihrem Sohn, dann hatte sie sich wieder gefangen.

„Aber natürlich, mein Kind, du musst ganz erschöpft sein. Es war alles ein wenig viel für dich. Komm nur, ich werde dich auf deine Zimmer geleiten." Ein kurzes Kopfnicken in die Runde und die Tür schloss sich hinter den beiden hohen Herrschaften.

Zurück blieb eine aufgeputzte, schon so lang wartende, nun enttäuschte Menge. Glückwünsche blieben ungesagt, vorbereitete Reden nicht gehalten, Hymnen nicht gesungen, vor allem aber Neugier nicht befriedigt. Ob Luise in diesem Augenblick einen Sieg errungen, wie sie vielleicht glaubte, oder im Grunde eher einen Punktverlust erlitt, das bleibt schwer zu sagen.

Aller Anfang ist schwer

Weimar liebte die Geselligkeit nicht weniger, als sie an anderen Höfen üblich war: üppige Banketts, Tanzbälle, Maskeraden, Umzüge, Bühnenstück und Feuerwerk, wenn auch streng getrennt nach Zugehörigkeit zu Adelskreisen oder unter Teilnahme allen Volkes innerhalb und außerhalb der Stadt. Die Inthronisierung des jungen Herzogspaares nun, so hoffte man, würde Anlass geben zu einer ganzen Kette verschiedenster solcher Festlichkeiten.

Luise wusste genau, dass sie sich derlei Veranstaltungen zu stellen hatte, ja ihrem Rang entsprechend ihnen sogar vorstehen musste. Gesellschaftlichen Umgang war sie von Darmstadt wie von Karlsruhe her gewohnt, aber war sie bisher nur Randfigur gewesen, so musste sie jetzt Mittelpunkt sein, und wie schlecht passte dazu ihre ureigenste Wesensart, die Schüchternheit. Schon unverzeihlich lange hatte sie sich, allerlei Leiden vorschützend, in ihren Räumen verschanzt.

„Ach, Jette, all diese Menschen! Sie sind mir doch so fremd..." klagte sie und hätte am liebsten auch in den folgenden Tagen die Beletage des Fürstenhauses nicht verlassen.

„Sie müssen auf diese Menschen zugehen", riet Jette und legte für alle Fälle ein blassblaues Festkleid zurecht, „nur so können Sie sie kennen lernen. Und auch die Menschen können Sie nur kennen lernen, wenn Sie sich ihnen zeigen."

„Ach, Jette", seufzte Luise wieder, die sich den Beginn ihres neuen Daseins so ganz anders vorgestellt hatte. Seite an Seite mit Carl August, so hatte sie geglaubt, gar ein wenig in seinem Schatten, wäre es ihr so viel leichter geworden, dem unbekannten Umfeld entgegenzutreten. Aber Carl August war nicht an ihrer Seite. Er teilte nicht einmal die Beletage mit ihr, sondern hatte sich im Stockwerk darüber einquartiert, von einem separaten Eingang zu erreichen.

„Wo bleibt der Herzog nur?" beschwerte Luise sich weiter. Ich hab' ihn seit der Ankunft nicht mehr zu Gesicht bekommen."

Nicht mehr Jette allein bot Luises mürrischem Klagen ein Echo, sondern auch das Fräulein von Wöllwarth suchte vorsorglich zu beschwichtigen.

„Seine Durchlaucht ist sicher sehr beschäftigt. Die Regierungsgeschäfte... alles lastet jetzt allein auf seinen Schultern..."

„Regierungsgeschäfte?" unterbrach das Fräulein von Waldner in höhnischem Ton, „I wo, zur Jagd ist er! Jeden Morgen mit Trari-Trara auf Sau und Hirsch, seine Lieblingshunde, diese beiden fletschenden Ungeheuer, immer dabei! Und den Rest des Tages hängt er seiner durchlauchtigsten Mutter am Rockzipfel!"

„Genug, Waldner, genug!" ließ sich mit aller Strenge eine vierte Stimme hören. Es war die Gianini. Mit einer Handbewegung wies sie die drei Frauen aus dem Raum und wandte sich Luise zu. Ihr unschönes Gesicht nahm einen besorgten Ausdruck an.

„Die Waldner ist jung und hat ein loses Mundwerk", begann sie, „aber sie hat Recht, die Waldner, von seinen Hunden ist er nicht zu trennen! Und was die Herzoginmutter angeht, würde ich gern, wenn Euer Hoheit erlauben..."

„Sprechen Sie, Gräfin, sprechen Sie...", sagte Luise müde. Sie wusste, was jetzt kommen würde. Mahnungen, Ratschläge, wie sie sich der Schwiegermutter unterzuordnen und dem bisher bewährten Gang der

Dinge zu fügen habe. Wozu sonst hatte Anna Amalia der Gianini, einer Späherin aus ihrem Lager, den Posten der Oberhofmeisterin zugeschanzt?

„Aber auch Ihre gute alte Jette ist im Recht", fuhr anders als erwartet die Gräfin fort, „Sie sollten unbedingt jetzt alle Scheu überwinden und sich auf keinen Fall länger isolieren. Geben Sie Empfänge, Hoheit, gewähren Sie Audienzen! Laden Sie den Adel der Stadt zu Tisch, die Steins, die Fritschs, die Lynckers und wie sie alle heißen, aber vergessen Sie auch verdienstvolle Bürger wie die Bertuchs nicht, selbst wenn sie keinen Zutritt bei Hof haben. Und, Hoheit, machen Sie Ausfahrten, um sich dem Volk zu zeigen…" Fast schreckhaft hielt die Gianini inne, ein paar borstige Haare auf ihrer Oberlippe zitterten noch nach. Hatte sie zu viel gesagt? „Durchlaucht mögen mir verzeihen, wenn ich…"

„Nein, nein, liebe Gräfin, ich dachte nur…"

„Ich weiß, was Euer Hoheit dachten…aber was die Herzoginmutter betrifft…" In aller Deutlichkeit ließ die Gräfin durchblicken, von woher Luise einzig Bedrohung ihrer Stellung als Frau und als Fürstin zu fürchten habe. „Anna Amalia ist eine gute Frau, aber sie hat lange selbstständig regiert und davon zu lassen fällt ihr nicht leicht. Noch sucht sie die Macht zu halten, den Sohn durch ihren Rat zu binden, mit ihrem Geist und ihrem Charme die Getreuen um sich zu scharen. Ihre Teegesellschaften, Lesezirkel und Musikabende sollen ihr das einst so sprühende Hofleben auch jetzt in ihrem Witwenpalais widerspiegeln. Wenn ich auch dazu raten darf, Herzogin, so bekämpfen Sie dies Bemühen nicht, sondern nehmen Sie daran teil. Man wird Sie willkommen heißen, da bin ich sicher!" Die Oberhofmeisterin klappte ihren großen Mund zu und presste fest die Lippen aufeinander. So viel hatte die sonst eher Schweigsame schon lange nicht mehr geredet. Aber noch war der Born ihrer Weisheit nicht erschöpft und musste sie noch einmal zu Rede und Antwort ausholen, als Luise eine letzte Kernfrage stellte.

„Und der Herzog?" fragte sie, und ihre großen Augen füllten sich mit Tränen, „Carl August ... ?"

„Der Herzog", kam die Antwort, als sei sie an einen unsichtbaren Dritten gerichtet, „der Herzog, die Herzogin, beide so jung noch! Er möchte schäumen und brausen, sie sich in aller Stille entfalten. Es braucht Geduld auf beiden Seiten. Ich will die Hand über sie halten, solange meine schwachen Kräfte reichen." Nach einem tiefen Seufzer richtete die Gräfin wie abschließend ihre Worte direkt an Luise: „Ich will Ihnen zur Seite stehen, liebes Kind, so gut ich nur kann."

Mit ihrer Anrede hatte sie sich, ähnlich wie gelegentlich Jette, in mütterlicher Wärme über die Konvention hinweggesetzt, und Luise wäre der hässlichen alten Frau am liebsten dankbar um den Hals gefallen. Aber die Spielregeln, zu denen sie sich eben aufgerufen fühlte, sahen derlei Gefühlsäußerungen nicht vor.

„Ich danke Ihnen, Gräfin, von ganzem Herzen", sagte sie nur, aber ihre Augen, die nun doch glitzernd überliefen, sagten mehr.

Die Oberhofmeisterin fühlte sich verabschiedet und verließ, drei Schritte rückwärts richtend, das Zimmer. Statt ihrer trat Jette wieder ein, voller Neugier im Antlitz ihres Schützlings lesend, was sich inzwischen wohl getan hatte.

„Das Kleid dort", begann Luise absichtlich knapp, „das kannst du wegräumen, Jette, ich brauche es nicht."

Jette war enttäuscht. Die Gianini hatte also nichts ausgerichtet. Schon nahm sie das Kleid auf und strich bedauernd noch einmal über die kunstvolle Stickerei von Perlen und Silberfäden, da hörte sie ihre Herrin verhalten lachen.

„Aber morgen, Jette, leg es mir wieder heraus, das Kleid. Ich werde es brauchen wie viele andere Kleider auch in den nächsten Wochen, Kleider für jede erdenkliche Gelegenheit."

„Gott sei's gedankt", freute sich Jette, „wir haben ja noch die Ballen Atlas und den grünen Samt!"

„Ja, Jette, wir werden uns rasch nach ein paar flinken Näherinnen umsehen müssen."

„Du hast nach mir geschickt?" fragte Carl August, und offener Ärger war aus seinen Worten zu hören. Niemand sollte es eigentlich wagen, nach dem Herzog von Weimar zu schicken, aber immerhin war er gekommen und wollte wissen, was seiner kapriziösen Frau nun wieder eingefallen war. Seit vier Tagen hielt sie sich hier in ihren Räumen versteckt, verweigerte die ihr zustehende Rolle der ersten Dame im kleinen Staat und enttäuschte damit jedermann bei Hof, zuvorderst ihn, ihren herzoglichen Ehegemahl. So recht wusste er ohnehin nicht, was er von ihr halten sollte, die ihn doch anfangs so bezaubert hatte und sich dann, einem Mann ganz unverständlich, schwierig zeigte. So blickte Carl August denn recht mürrisch drein und fragte noch einmal brüsk: „Was wünschst du, Luise, ich bin in Eile, eine Sitzung des Consiliums! Wir haben Beschlüsse zu fassen wie die Kürzung der Gerichtsprozesse, Errichtung einer Straßenpolizei, Erweiterung der Rezeptbefugnisse unserer Ärzte..." Er verlor sich absichtlich in Nebensächlichkeiten, so unterbrach Luise ihn in freundlichem Ton.

„Da du so unabkömmlich bist, will ich deine Zeit nicht stehlen, Carl August, will dir nur sagen..." Sie spürte seine Ungeduld und beeilte sich, zur Sache zu kommen. „Wir werden einen großen Empfang geben, du und ich, mit anschließendem Diner, morgen Abend schon. Gebeten ist, was Rang und Namen hat, vor allem aber deine liebe Mutter! Willst du so freundlich sein, ihr unsere Einladung zu übermitteln?" Entzückend sah sie aus, wie sie da mitten im Zimmer stand, im leichten Hauskleid, einen Schal lose um die Schultern, ein strahlendes Lächeln auf den Lippen, ganz die Luise, die er sich vor Jahresfrist als die Frau an seiner Seite gewählt hatte.

„Aber ich denke, du bist krank?" warf er unbeholfen ein.

„Ich war leidend und bin genesen. So werden wir es bekannt geben. Von nun an bin ich deine Herzogin, was immer das zum Inhalt hat. Reich mir die Hand, Carl August, wir gehören zusammen, so wie wir es vor dem Altar schworen. Willst du noch einmal darin einstimmen?" Und da Carl August zu zögern schien, kamen Luise schon wieder Zweifel. Voll des guten Willens hatte sie die Aussprache herbeigerufen, einen neuen Anfang angeboten. Aber hatte sie vielleicht zu viel versprochen? Würden ihre Menschenscheu und Zaghaftigkeit ihr nicht von neuem einen Streich spielen? Würde sie die Rolle, die sie auf sich genommen, wirklich durchhalten?

Lange lag der Blick des Herzogs wie prüfend auf Luise, und da sie ihm ihre Hand noch immer entgegenhielt, nahm er diese nicht, sondern schloss seine junge Frau voll Inbrunst in die Arme. Wenn jemals dem Achtzehnjährigen etwas ernst gewesen, so war es dieser Augenblick, auch wenn er sich späterhin gelegentlich trübte und wie von Schleiern verhüllt erschien.

Eine stürmische Freundschaft

Am 7. November 1775 in aller Herrgottsfrühe, noch vor fünf Uhr, fährt eine Reisekutsche nach Weimar hinein und hält vor dem von Kalbschen Haus. Ihr entsteigt der Kammerjunker von Kalb und mit ihm der Doktor der Jurisprudenz aus Frankfurt, dem der Kammerjunker nach gemeinschaftlicher Reise gastliche Bleibe in seinem Haus angeboten hatte. Nun war er also da, der Goethe. Noch am gleichen Tag, ausgeruht und hergerichtet in seiner nun schon berühmten Wertherkleidung, lässt er sich bei seinen Gönnern melden.

„Ich heiße Sie, lieber Goethe, mit Freuden in Weimar willkommen", begrüßte Luise, unterdessen im Auftreten ganz Herzogin, den Dichter des ‚Werther'. So steif, wie es klang, entsprach es Wort für Wort doch der Wahrheit. Er war ihr mehr als willkommen, und ihre Freude, ihn in der Nähe zu wissen, war groß. Hatte sie leise gesprochen, so klang Carl August laut, fast derb:

„Schön, dass Sie meinem Ruf gefolgt sind, Goethe! Wie sind Sie zu Pferd, mein Lieber? Hält Sie ein Ritt über Stock und Stein im Sattel? Ich breche eben zur Jagd auf, begleiten Sie mich!"

Goethe erwies sich als guter Reiter sowohl an diesem wie auch an kommenden Tagen. Alsbald wollte Carl August auf seinen Goethe nicht mehr verzichten, wenn er

Johann Wolfgang von Goethe

zu Pferd sein Land durchstreifte, gelegentlich einen Gutsherrn zur Jause überraschte oder im Wirtshaus Rast zu einem Becher Roten einlegte. Diese Ritte waren so recht das Eisen, aus dem man Freundschaft schmiedet. Luise war also kaum verwundert, als sie Carl August ausrufen hörte:

„Heut warst du schneller als ich auf deinem Braunen, Goethe, aber morgen werd' ich die Nase vorn haben!"

Da war es wieder, dieses ‚Du', an dem sich Luise noch immer stieß. Nun gut, unter Eheleuten einerseits, im Umgang mit Untergebenen andererseits mochte es hingehen, aber wie erstaunt war sie dann, als Goethe lachend antwortete:

„Du reitest das bessere Blut als ich, aber du musst die Zügel nicht so fest halten, Carl August, du musst deinem Pferd Luft lassen, damit es ausgreifen kann."

Der Dichter belehrte den Herzog und das in der Anrede Gleichgestellter! Da zog etwas am Horizont auf, das nicht nur Luise neu und unverständlich war. Manche Stimme erhob sich in Weimar gegen dies Neue, verwahrte sich gegen Aufbruch und Öffnung ins Ungewisse. Charlotte von Stein beispielsweise, die Frau Oberstallmeisterin, schrieb voller Empörung:

Goethe bringt hier eine große Umwälzung hervor. Unser ganzes Glück ist hier verschwunden, unser Hof ist nicht mehr was er war. Ein Fürst, unruhig und unzufrieden, der täglich sein Leben aufs Spiel setzt, eine mißvergnügte Mutter, eine unglückliche Gattin.

Dass gerade die Stein sehr bald ihre Meinung ins Gegenteil verkehren sollte, minderte ihren ersten Eindruck nicht und auch nicht den der besorgten Hofleute, die Goethe, wenig dichterisch, als *die Scheißkerle, die auf dem Fasse sitzen,* bezeichnete.

Wir halten zusammen und gehen unseren eigenen Weg, verteidigte er die jugendlich unbekümmerte Freundschaft mit dem Herzog, *freilich stoßen wir damit allem Schlimmen, Mittelmäßigem und Gutem vor den Kopf!*

Während sein Stern weiter steigt, Carl August ihm das hübsche Gartenhaus vor der Stadtmauer schenkt und ihn als Geheimen Legationsrat ins Consilium aufnimmt, klingt ein Brief Goethes an seinen Freund Merck in Darmstadt weniger ‚jugendlich unbekümmert':

Meine Lage ist vorteilhaft genug, und das Herzogtum Weimar immerhin ein Schauplatz, um zu probieren, wie einem die Weltrolle zu Gesicht steht.

Goethe spielt also nicht nur mit, sondern dreht selbst das Schwungrad an. Die Ritte wurden immer wilder, gingen parforce über Hecken und Gräben, ihre Besuche in Schenken und Kaschemmen wurden zu Gelagen, bei denen der Wein in Strömen floss und manche Wirtstochter in den Armen des Herzogs landete. Immer Tolleres ersann sich Goethe, den Freund zu begeistern und mitzureißen. Bald kampierten sie des Nachts draußen um ein prasselndes Feuer, liefen halsbrecherisch Schlittschuh auf der halbgefrorenen Ilm.

Bei Hofe entwickelte sich indes eine Art von Hysterie gegen die neue Freundschaft, und Kritik wie Klatsch trieben Blüten wie die, Herzog und Dichter hätten am hellen lichten Tag auf dem Marktplatz einer Dame die Röcke über dem Kopf zusammengebunden. Unsinn. So macht sich denn endlich Christoph Martin Wieland, ehemals Prinzenerzieher, jetzt Philosoph und Landmann auf Gut Oßmannstedt, zum Wortführer der beiden jungen Leute:

Goethe mit seinen schwarzen Zauberaugen, so wild und siebenseltsam der holde Unhold auch zuweilen ist oder scheint, aber von all dem Bösen, was die Dame Fama über ihn und den Herzog aus ihrer schändlichen Hintertrompete in die Welt hineinbläst, glaube man ja kein Wort!

Endlich aber gibt auch Goethe zu: *Wir sind ziemlich eingewildert.* Dass er selbst an der Ausgelassenheit Freude empfand, ist nicht zu leugnen, aber immerhin war der Herr Doktor erst ganze sechsundzwanzig Jahre alt. Wenn er denn, selten genug, einmal ohne Carl August, womöglich auch ohne Lauscher vom Hof, auf die

Herzogin traf, fiel auch alles Ungebührliche von ihm ab.

„Wie mag es meinem Engel Luise wohl ergehen?" fragte er dann, und seine Worte wandten sich zum Schein, die Etikette zu umgehen, wieder an eine unsichtbare Dritte. Ein tiefer Seufzer war die Antwort.

„Ach, Goethe, die Hoffnung und ich, wir kennen einander nicht mehr."

Goethe ahnte, worauf der Seufzer sich bezog.

„Hat er Sie denn nicht mehr lieb, der böse Bub?"

„Ich bekomm' ihn kaum mehr zu Gesicht, obwohl ich mich längst in alles fügte, was meine Rolle hier verlangt, außer..."

Goethe, der Wirtstöchter und Bauernmägde gedenkend, fiel es nicht schwer, zu verstehen. Wenn bisher sein wildes Tun eines tieferen Sinns ermangelte, jetzt wollte er helfen, seinem ‚Engel Luise' beistehen und sich den jungen Freund einmal vorknöpfen.

„Du bist doch Ehemann, Carl August", hielt er ihm bei nächst passender Gelegenheit vor, „und eine bessere Frau konntest du dir im Traum nicht wünschen!"

„Eine bessere nicht", gab Carl August ohne Umschweife zu, „Luise ist wundervoll, Luise hat meine ganze Achtung und Zuneigung, aber..."

„Aber was?" drängte Goethe den Freund.

„... aber was ich nicht an ihr leiden mag ... sie will mit ihren Gefühlen immer ein wenig zu hoch hinaus, ist mit ihnen zu wenig nah der Erde." Das bekümmerte Gesicht des jungen Herzogs spiegelte all seine Ratlosigkeit wider, wie dem Zwiespalt beizukommen sei. Hi das Hohe Lied der Liebe, dort der Zeugungsakt zur Erhaltung der Art. Weder die Schule der Pariserinnen noch die Bereitwilligkeit draller Landmädchen hatten den unterdessen Neunzehnjährigen gelehrt, eine Brücke zu schlagen. Goethe aber, selbst bisher der Liebe nur in Seufzern und Reimen huldigend, war diesmal keine große Hilfe.

Eheleben

Mit der Zeit geriet Carl August von verschiedenen Seiten unter Druck, sein Eheleben zu ordnen.

„Weimar wartet auf einen Thronerben", drängte vor allem Anna Amalia, „aber wie du weißt, bedarf es auch dabei des Fleißes."

„Gott wird's schon richten", suchte der Sohn der Mutter auszuweichen, fühlte aber sein Gewissen schlagen. Seit der wenig geglückten Hochzeitsnacht hatte er sich nicht mehr um seine Frau bemüht. Was ein Mann braucht, holte er sich seit geraumer Zeit bei einer jungen Witwe im nahen Tiefurt. Und nach dort brach er auch in einer kalten Januarnacht zu Pferde auf, nur seine zwei Hunde bei sich. Doch nach kurzem Weg geriet der Herzog in ein so dichtes Schneegestöber, dass er bei aller Sehnsucht nach der Witwe aufgab und umkehrte. Enttäuscht und missmutig, frierend und durchnässt bis auf die Haut, trank er, im Fürstenhaus wieder angekommen, einen Becher dampfenden Punsch, sich zu erwärmen und zu grübeln, wie er für das entgangene Abenteuer Ersatz finden könne. Die Beine, noch gestiefelt und gespornt, dem frisch angefachten Kaminfeuer entgegengestreckt, ihm zur Seite die beiden großen Hunde, die ihr Fell zu trocknen suchten, einen zweiten Becher Punsch schon zur Hand, ließ Carl August die geschwungenen Körperlinien der Tiefurter Witwe vor seinem Auge Revue passieren. Sicherlich war das nicht der rechte Augenblick, sich darauf zu besinnen, dass er eine eigene Ehefrau besaß.

Carl August tappte über Flure und Treppen, die Hunde hinter ihm, und erreichte die Zimmerflucht der Herzogin, die bereits ihre Damen fortgeschickt und sich zur Ruhe niedergelegt hatte. Nur Jette war in Nachtgewand und Schlafhaube noch unterwegs, ihrem Liebling ein Glas warme Milch zu bringen, ältestes Hausmittel zu geruhsamem Schlaf. Eben wollte sie, in den Händen Leuchter und Getränk, das Vorzimmer durchqueren, als Carl August es von anderer Seite her betrat.

„Sieh an, sieh an", murmelte Jette und begrüßte die offensichtliche Wende im Verhalten des Ehegatten. Schon wollte sie sich taktvoll zurückziehen und den unnötig gewordenen Schlaftrunk wieder mit sich nehmen, als sie bemerkte, dass der Herzog gewissermaßen in Begleitung kam. „Nicht die Hunde, Hoheit!" donnerte sie ohne jeden Respekt, den Leuchter wie drohend hoch erhoben. „Sie werden es nicht wagen, Herr!"

Carl August, ertappt und gestellt, an Widerspruch nicht mehr gewöhnt, flüchtete sich in den ganzen Trotz seiner Jugend.

„Pack dich, Vettel!" schnauzte er und war schon an der Tür zum Schlafgemach. Mag sein, dass er in letzter Einsicht den Tieren noch den Zutritt zu verwehren suchte, aber diese drängten mit ihm durch die Tür und nahmen nach Hundeart schnüffelnd vom ganzen Raum Besitz, schüttelten wohlig das noch immer triefnasse Fell und nahmen endlich schwerfällig vor dem auch hier noch glimmenden Kaminfeuer Platz.

Luise, aus erstem Halbschlaf aufgefahren, suchte zu begreifen. Carl August war gekommen. Ihn erkannte sie im Schein des offenen Türrahmens. Endlich, dachte sie, endlich und fühlte sich durchströmt von Freude und Hoffnung. Schon streckte sie bereitwillig ihm ihren Arm entgegen.

„Carl August…"

„Ja, Luise, ich dachte, wir sollten…" Einleitende Liebesbeteuerungen hielt er, seiner Erfahrungen gemäß, für Zeitverschwendung. So tat er denn, was die Witwe aus Tiefurt heute hatte entbehren müssen. Luise sah ihren Anteil, wenn auch willig, wieder nur als Opfer. Doch selbst ihre Opferbereitschaft hatte Grenzen. Als ihr also die scharfe Ausdünstung feuchten Hundefells in die Nase stieg und sich ein großer Kopf mit hechelnder Zunge und triefenden Augen neugierig über den Bettrand schob, war es mit ihrer Geduld zu Ende.

„Nicht die Hunde!" rief sie ebenso empört wie Jette, „nicht in meinem Zimmer!"

„Ach die Hunde, die tun doch nichts…" entschuldigte Carl August sich lahm, ohne Verständnis dafür, dass seine Frau sich tief in ihrer Würde verletzt fühlte, so tief, dass sie nie wieder ein Wort darüber verlor, aber auch nie etwas wie zärtliche Leidenschaft zu empfinden im Stande war.

Voller Besorgnis notierte Goethe in jenen Tagen:
Ich sehe Luise in die Seele und begreife nicht, was ihr Herz so sehr zusammenzieht. Ihr Blick ist so kalt, dass ich mich daran erkältet hätte, wäre ich ihr nicht so warm gesonnen.
Dann hatte wohl Jette geschwatzt und den Freund beim Freund verklagt, denn dieser fügt seiner Notiz an: *Es war ganz offensichtlich ihr Verdruß über des Herzogs Hunde! Er hätte sie draußen lassen sollen, ja, aber da sie nun schon einmal drinnen waren, hätte sie es eben auch leiden können. Sie und er, sie haben schon beide ihren eigenen Kopf.*

Hatte dann Carl August ein Einsehen gehabt, Bedauern gezeigt, sich gar an der Gemeinschaft seiner jungen Frau erfreut oder war ganz einfach die Straße nach Tiefurt zu lange noch unwegsam verschneit, jedenfalls erschien der Herzog mit gewisser Regelmäßigkeit im Schlafgemach der Herzogin. Luise, ihm immerhin zugetan, empfing seine Besuche in lobenswertem Pflichtgefühl. Jetzt konnte sie in den herbeigesehnten Zustand der Hoffnung kommen, wie es ganz Weimar von ihr erwartete. Das war ihr die damit verbundene Pein, wenn auch im Ansatz mit Zärtlichkeit verbunden, wert.

„Ich glaube, es ist so weit", vertraute Luise im kommenden Frühjahr Jette an, „erste Anzeichen machen mich fast sicher…" Aber anstatt die Freude darüber einfach mit Carl August zu teilen, ihm spontan um den Hals zu fallen und zu rufen: „Wir bekommen ein Kind, einen Erben für Weimar!" verweigerte sie sich ihm, als könne ein neuer Sturm die zarte Flamme wieder verlöschen lassen. Ganz für sich allein trug Luise das Geheimnis, nun bald Mutter zu werden. Nur wer Augen hatte, zu sehen, sah die Wandlung, die in ihr vorging.

Wieder war es Goethe, der in sie hineinblickte und den Sachverhalt ahnte:

Ich habe meinen Blick gehörig bewahren müssen, um nicht über den Tisch hinweg nach ihr zu sehen. Die Götter werden ihr und uns allen beistehen. Und wenn sie kein Possenspiel mit uns treiben, werden sie Carl und Luise noch zu einem der glücklichsten Paare werden lassen!

Dann blies der Sturm, der die zarte Flamme doch noch löschte, von ganz anderer Seite her. Im April 1776 erreichte Luise die Nachricht, dass ihre Schwester Wilhelmine, als Großfürstin von Russland Natalie genannt, in den Wehen einer Erstgeburt verstorben sei. Der Zarewitsch selbst schrieb seiner Schwägerin:

Die Natur setzte der Entbindung Hindernisse entgegen, die die ärztliche Kunst nicht zu besiegen imstande war. Alle Hilfe vergebens! Fünf Tage hat sie grausam leiden müssen, das aber mit einer Seelengröße, die man nur bewundern kann.

Medizinisch gesehen verstarb Wilhelmine nicht an einer der im Kindbett üblichen Komplikationen, sondern an einer durch einen früheren Unfall bedingten Missbildung des Beckens. Das aber wurde erst später bekannt. Luise war durch den Tod ihrer Schwester zum ersten Mal zu Bewusstsein gekommen, dass Leben schenken auch Leben verlieren heißen konnte. Nun vollkommen in Panik verkrampfte sie sich seelisch wie körperlich. Die Folge war Abbruch ihrer zumindest vermuteten Schwangerschaft und tiefe Depression und damit erneut eine Krise ihrer Ehe. Carl August war diesmal keine Schuld anzulasten.

„Luise, mein Herz", suchte er freundlich zu trösten, „fasse nur Mut und lass mich gewähren. Du wirst erneut in Hoffnung kommen!"

Luise aber, bisher passiv duldsam, setzte seinen Bemühungen erstmals Widerstand entgegen.

„Nicht, Carl August, nicht, ich bin noch leidend..."

Die Ärzte stimmten ihr zu und verordneten der Herzogin strenge Ruhe, die sich Luise alsbald im Sommerschloss der Familie, dem Belvedere, verschaffte. Hier, abgeschieden vom Trubel Weimarer Hoflebens, den sie ohnehin nur schwer ertrug, hing sie ihren düsteren Gedanken nach, die mit jemandem zu teilen ihr so schwer fiel.

„Ach", seufzte sie allenfalls gegenüber Charlotte von Stein, „wie so ganz anders ist doch die Liebe zwischen zwei Menschen, ob sie das Herz oder den ganzen Körper erfasst, meine ich doch manchmal Himmel und Hölle in ihr zu unterscheiden."

In Charlotte von Stein, Ehefrau des Oberstallmeisters Josias von Stein, fand Luise bei aller Ehrerbietung der Person ganz sicher nicht das rechte Gegenüber für ihr Problem.

Frau von Stein, um fünfzehn Jahre älter, war durch eine Reihe mühseliger Geburten selbst der körperlichen Liebe bis ins Extrem abhold. Der Beistand, den Luise von dieser neuen Freundin erhielt, wies genau in die verkehrte Richtung.

„Niemand kann Ihre Leiden besser nachfühlen als ich", versicherte sie der ohnehin ratlosen jungen Frau, „wie oft schlief ich nur von Tränen ermüdet ein und fragte mich beim Erwachen, warum die Natur ihr halbes Geschlecht zu dieser Pein bestimmt hat."

Auf diese Weise in ihrer Problematik bestätigt, verbrachte Luise die Zeit, fern vom Hofleben, fern ihrer Pflichten, bis in den Sommer hinein auf dem Lande in der nach Rokokoart verkünstelten Natur im Geschmack voriger Generationen.

Carl August indessen, in seinen Bemühungen verkannt und entmutigt, verfällt, schlimmer denn je, in seine alten, schlechten Gewohnheiten. Erneut tobt er sich aus bei tollkühnen Ritten und wilden Jagden, nicht nur hinter dem Wild des Waldes, sondern auch bei Zechgelagen auf die Schönen dörflicher Feste, und Goethe ist stets an seiner Seite.

Diesmal erhebt Friedrich Gottlieb Klopstock seine Stimme:

Der Herzog wird, wenn er sich ferner bis zum Krankwerden betrinkt, schreibt er mahnend an Goethe – man kennt sich aus Karlsruhe und achtet einander – *anstatt seinen Körper zu stärken, wie er sagt, seinem Leichtsinn erliegen. Es haben sich schon stärkere Jünglinge, und zu denen zähle ich den Herzog nicht, auf diese Weise hingeopfert. Und wenn es denn geschähe, wer denkt an Luises Gram? Es kommt auf Sie an, Goethe, ob Sie ihm diesen Brief zeigen wollen, oder nicht. Ich habe nichts darwider, denn soweit ist er sicherlich noch nicht, der Wahrheit, die ein Freund ihm sagt, kein Ohr zu leihen.*

Goethe zeigte Carl August den Brief, und gemeinsam antworten sie:

Verschonen Sie uns künftig mit solchen Briefen, lieber Klopstock! Sie helfen nichts und machen uns nur ein paar böse Stunden.

Und dennoch behielt Klopstock Recht. Die ständigen Überanstrengungen zeitigten rheumatische Fieberanfälle, und immer öfter erfassten den jungen Weimeraner Schwindel bis hin zur Ohnmacht. So auch als er es ehrgeizig unternahm, ein junges Pferd eigenhändig zuzureiten. Er stürzte und verletzte sich schwer am Fuß. Man trug ihn zurück ins Fürstenhaus, und Carl Ludwig von Knebel machte sich zum Überbringer der schlechten Botschaft. Betretenen Gesichts erschien er vor Luise und beichtete.

„Gestürzt sagen Sie? Welch bodenloser Leichtsinn!" Berechtigter Vorwurf klang zwar an, aber in ihrer Miene war nichts zu lesen. „Warten Sie auf mich, Knebel, ich lasse anspannen und komme mit Ihnen."

Die Fahrt auf schnurgerader Allee dauerte etwa eine halbe Stunde. Dass der Herzog den Weg in sieben Minuten geschafft haben soll, gehört wohl in das Reich der Fabel oder ist seiner sprichwörtlichen Verwegenheit zuzuschreiben. Die Herzogin saß die ganze Zeit über kerzengerade im sommerlichen Zweispänner und ließ sich nichts vom innerlichen Zwiespalt ihrer Gefühle anmerken. Tatsächlich lagen diese in heftigem Widerstreit miteinander. Einerseits war es Luise als Ehefrau selbstverständlich, sofort an das Krankenlager ihres Ehemannes zu eilen, andererseits riss der Zwischenfall sie aus ihrer selbstgewählten Klausur, in der sie sich über ihre Situation hatte in Ruhe klar werden wollen. Was Amt und Ehre ihr als Pflicht zudiktierten, war sie nach wie vor bereit zu erfüllen, aber die Furcht vor neuen Verletzungen konnte sie nicht ertragen. Im Fürstenhaus angekommen, betrat Luise das erste Mal die Etage, die der Herzog für sich reserviert hatte. Ihr Schritt zögerte, als Türsteher salutierten und sie in ein Kabinett einließen, in dem ein spartanisch schmales Soldatenbett die fast einzige Einrichtung war. Obwohl draußen heller Mittag am Himmel stand, war es fast dunkel im Raum. Man hatte die Vorhänge zugezogen. Luise wartete, dass ihr Auge, im Wechsel zum Sonnenlicht draußen, sich ans Dunkel gewöhne.

„Carl August...?" fragte sie leise. Es klang fast ungläubig.

Carl August hob halb den Kopf aus den Kissen. Mein Gott, seufzte er in Gedanken, Luise ist gekommen. Sie ist die letzte, die ich jetzt hier zu sehen wünsche. Sie wird jammern und mir Vorwürfe machen, wieder alles Leid der Welt anrufen, mir meinen Lebenswandel vorhalten und den ihren beklagen: Wäre doch Goethe hier, mich vor dieser Prüfung zu bewahren... Doch Goethe war an diesem Tag nicht in Weimar, hatte in Jena Geschäfte zu erledigen. Vielleicht hätte seine Anwesenheit die imposante Kraftmeierei, die den Unfall verursachte, noch verhindert. Kraftlos ließ Carl August sich wieder in die Kissen sinken.

Luise winkte derweilen zwei umherlungernden Dienern, das Zimmer zu verlassen und die Tür zu schließen. Sie selbst trat nicht etwa an das Bett, sondern an eines der hohen Fenster und riss den Vorhang beiseite. Ein breiter Streifen Tageslicht traf gnadenlos den Kranken. Carl August bot einen ihr zumindest ungewohnten Anblick. Ohne Perücke, das kurze, braune Haar zerzaust, Schweißperlen auf der Stirn, die Wangen eingefallen, aufgeschwollene Tränensäcke.

„Dein Kammerdiener hat dich heute Morgen nicht rasiert?" fragte sie in ruhigem Ton.

Carl August hielt geblendet eine Hand vors Gesicht.

„Ich wollt' ihn nicht wecken, bin schon so früh raus... zu den Pferden, wie du ja weißt..."

„Oder sagen wir lieber, du kamst selbst erst in der Früh von einem Ausflug heim, ist es nicht so?" Luise wandte sich vom Fenster aus dem Bett zu. Der Odem, der ihr entgegenschlug, gab ihrem Verdacht Recht. Eine durchzechte Nacht musste dem Unfall vorausgegangen sein. Carl August brummte etwas Unverständliches, und Luise forschte weiter: „War der Arzt schon da? Was hat er gesagt?"

„Humbug, ich brauche keinen Arzt", begehrte der Kranke auf, „so schlimm steht es noch nicht mit mir."

„Lass mich deinen Fuß einmal sehen!" Luise war nun dicht herangetreten, das Malheur näher zu betrachten.

„Nicht doch, Luise, was willst du an dem Fuß schon sehen?"

„Untersuchen will ich ihn."

„Untersuchen?" lachte er ein wenig schief, „was verstehst du schon davon?"

„Eine ganze Menge, mein Lieber! Meine Mutter nahm mich oftmals mit, wenn sie zu den Kranken ging, was sie regelmäßig tat. Ich habe mehr dabei gelernt als mancher Studiosus in der Aula seiner Universität." Während sie sprach, griff sie entschlossen nach dem Federbett und schlug es zurück. Fast wäre ihr doch noch ein Ausruf des Vorwurfs über die Lippen gekommen. Der Herzog von Sachsen-Weimar lag mitsamt seinen Stiefeln im Bett! Zwar hatte jemand sich an dem einen zu schaffen gemacht, ihn vom Fuß zu lösen, dann aber wohl das Vorhaben aufgegeben. Noch ehe Luise ein Wort sagen konnte, setzte Carl August zu seiner Verteidigung an:

„Ich wollt's nicht dulden, dass sie ihn aufschneiden. Es sind meine besten Reitstiefel."

„Sparsam bist du, das muss man dir lassen", kommentierte Luise mit feinem Spott, verfügte dann aber sachlich: „Ich werde dir Hofrat Hufeland schicken. Der bringt alles wieder ins Lot." Und mit besorgtem Blick auf seine nun doch schmerzverzerrte Miene setzte sie hinzu: „Und ein paar Mohntropfen könnten dir auch nichts schaden." Als sei nun alles gesagt, wollte sie sich zur Tür wenden, als Carl August leise ihren Namen rief.

„Luise..." Seine Stimme schien ganz verändert. Sie klang, als wolle ein Ertrinkender um Hilfe rufen. „Luise..." kam es noch einmal, und als sie sich nach ihm umwandte, sah sie seinen Gesichtsausdruck wie den eines Bettlers, der um ein Almosen fleht. Luise fühlte sich von einer Welle des Mitleids ergriffen. Sie trat ans Bett zurück und fasste seine Hand.

„Was ist, mein Lieber?" fragte sie vage.

„Luise", begann er nach Worten tastend, „ich denke... wir haben vieles falsch gemacht... von Anfang an..." Obwohl es ihm Schmerzen verursachte, suchte er sich aufzusetzen. „Vor allem ich... diese Unrast... wie von Furien gehetzt..."

Luise schwieg, um ihn nicht zu unterbrechen. Aber auch ihr standen Enttäuschung und Missverstehen wieder vor Augen, und sich selbst daran einen Anteil Schuld zuzuweisen, war sie nicht abgeneigt. Die Fahrt im Schlitten durch die Schneelandschaft um Karlsruhe fiel ihr wieder ein und das Gefühl aufrichtiger Zuneigung, das sie damals empfunden hatte. Die Dinge schienen ihnen beiden seither entglitten zu sein. Ihr Bedauern darüber war so groß, dass sie bedingungslos jedem Wort zustimmte, das Carl August jetzt, wenn auch stockend, hervorbrachte.

„Wir sollten noch einmal ganz von vorn beginnen... du und ich... wir achten einander und mögen uns..." Der Schmerz in seinem Fuß ließ ihn aufstöhnen, das Sprechen fiel ihm schwer. Aber er wollte zu Ende bringen, was er begonnen hatte. „Luise, lass es uns versuchen... vor allem aber... vergib mir! Willst du das, Luise?"

Nah ans Wasser gebaut wie sie war, standen Luise schon wieder die Tränen in den Augen, aber sie nickte heftig ihre Zustimmung. Und als er jetzt beide Arme nach ihr ausstreckte und sie nahe zu sich heranzog, ließ sie es geschehen. Alles schien gut zwischen ihnen, ein neuer Beginn schien geglückt.

Allen Gewalten zum Trutz...

Am 3. Februar 1779 kam Luise von Weimar mit ihrem ersten Kind nieder – einer Tochter. Weimar brach in einen Taumel der Begeisterung aus. Aber weder Herzog noch Herzoginmutter wussten diesen so recht zu teilen, war das Kind doch nur von weiblichem Geschlecht. Man ließ die Mutter spüren, dass sie sich ihrer Bestimmung nach nur mangelhaft bewährt hatte. Damit verfiel Luise erneut in tiefe Depression und Hoffnungslosigkeit. Die bloße Zweckdienlichkeit ihrer Ehe wurde ihr erneut vor Augen geführt und stand himmelweit im Gegensatz zur liebenden Seelengemeinschaft, die Luise erwartet und der zuzustimmen sie beim beschworenen Neubeginn geglaubt hatte. Es gab keine Brücke zwischen Carl Augusts bodenständiger Vitalität und Luises feinsinniger Zerbrechlichkeit. Ohne gegenseitige Schuld verharrten sie im Gegensatz ihrer Naturen.

Johann Gottfried Herder, seit zwei Jahren Weimarer Superintendent, taufte das Neugeborene auf die Namen Luise Auguste Amalie. In seiner Predigt zeigt er Gespür für die Seelenlage der Herzogin.

„Möge dies Kind Vorläuferin zur Morgenröte einer hoffnungsreichen, freudevollen Zukunft werden, denn auch für Fürsten und Fürstinnen gibt es keinen anderen Lohn als den der menschlichen Freuden."

Er deutet damit, bei aller guter Absicht, nur fruchtlos umher. Wie viel tieferes Verständnis für Luise zeigt da in der Phase erneuten Zusammenbruchs und erneuter Missachtung ihrer Person Goethes flammender Aufruf zum Widerstand:

> *Allen Gewalten*
> *zum Trutz sich erhalten;*
> *Nimmer sich beugen,*
> *Kräftig sich zeigen,*
> *Rufet die Arme*
> *Der Götter herbei.*

Diese Zeilen, eigens für die Herzogin von Weimar verfasst, verloren ihr Echo niemals, weder bei ihr noch in der Welt.

Geduldig widmete sich Luise erneut ihren Repräsentationspflichten, absolvierte Empfänge wie den der Ritterschaft und der bürgerlichen Landstände, nahm am traditionellen Vogelschießen teil, lud zur festlichen Tafel im großen Saal des Fürstenhauses oder sommerlich auch unter Bäumen im Park an der Ilm. Immer aber gab sie sich dabei betont reserviert, ja sogar kühl. Nicht zu Unrecht erwarb sie sich den Ruf, besonderen Wert auf höfische Form und Etikette zu legen. So wurde das Erscheinen des Herzogspaares bei offiziellen Anlässen noch immer im wahrsten Sinne des Wortes mit Pauken und Trompeten angekündigt, und hatten die Damen des Hofes, wenn auch symbolisch, zum Rockkuss anzutreten. Das althergebrachte, längst erstarrte Zeremoniell schien Luise den Halt zu geben, den sie im persönlichen Umfeld nicht fand.

Nur wenige denken so gerecht wie ein flüchtiger Besucher, der sein Urteil über Luise mit der Feder festhält:
Für mein Lebtag hab ich das Bild der Herzogin in meine Seele aufgenommen. Die Art von trockner Kälte, die sie auszustrahlen scheint, ist nicht, wie man glaubt, Verachtung, son-

dern Ausdruck ihres Wesens, wahrhaft edel, weiblich und fein.
Und im Hinblick auf das herzogliche Paar fügt er an: *Aber aus welch disparater Welt hat das Schicksal dieses Weib mit diesem Mann gepaart!*

Selten, nur ganz selten kommt Luise einmal ganz aus sich heraus und sieht man sie lachen. Dann konnten ihre Damen schon einmal von ihr berichten: *Sie packte mich an den Armen und schwenkte mich im Kreis um sich her.* Aber schon der Vermerk beweist, dass es die Ausnahme war.

Wie anders ging es da im Witwenpalais, der zweiten Hofhaltung Weimars zu! In kleinstem Kreise spielte sich dort die Geselligkeit recht formlos ab, saß man, von Adel oder auch nicht, an der Kaffeetafel beisammen, nahm den Stickrahmen zur Hand oder zeichnete, skizzierte und rezitierte, redete das Heil der Welt herbei. Aber auch Scherz und Spiel kamen nicht zu kurz. Goethe war in der Runde willkommen, aber auch Wieland und Herder. Carl August war täglich Gast bei der Mutter.

Aber auch in größerem Rahmen pflegte Anna Amalia das, was man noch immer ein intaktes Hofleben nennen konnte. Sie tanzte gern, und wer bei ihr zur Redoute geladen war, musste schon über Durchhaltevermögen verfügen, denn selten bekam die Herzoginmutter vor Morgengrauen genug von Menuett, Vauxhalls und schottischem Tri. Nicht weniger liebte sie das Kartenspiel, und manch Kavalier, der der Glückssträhne der Gastgeberin nicht standhalten konnte, erschien anderntags bei einem der beiden jüdischen Bankiers, Uhlmann oder Elkam, die Anna Amalia eigens in Weimar angesiedelt hatte. In erster Linie aber liebte die Herzoginmutter Musik.

Im Wittumspalais wird geklimpert, gegeigt, geblasen und gepfiffen, daß die Engel im Himmel ihre Freude daran hätten, mokiert sich Wieland in einem Brief. Anna Amalia ging es aber nicht allein um den Ohrenschmaus, sondern um den erzieherischen Wert der Töne und Melodien.

„Musik vermittelt im Menschen eine Sehnsucht nach dem Vollkommenen und flößt Widerwillen gegen das Schlechte ein", pflegte sie zu sagen, „so hat die Harmonie der Töne Einfluss auf die Sittlichkeit eines Charakters."

Immerhin waren die acht Jahre, die ein Johann Sebastian Bach in der Stadt gelebt, komponiert und musiziert hat, noch nicht vergessen.

Das Theater war nicht weniger die Leidenschaft der Herzoginmutter, und auf der herzoglichen Bühne agierten keineswegs immer nur Schauspieler, sondern Anna Amalia übernahm höchstpersönlich einen Part wie ebenso die Damen und Herren ihres Gefolges. Goethe beispielsweise spielte bei der Erstaufführung seiner ‚Iphigenie' selbst den Orest.

Die Verschiedenheit der beiden Zentren im gesellschaftlichen Leben Weimars lag also offen zutage. Hier der offizielle Hof, steif und formell, einzig den üblichen Notwendigkeiten eines absolutistischen Fürstenstaates dienend, ohne Prunk provisorisch im Fürstenhaus untergebracht, seine Herrin blutjung und unerfahren, sein Herr ein Tollkopf. Dort dagegen im Wittumspalais oder sommerlich draußen auf Schloß Ettersberg, der lebhafte, Geist sprühende, in seinen Umgangsformen gelockerte Musenhof der Herzogin Anna Amalia. Das Echo seiner fröhlichen Geselligkeit, seiner herzerfrischenden Leichtlebigkeit klang bis hinüber ins Fürstenpalais und fand in der Beletage einen dumpfen Widerhall.

Wer von den Zeitzeugen hätte nicht versucht, die so gegensätzlichen Zentren zu verbinden, will sagen die beiden Fürstinnen einander näherzubringen? Aber längst hatte Anna Amalia es aufgegeben, sich um ihre scheinbar kühle Schwiegertochter zu bemühen, und Luise hatte um ihre Verletzlichkeit eine harte Schale gebildet und sich hinter starrer Form verschanzt.

„Durchlaucht sollten sich wirklich öfter bei der Frau Herzogin sehen lassen", grollte wenigstens die Oberhofmeisterin deutlich, „Sie sollten regelmäßig das Theater besuchen und auch den Konzerten lauschen!" Die Barthaare auf der gräflichen Oberlippe zitterten bedrohlich. „Sie würden sich nicht nur der Frau Herzoginmutter, sondern auch Seiner Durchlaucht genehm zeigen." Aber so recht drang die gute Gianini nicht bis zu Luise durch. „Ach", antwortete diese ärgerlich, „ich war ja neulich einmal draußen in Ettersberg und habe mich zu Tode gelangweilt, so sehr, dass ich mich fürchte, nochmals dorthin zu gehen…"

„Ich muss Durchlaucht schon höflichst bitten", wagte Gräfin Gianini zu unterbrechen, obwohl ihr vor Empörung die Luft ausging.

„Schon gut, schon gut, liebe Gräfin", beschwichtigte Luise sofort ein wenig schuldbewusst, „ich gebe zu, dass meine teure Schwiegermutter sich sehr um mich bemüht, aber was mich betrifft, bin ich weit lieber in meinem Belvedere. Dort kümmere ich mich wenig um das Menschengeschlecht und wünschte, es kümmerte sich wenig um mich."

Da war es wieder, dieses Sich-verstecken-vor-der-Welt, obwohl sie in Wahrheit nur darauf wartete, dass jemand sie bei der Hand nahm und mitten in diese Welt hineinführte. Immerhin hatten die Vorhaltungen der Gianini Erfolg, Luise besuchte hin und wieder Konzerte und nahm regelmäßig an den Liebhaberaufführungen des Theaters teil, im Zuschauerraum wohlgemerkt, denn nichts und niemand hätte sie in ein Kostüm zwängen, ihr gar am Ende noch einen Schnurrbart ankleben und einen Degen umhängen können, um auf der Bühne eingelernte Texte aufzusagen. Niemals hätte sie das getan! Luise Geschmack an leichterer Lebensart und Geselligkeit nahezubringen, war auch Goethe bemüht. Im Gespräch darüber scheitert der sonst so Wortgewandte. Er, der über sein Verhältnis zur Herzogin von Weimar schreibt:

Luise und ich, wir verstehen einander in Blicken und Silben, muss diesmal gestehen: *Ich kramte nur läppisches Zeug aus.* Aber er sollte sich anderes einfallen lassen.

Das Luisenfest

Wie die Dinge lagen, erwartete Herzogin Luise anlässlich ihres Namenstages keinerlei Ehrungen oder besondere Aufmerksamkeiten. Sie entschloss sich zu ihrem alltäglichen Spaziergang, den sie zum Entsetzen ihrer Begleitung gewohnt war, in mehr als flottem Tempo zu absolvieren. So schritt sie eben wieder entlang der Ilm hurtig aus, die Gräfin und die Fräuleins fast trabend hinterher. Bürger und Passanten, die die Gruppe kommen sahen, wichen höflich aus, zogen Hut und Mütze, knicksten vorschriftsmäßig, Jubel aber erhob sich nicht. Es war ja nur die junge Herzogin und ihr Gefolge, nicht die von den Weimarern noch immer an erster Stelle verehrte Herzogin Anna Amalia. Luise, an derlei Hintansetzung schmerzlich gewöhnt, reckte das Kinn und hielt den Blick strikt geradeaus.

Es war sehr heiß an diesem Tag im Juli, die Bäume entlang des Ufers standen in der vollen Pracht ihres Grüns, eine reiche Vogelwelt machte sich munter zwitschernd bemerkbar.

„Hier kann man der Natur frönen", schwärmte Luise und beschleunigte ihren Schritt, „hier sollten wir einen Park anlegen, Alleen und Schneisen rings um ein Rondell, so denk' ich mir." Plötzlich hielt sie inne. Dort das Gehölz, das Gebüsch kamen ihr fremd vor, die Hütte oder Klause dort hatte sie nie gesehen. In der Meinung, den Weg verfehlt zu haben, wollte Luise eben kehrt machen, als sechs Mönche ihr entgegentraten. Mönche in Weimar? Kaum glaubhaft, aber ihre weißen Kutten, die Kapuzen weit ins Gesicht gezogen, wiesen sie zweifelsohne als solche aus. In der sicheren Ahnung, der Situation nicht gewachsen zu sein, wurde die junge Fürstin innerlich von Panik ergriffen. Ihre Miene nahm unwillkürlich einen hochmütigen Ausdruck an, während die Mönche ihr sowohl in Gesten wie einem seltsamen Singsang bedeuteten, ihnen ins Innere der seltsamen Hütte zu folgen. Der Drang, sich grußlos abzuwenden, wurde in Luise übermächtig, zumal der eine der Mönche sie bereits am Ärmel zupfte, eine ungeheure Vermessenheit in ihren Augen.

„Sie haben keine böse Absicht, Hoheit", machte sich da das Fräulein von Waldner zum Dolmetsch, konnte sich aber seltsamerweise das Lachen nicht verbeißen. „Sie feiern den Luisentag und bitten Hoheit, einen kühlen Trunk mit ihnen zu nehmen und, wenn Hoheit es ihnen nicht verweigern, auch ein frugales Mahl..."

„Sie können das Kauderwelsch dieser Leute verstehen, Waldner?" wunderte sich Luise und sah sich bereits bis an die offene Tür der Klause gedrängt. Abwehr und Neugier stritten in ihr wie ihr Rang mit ihrer Jugend, aber ein Blick ins Innere der Hütte ließ sie schaudern. Im Halbdunkel waren rohe Tische und Bänke zu erkennen, Zinnbecher, irdene Schüsseln und blechernes Besteck erweckten keinerlei Lust, die Einladung zum Mahl anzunehmen. So dachte wohl auch Gräfin Gianini und machte ihrem Entsetzen über die Zumutung Luft.

„Hoheit werden doch nicht etwa!" donnerte sie, „auf keinen Fall betreten Sie diese Hütte!"

Aber wieder erklang herzhaftes Gelächter und diesmal sogar sechsfach. Die Mönche schoben ihre Kapuzen zurück und warfen die Kutten ab, und Luise sah sich umringt von sechs fröhlichen Schelmengesichtern. Zuerst streckte Carl August die Arme nach ihr aus, dann küsste Goethe ihr mit schuldbewusster Miene die Hände, und verbeugten sich nacheinander der Herr Oberstallmeister von Stein und die Kammerherren von Seckendorff und von Knebel. Zu guter Letzt umarmte auch Prinz Konstantin, mit von der Partie, die Schwägerin. Zu gleicher Zeit hatte sich die Hinterwand der unheimlichen Klause weit geöffnet, wohl klingende Musik erscholl, und auf lichter grüner Wiese erschien, nun ganz und gar im Gegensatz zum kargen Angebot der ‚Mönche' eine festlich gedeckte Tafel, bestückt mit erlesenen Speisen und perlend gefüllten Gläsern. Weitere Damen und Herren des Hofes, allesamt in den Schabernack eingeweiht, erhoben sich und ließen Luise zu ihrem Namenstag hochleben.

Anna Amalia war nicht anwesend. Zur Versöhnung fehlte das Zünglein an der Waage. Noch hielt jedermann den Atem an, welche Wirkung dennoch die Inszenierung, deren Initiator eindeutig Goethe war, auf dessen ‚Engel Luise' machen würde. Für Sekunden rangen alte Schüchternheit und daraus resultierend steife Ablehnung um die Oberhand.

„Mich mit Eurem Mummenschanz so zu erschrecken!" sparte Luise nicht mit Tadel. Ihr strahlendes Lächeln aber zeigte, dass sie die Absicht, die hinter dem Streich steckte, sehr wohl erkannt hatte, nämlich ihr Mut zu machen, ihr Wohlwollen und Liebe zu zeigen, gewürzt mit ein wenig jener Leichtigkeit, die ihr so bitter abging. „So führt mich denn in Euer Refektorium und lasst mich Wasser und Brot mit Euch teilen!" rief sie in plötzlicher Ausgelassenheit, und als Carl August und Goethe ihr gleichzeitig den Arm boten, nahm sie beide, den einen rechts, den anderen links, und ließ sich zu Tisch geleiten.

Musik und Tafelfreuden dauerten an diesem Tag bis in den späten Nachmittag, und unter dem Namen ‚Luisenfest' wiederholte man sie in manchem weiteren Jahr. Der Park an der Ilm aber wurde angelegt, erweitert und vervollständigt in eben gleichem Rhythmus der Jahre.

Von der Hoffnung genarrt

Zu Beginn des Jahres 1781 schien die Hoffnung in Luises Leben wieder Einzug zu halten, und das in doppelter Weise. Sie fühlte sich erneut schwanger und glaubte sicher, die Natur werde ihren Irrtum von vor zwei Jahren wettmachen und ihr den ersehnten Sohn wie Weimar den erwarteten Erbprinzen schenken.

Die Beziehung zwischen dem Herzogspaar hatte offenbar eine Wandlung zu beidseitig behutsamer Resignation erfahren. Carl August, entschlossen, die Ehe mit Luise zu leben, blieb ihr tiefe Empfindungen des Herzens zwar schuldig, wie sie bei gleichem Entschluss ihm Leidenschaft schuldig blieb. Immerhin vermerkt Goethe:

Die Herzogin war heute mit uns oben in des Herzogs Stube, sie waren lieb zusammen.

Eine Reise in die Schweiz im letzten Winter, gemeinsam mit Goethe unternommen, hatte Carl August noch ganz im Temperament des kopflosen Stürmers angetreten. In Bern wollte er eine Anleihe aus dem Schweizer Staatsschatz aufnehmen. Um die Weimarer Finanzen stand es nicht gut, und man musste daran denken, das ausgebrannte Schloss wieder aufzubauen, ehe die beschädigten Außenmauern zerfielen.

Auf der Weiterreise an den Thuner See und nach Grindelwald harrt Carl August mit gewohnter Ungeduld der Entscheidung aus Bern, während Goethe im Nachhinein dessen Verhandlungstaktik kritisiert.

Der Herzog redet zuviel! Wäre ich allein gewesen, wäre es besser gegangen, aber mit dem Herzog muß ich tun, was nur mäßig ist.

Immerhin gewähren die Schweizer dann einen Kredit von 50.000 Talern. Das ist nicht genug. Weimar hätte das Doppelte gebraucht, um den Bau des Schlosses auch nur zu beginnen. Goethe will dem Freund aus der Enttäuschung helfen und hofft auf die wohltuende Wirkung der Bergwelt. Weiter geht es also über Genf nach

Chamonix. *Tatsächlich tut die Schönheit der herbstlichen Wälder dem herzoglichen Feuerkopf wohl, das gleißende Leuchten der Schneegipfel, der Eisfelder und Gletscher seiner unruhigen Seele gut. Eine positive Wirkung auf sein unausgegorenes Temperament ist deutlich zu spüren.*

Ein Besuch bei Johann Kaspar Lavater in Zürich soll dann weiteres bewirken. Der Philosoph und Theologe und ebenfalls Freund aus alten Darmstädter Tagen verstand sich neben seinen wissenschaftlichen Arbeiten auf dem Gebiet der Physiognomik vor allem als Wegbereiter einer neu betonten Gefühlswelt. Er ist des festen Glaubens, dass Güte über alles triumphiert und Sanftmut mehr ausrichtet als harte Willenskraft.

Wir sind mit Lavatern glücklich, berichtet Goethe nach Weimar, *es ist uns eine heilsame Kur, mit einem Menschen zu sein, der in der Liebe lebt, seine Freunde trägt, leitet und erfreut. Es ist ganz ähnlich wie bei einer Brunnenkur, alle Übel im Menschen kommen in Bewegung und das Eingeweide arbeitet sie durcheinander.*

Gleiches musste wohl auch Carl August verspürt haben. Zurück in Weimar, so war er fest entschlossen, wollte er mit neuem Eifer seine Aufgaben als Herzog wahrnehmen, aber auch sein Auge über den Tellerrand Weimars hinaus auf die Entwicklung im Reich richten. Immerhin hatten Österreich und Preußen soeben erst den Bayerischen Erbfolgestreit beigelegt, diesen ‚Kartoffelkrieg', der den kleinen Fürstenstaaten den Beigeschmack bleibender Unsicherheit vermittelte. Wer unter ihnen würde der nächste sein, der einen der beiden Großen zu raschem, scheinbar legalem Zugriff animierte? Darüber war nachzudenken und darüber, welcher Seite man sich zugesellte, um Recht und Habe zu schützen.

Aber zuerst einmal eilte Carl August nach seiner Rückkehr ganz gegen seine Gewohnheit nicht ins Witwenpalais, sondern direkt ins Fürstenhaus, um noch vor seiner Mutter seine Frau zu begrüßen.

„Ich bringe Grüße von Lavatern", strahlte er und umschloss Luise mit beiden Armen.

„Ach Lavater, der herzensgute", stammelte Luise ungeschickt und erschauerte unter der Umarmung.

„Er hat mir die Leviten gelesen", gestand Carl August verlegen, „und nicht zuletzt deinetwegen…"

„Meinetwegen?"

Sein Gesicht mit den jungenhaften Zügen, frisch gebräunt von südlicher Sonne, so dicht über dem ihren, schien von innen heraus zu leuchten. Dieses Gesicht gefiel ihr wieder und erregte gleichermaßen Rührung wie Zärtlichkeit in ihr wie nun schon seit fünf Ehejahren. Ja, sie liebte ihren Mann, aber irgendwie war sie sich nie sicher, ob ihre Liebe ihn erreichte. Sie hätte so gern auch sein Herz, sein ganzes Herz, für sich gewonnen, aber der Preis dafür berechnete sich wohl in einer Währung, die ihr nicht gegeben war. Hatte der Freund und Seelenkenner im fernen Zürich ihre Kalamität erkannt?

„Stell dir vor", gab Carl August unwillkürlich Antwort auf ihre Gedanken, „meine Physiognomie muss Lavatern verraten haben, welch grober Klotz ich bin. Er sorgte sich um dein empfindsam Gemüt…" Einen Augenblick schien der junge Herzog nachdenklich, aber dann lachte er schon wieder fröhlich heraus. „Und weiß Gott, wenn ich denke… es braucht kein empfindsames Gemüt, um mir gram zu sein. Wie oft hat auch Goethe mich gerügt! Das alte Lied vom Propheten im eigenen Land! Hör zu, Luise…" Ganz plötzlich ließ er sie los und trat einen Schritt zurück. Seine braunen Augen blickten halb flehend, halb amüsiert auf sie nieder. „Alles soll jetzt anders werden, alles… wenn du mir nur noch einmal verzeihst…"

Versprechen und Schwüre folgten, wie Luise sie nicht das erste Mal von ihm hörte, die guten Vorsätze purzelten ihm nur so von den Lippen, und nun war es Luise, von der Natur mit einer guten Portion Humor begabt, die laut auflachte.

„Ja, ja, Liebster, ich weiß, ich weiß! Keine Zechgelage mehr, keine wilden Ritte über Land und keine…"

„Keine Techtelmechtel mehr. Nur noch meine Luise." Und das sagte er mit einem Ernst, der sie aufhorchen ließ.

„Du meinst wirklich, Carl August … ?"

„Ich will Ordnung in mein Leben bringen, ich will mir meines Standes bewusst sein, ich will Verantwortung tragen, ich will…"

„Schscht, Liebster, schscht, nicht zu viel auf einmal! Fang langsam an…"

„Das will ich", lachte er schon wieder, „wie wär's mit einem Kuss?"

Als Weimar erneut unter einer weiß glitzernden Schneedecke liegt, nimmt ihr Zustand sie gesundheitlich ziemlich in Anspruch, seelisch aber befindet sie sich auf höchsten Höhen. An Lavater, dankbar dass er sich um sie gesorgt, schreibt Luise:

Ja, ich war fast zur Kleinmütigkeit gesunken – aber stark hinauf bin ich wieder gestiegen! Gott hat mich nicht verlassen, danken Sie ihm für Ihre Freundin, die ich für ewig bin. Luise.

Carl August, bemüht all die guten Vorsätze in die Tat umzusetzen, ist Luise gegenüber die Aufmerksamkeit in Person. Von seinem Ersten Minister, dem Wirklichen Geheimen Rat, Jakob Friedrich von Fritsch, einem etwas schwierigen widerspenstigem Herrn, der seit dreizehn Jahren die Geschicke Weimars lenkt, lässt der Herzog sich in alle Bereiche seiner Regierung einweisen. Tagelang studiert er Akten, Beschlüsse und Protokolle, auch wenn sie nur das Töten tollwütiger Hunde oder den Bedarf an Leichen für die Anatomie der Universität Jena betreffen. Seinem Legationsrat Goethe, seit neuestem ‚von' Goethe, überträgt Carl August das Ressort Straßenbau mit dem Ziel, das Land mit einem Netz befestigter Chausseen zu überziehen. Bald darauf macht er den Freund zum Leiter der

Finanzkammer und des Steuerwesens. Goethe lobt des Herzogs Eifer:

Der Schlendrian der Geschäfte nimmt einen ordentlicheren Gang, der Herzog nimmt einen willigen Theil daran und läßt sich hie und da Gutes angelegen sein.

Aber mit den wachsenden Aufgaben seufzt er:

In der Jugend traut man sich zu, daß man den Menschen Paläste bauen könne, und wenn's um und an kömmt, so hat man alle Hände voll zu tun, um zum wenigsten ihren Mist beiseite bringen zu können.

Und doch ist es Goethe mit der übernommenen Verantwortung bitterernst. Ohne sich kulturellen Entwicklungen entgegenzustellen, setzt er Sparsamkeit an erste Stelle. Obwohl es seinem herzoglichen Herrn das ererbte Soldatenherz bricht, verfügt der neue Finanzminister die rigorose Reduzierung der Weimarer ‚Armee', will heißen des ‚Garde du Corps' und des ‚Landregiments' von insgesamt 571 Mann auf nur mehr 323 Mann. Unangetastet lässt er lediglich 39 Mann Husaren in ihren immer noch aufwendigen Uniformen mit dem reich verschnürten Dolman und kostbarem Pelzbesatz und nicht zuletzt ihren Pferden noblen Geblüts.

Große Tafel hielt man nur noch, wenn auswärtige Gäste hohen Ranges erwartet wurden, wie Franz Fürst von Dessau, Prinz August von Gotha oder Herzog Georg von Meiningen, jeweils mit riesigem Gefolge. Da saßen oft bis zu sechzig Personen zu Tisch, hinter jedem Stuhl zur wachsamen Bedienung ein Weimarer Page aus meist adligem Hause, ausstaffiert mit goldbetresster blauer Uniform mit gelben Knöpfen und ebensolchem Stehkragen. Da wurde dann Champagner gereicht, aber möglichst sparsam, so dass drei Bouteillen nach Möglichkeit ausreichen sollten.

Carl August hatte bei diesen Festmahlen die Angewohnheit, nicht Platz zu nehmen, sondern ruhelos den Tisch zu umkreisen, hier und da ein Gespräch anzuspinnen, der Runde aber die Ruhe zu nehmen.

Mit auffallend kleinem Gefolge war auch der Württemberger Herzog Karl Eugen zu Gast, zärtlich begleitet von der Gräfin Hohenheim, eigentlich Franziska Bernerdin, einer freundlichen, aber eher unscheinbaren Person, deren Bild der Herzog mit Unmengen an Geschmeide aufzuwerten bemüht war. Bei den Gastgebern flüsterte man sich zu, der Herzog nehme ihr allabendlich Ketten, Spangen und Ohrgehänge eigenhändig ab, um sie sicher zu verwahren. Was Herzogin Luise weit mehr berührte war die Tatsache, dass diese Frau, eben noch Ehefrau eines kleinen Hofbeamten namens Leutrum, offiziell als Gemahlin des Herzogs rangierte, den Titel einer Gräfin Hohenheim gewissermaßen als Zwischenlösung trug, da der Papst seinen Segen der Ehe einer geschiedenen Protestantin mit dem katholischen Landesherrn noch vorenthielt.

„Was meinst du, Carl August", forschte Luise mit gekrauster Stirn, „wird sie Herzogin, wenn Rom die Ehe anerkennt?"

„Ob Herzogin oder nicht, Hauptsache sie ist seine Frau und nicht seine Geliebte."

Diese Differenzierung genügte Luise nicht. Dass eine Frau nicht gern die Geliebte eines Mannes sein wollte,

Schloss Belvedere. Kupferstich von C. Müller

fand noch ihr Verständnis, dass aber eine Frau ohne genealogische Berechtigung sich einen Titel dieses Ranges aneignen darf, stand in großem Gegensatz zu Luises festgewurzelten Grundsätzen.

„Er hätte sie doch zur linken Hand heiraten können", protestierte sie, stieß aber bei Carl August nur auf ein besserwisserisches Lächeln.

„Der Württemberger ist ja Witwer, wie du weißt, seine rechte Hand ist also frei, sich vor Gott und dem Gesetz neu zu binden." Sein Lächeln ging über in ein breites, vergnügtes Lachen. „Was aber schert es dich, Liebste, du bist meine Ehefrau an beiden Händen und allen zehn Fingern und meine Herzogin noch obendrein!"

Er hatte ja Recht, was scherte es sie, was sich da im Württembergischen tat. Ihr Carl August scharmuzierte wohl einmal hier und da, aber eine Geliebte, die ihr, der Ehefrau, den Platz streitig machte, hatte er nicht. Einen Sohn aber, der in seine Fußstapfen treten und seinen Namen erben würde, den trug sie in sich, und zwar mit stillem Stolz und geheimer Zuversicht.

Als nach Tisch der Tanz begann, dankte die Herzogin, denn ihr Leib war schon zu sehr gerundet, als dass Tanz noch gutgetan hätte. Mit kurzem Gruß in die Runde zog sie sich zurück, an der Tür fürsorglich von Jette in Empfang genommen.

„Jetzt aber rasch zu Bett, Prinzessin... Hoheit..." maulte die Alte, „die vielen Gäste... in Ihrem Zustand... Sie brauchen Ruhe, Kind..."

Brav folgte Luise ihrer Beschützerin, hörte in ihrem Rücken noch die ersten Töne einer Gavotte aufklingen, dass Herzog Carl August mit der jungen hübschen Gräfin Werthern den Tanz anführt, das sieht sie nicht mehr.

Es wird Sommer im Thüringer Land, und bevor die Hitze allzu lastend über den abgeernteten Feldern brütet, sucht Herzogin Luise nochmals Erholung auf ihrem Lieblingsschlösschen Belvedere. Begleitung wählt sie nur aus allerkleinstem Kreis, nur unter jenen, denen sie sich zögernd und schwerfällig geöffnet und endlich umso tiefer Freundschaft und Nähe gefunden hat. Da sind im Grunde nur zwei Namen zu nennen: Charlotte von Stein, durch mühsame Ehejahre und sieben qualvolle Schwangerschaften mit Luise einig in der Abneigung aller physischen Belange. Mit ihr wechselt Luise Briefe und Briefchen, auch wenn sie nicht weiter als von Weimar oder Belvedere nach Großkochberg, dem Steinschen Gut, getrennt waren.

Ich muß wegen Ihrer langen Abwesenheit mit Ihnen zanken, meine teure Stein! schreibt sie nicht ohne Humor, *Kommen Sie bald zurück und vergraben Sie sich nicht in Kochberg! Ich liebe Sie von ganzem Herzen, seien Sie dessen versichert!* fährt sie für einen so verschlossenen Menschen wie Luise mutig fort und endet, als wolle sie es besiegeln: *Ihre getreue Freundin Luise.*

Charlotte von Stein, die fünfzehn Jahre Ältere, geht sorgsam, fast zurückhaltend mit der ihr dargebrachten Zuneigung um. Sie weiß, wie schnell man ein Wesen wie Luise verletzen kann, und vermeidet behutsam ein Zuwenig ebenso wie ein Zuviel. Im Umgang hilft der Standesunterschied, die Sache im Zaum zu halten. Dafür sorgte schon die gegenseitig unterschiedliche Anrede. Schrieb und sprach Luise von ‚ihrer lieben Stein‘, so hätte diese sich niemals unterstanden, anderes als ‚Hoheit‘ oder ‚Durchlaucht‘ zu sagen oder zu Papier zu bringen.

Während Charlotte von Stein also möglichst sachte laviert, um der Herzogin ja kein Herzeleid zu verursachen, hat der Hof längst Kenntnis davon, dass Carl August nicht nur jenen ersten Tanz mit der jungen, schönen Gräfin Werthern tanzte. Die Stein bewahrt seit längerem schon ein Billett Goethes, das ihr schier das Herz zerreißen möchte, wenn sie der Herzogin in all ihrer schwangeren Behäbigkeit ins Auge blickt.

Die arme Herzogin dauert mich von Grund auf steht da in der steilen Schrift ihres Dichterfreundes, *aber gegen dieses*

Übel sehe ich keine Hilfe. Die Gräfin ist gewiß liebenswürdig und gemacht, einen Mann anzuziehen und auch zu erhalten. Aber die Herzogin ist es auch, nur dass es bei ihr, wenn ich das so sagen darf, immer in der Knospe bleibt. Den Herzog und Freund verurteilt er im gleichen Brief trotz aller Loyalität unter Männern: *Nicht leicht hat einer so gute Anlagen als der Herzog, nicht leicht hat einer so viele verständige Menschen und Freunde um sich als er, und doch wills nicht nach Proportion vom Flecke, und ehe man sichs versieht, gucken das Kind und der Fischschwanz wieder hervor.*

Derb, aber wahr und den Nagel genau auf den Kopf getroffen, wovon Luise, nach aller Möglichkeit nichts erfahren soll.

Die zweite, die Luise sich in ihrer seelischen Einsamkeit zur Freundin erkoren, ist Caroline Flachsland – nein, nicht Flachsland, sondern Herder, da sie den Herrn Superintendenten vor acht Jahren ehelichte. Die Familie Flachsland, ursprünglich aus dem Elsass stammend, hatte zum Darmstädter Freundeskreis um Merck und Goethe gehört und war der Herzogin schon vertraut. Caroline, um sieben Jahre älter als Luise, war mit ihren etwas zu vollen Lippen nicht gerade hübsch zu nennen und stand geistig auch eher fest auf dem Boden als ihr über allem schwebender Mann. Aber sie war, was man eine mitfühlende Seele nennt, und vor allem war sie, nicht anders als die Stein, Mutter nach immerhin fünf Geburten, von deren letzter sie sich eben noch zu erholen hatte. Wenn Luise ihre Freundinnen also nach Schloss Belvedere einlud, war das Thema der Unterhaltung vorbestimmt: Schwangerschaft. Und das war ihr, selbst nun schon recht behäbigen Leibes, ein Bedürfnis. Bei derlei Einladungen führte Luise mit großem Vergnügen vor, was ihre Gäste immer wieder mit einem ‚Ah' und ‚Oh' des Entzückens quittierten, obwohl es zumindest der schon so lang ansässigen Stein keine Überraschung mehr sein konnte. Zum Tee ins so genannte Turmzimmer gebeten, sechseckig ohne ein Möbelstück darin – kein Tisch, kein Stuhl, geschweige denn Teller, Tasse oder Bedienung, die solches reichen konnte – war Caroline echte Verwunderung anzumerken. Luise kostete schmunzelnd die Verlegenheit der Freundin aus. „Treten Sie einen Schritt zurück, Liebste", sagte sie zur Begrüßung und klatschte dann kräftig ein paarmal in die Hände. Unter entsetzlichem Brummen, Schnarren und Quietschen öffnete sich der Boden vor ihren Füßen, und ein fertig gedeckter Tisch samt Stühlen erschien, bestückt mit allen Leckerbissen, die ein Damentrio erfreuen.

„Eine technische Spielerei des herzoglichen Großvaters", erklärte Luise stolz, ehe man sich niederließ und tüchtig zugriff. Ohne lauschende Dienerschaft konnte man auch schnell zum Thema kommen.

„Wenn ich nur sicher wüsste, dass es ein Junge wird", seufzte Luise.

„Nun, es gibt da ja gewisse Anzeichen…" meinte Caroline Herder und nahm sich noch eins von den Nußtörtchen, „zum Beispiel häufiger Schluckauf während der Monate…"

„Schluckauf?" nahm Luise den Strohhalm auf, „nun, hin und wieder ja…"

„Vor allem ein saurer Magen…" fügte Frau von Stein den Überlegungen an, „wie steht es mit der Magensäure, Durchlaucht?"

Auf Luises Gesicht zeigte sich ein hoffnungsvoller Schimmer.

„O ja, nach Süßem wie diesen Nusstörtchen hier muss ich jedes Mal bitter… oder vielmehr sauer büßen. Und das war damals während meiner ersten Hoffnung anders."

Ein kurzes Schweigen ließ Raum, die Konsequenz zu überdenken. Dann aber meldete Caroline Herder sich mit einem schlagenden Argument:

„In Wien erzählt man sich", begann sie lebhaft, „wenn der Kaiserin, Gott hab sie selig, des Nachts von Wölfen träumte, wurde es jedes Mal ein Prinz."

Das schien der schlüssige Beweis, war doch Maria Theresia von Österreich sechzehnmal schwanger gewesen, wenn auch nur elf Kinder überlebt hatten. Und plötzlich war Luise sich ganz sicher, dass auch sie in ihren Träumen Wölfe gesehen hatte. Ja, natürlich. Wölfe! Deutlich stand ihr noch das geifernde Gebiss und die hechelnde Zunge vor Augen. Oder waren es doch nur des Herzogs Hunde gewesen? Nein, nein, Wölfe, nicht anders als sie werdenden Müttern von Söhnen erscheinen. Mit einem Mal war die Welt licht und hell, und so fröhlich wie lange nicht mehr verabschiedete die Herzogin ihre Gäste, als spät genug der Wagen vorfuhr, um die Damen in die Stadt zurückzubringen.

„Adieu, liebste Stein, adieu liebe Herder!" Übermütig winkte sie mit einem weißen Tüchlein. „Ich komme bald nach, sehr bald schon. Der Erbprinz soll schließlich nicht im Belvedere, sondern in Weimar geboren werden!"

Am 9. September setzten die Wehen ein und bereiteten der Gebärenden eine qualvolle Nacht. Am 10. September kam eine Tochter zur Welt. Sie tat keinen Schrei, um ihre Lunge mit Luft zu füllen, lebte aber doch drei Tage. Am vierten Tag, als spüre sie, dass sie nicht willkommen sei, verließ sie diese Welt wieder.

Der gesamte Hof trauerte, weniger um die verpasste Erbfolge als um der Herzogin willen. Jedermann glaubte, dass sie zusammenbrechen würde. Erstaunlicherweise, als ob sie dem Schicksal verzieh, sie immer wieder von neuem zu narren, bewahrte Luise die Fassung.

„Sie beträgt sich, als sei sie der bevorzugte Liebling einer höheren Macht", kommentierte Caroline Herder.

In Wahrheit war sie in eine Art Starre gefallen und ihre Scheu überdimensional gewachsen. Sie nahm an ihrer Umwelt keinen Anteil und misstraute selbst mitfühlender Nachfrage jeder Art. Wer weit tieferen Kummer empfand als erwartet und ihm auch lauthals Worte verlieh, war Herzog Carl August.

„Ich hätte niemals gedacht, dass ein Verlust von etwas, das man noch gar nicht besessen, so sehr schmerzen könne."

Aneinander Trost zu suchen und einander Trost zu spenden, war dann die treibende Kraft, die die Eheleute erneut zusammenführte, und das erste Mal wohnte ihrer Umarmung so etwas wie Liebe bei.

Endlich ein Prinz

Zwei Jahre später, am 2. Februar 1783, bekam Weimar dann doch noch seinen Erbprinzen. Sein Eintritt in diese Welt war von einem neuerlichen Schrecken begleitet. Das höfische Wochenbett jener Zeit war nicht allein Sache zwischen Wehmutter, Arzt und der Gebärenden, sondern Familie, Hofleute, Neugierige umstanden bei der Geburt das Bett, und meist war das Vorzimmer bei weit offener Tür noch einmal gestopft voll mit Schaulustigen, die sensationslüstern, teilnehmend oder auch gelangweilt Zeugen des Vorgangs waren. Im Vorzimmer der Wochenstube im Fürstenhaus hatten sich auch Charlotte von Stein und Caroline Herder eingefunden und seit Stunden geduldig gewartet, als drinnen der erlösende Ruf ‚ein Sohn, ein Sohn' erscholl. Dann aber Stille, kein Schrei, nur das Schluchzen der Wöchnerin.

„Oh, mein Gott", stöhnte, die Stein, „doch nicht schon wieder…

Die Herder aber hatte sich blitzschnell durch die Menge geschoben und war ans herzogliche Bett getreten. Die Amme hatte den Säugling, der kein Lebenszeichen von sich gab, bereits achtlos am Fußende abgelegt und sich achselzuckend der Mutter zugewandt.

„Der Herr hat's gegeben...", begann sie daherzuleiern, wurde aber scharf von Jette unterbrochen, die Luises Hand hielt.

„Schweigen Sie! Der Arzt muss her! Wo ist Doktor Hufeland?"

Hufeland, nicht mehr der Jüngste, hatte die ganze Nacht gewacht und sich ausgerechnet im kritischen Augenblick zu einem Schläfchen zurückgezogen. Die Rufe nach ihm verschollen in einem Durcheinander von Stimmen und Hin- und Herlaufen, von Gejammer und Empörung. Derweilen hatte Caroline Herder sich längst des Neugeborenen bemächtigt. Er atmete flach, lebte aber, die Symptome tatsächlich der damaligen Geburt sehr ähnlich. Diesmal aber, so war die Herder entschlossen, wollte sie das Kind nicht wieder verlorengeben wie damals die kleine Prinzessin. Nackt wie er war, hob sie das Kind hoch und holte mit der Hand zum Schlag aus, zwei-, dreimal. Und empört über die ersten Prügel seines Lebens, erhob der Erbprinz von Sachsen-Weimar mächtig seine Stimme und sog damit tief die belebende Luft in seine Lunge. Seine Augen öffneten sich weit und noch immer wie im Zorn blickten sie so blitzblau wie die seiner Mutter in die Welt.

„Madame, großartig!" sagte ein junger Mann, der neben Caroline aufgetaucht war und sich sachkundig über den Säugling beugte, „Sie haben das Kind gerettet! Einfach großartig!" Und da er hundertfach Frage wie auch Missbilligung um sich wahrnahm, fuhr er fort: „Oh, ich habe mich noch nicht vorgestellt. Ich bin Doktor Hufeland. Ich habe ab heute die Praxis meines Vaters übernommen."

Caroline Herder, nicht ohne Grund stolz auf ihr Einschreiten, vertraute zur Stunde ihrem Tagebuch an:

Der Erbprinz, ein halber Riese, der ein Kind der Vorwelt zu sein schien, kam tot zur Welt, und ich weiß, daß er durch meine unermüdete Anhaltsamkeit zum Leben kam, da schon die Umstehenden anfingen zu verzweifeln.

Und wie reagiert Carl August auf das freudige Ereignis?

„Mir ist ein Sohn geboren!" jubelt er, „ein Verewiger, ein Fortpflanzer, ein Endzweck, ein Erbe!"

Das sind nicht die rechten Worte für Luises Ohr. Fortpflanzer? Endzweck? Sofort meldet sich das alte Misstrauen in ihr. Ist sie also doch nur Mittel zu eben jenem Zweck? Gebärmaschine? Erntet sie statt der Hoffnung auf Annäherung nur das bittere Gefühl, ihre Schuldigkeit getan, sich genealogisch bewährt zu haben? Sie hat funktioniert, sie hat ihre Aufgabe erfüllt, Dank und Achtung, gebührende Fürsorge sind ihr sicher, aber der weite Raum ihrer Seele, von erhabener Sehnsucht durchweht, bleibt leer.

„Mutter und Kind sind leidlich wohl", ringt sich der Herzog eben noch ab, ohne im Geringsten sich eines Defizits bewusst zu sein. Warum auch? Kann er doch nur Augen haben für seine Seite der Medaille: Weimar hat einen Erben. Und, da ist er sich sicher, das bedeutet auch für Luise den Höhepunkt ihres Lebens.

Äußerst schlicht, dem Empfinden der protestantischen Kirche entsprechend, wird die Taufe abgehalten. In der Halle des Fürstenhauses dient ein einfacher Tisch als Altar, versammeln sich die Paten, Herzogin Anna Amalia, der Fürst von Dessau, Herzog und Prinz von Gotha, dazu Hof und Familie. Oben ringsum auf offener Galerie stehen die Menschen dicht gedrängt, denn Carl August hat dem Volk Zutritt gewährt. Bäcker, Barbier, Kaufmann und Kutscher, Schulter an Schulter lauschen den Worten des Herrn Generalsuperintendenten:

„...und so taufe ich dich auf den Namen Carl Friedrich..."

An der Taufe nimmt Luise nicht teil. Der Auffassung ihrer Zeit entsprechend, die den Geburtsvorgang wie eine schwere Krankheit behandelt, hat sie fünf Wochen das Bett zu hüten oder wenigstens ihre Zimmer nicht zu verlassen. Erst am 9. März hält sie feierlich ersten Kirchgang und erscheint damit wieder in der Öffentlichkeit.

Nun aber reißen die Festlichkeiten ihr zu Ehren nicht mehr ab. Sie hat der Bürgerschaft einen künftigen Herrn beschert, das muss gefeiert werden.

In der Aufmachung bunten Karnevals wechseln nun tagelang Festzüge, Aufmärsche in mittelalterlicher Tracht, Volksszenen wie die Darstellung einer Bauernhochzeit, Fackelträger, Janitscharen, Türken, Ritter in blitzenden Rüstungen, aber auch antike Gestalten aus Sagen und Mythen. All dem muss die Herzogin Dank und Beifall zollen, oft Stunden von der Altane des Fürstenhauses herab winken und lächeln. Innerlich aber bleibt sie unberührt. Gilt das alles denn wirklich ihr? Oder einfach der Landesmutter, die einen Sohn geboren? Der Zwiespalt bleibt. Hi tiefe, trostlose Einsamkeit, dort anscheinend kühl die Rolle ihrer Pflicht.

In Augenblicken der Muße, die Luise gern in Gesellschaft Caroline Herders verbrachte, entfuhr ihr schon einmal die neidvolle Klage:

„Ach, liebste Herder, Sie haben es gut mit Ihrem Johann Gottfried! In bevorzugter Stellung, eine anerkannte Geistesgröße, führend in der Welt der Musen und doch ein so liebevoller Vater und Gatte!"

Caroline, wieder einmal hochschwanger, galt als redegewandt und keinesfalls auf den Mund gefallen. Doch jetzt blickte sie nur zu Boden und schwieg. Luise spürte sofort, dass sie mit ihrem Ausruf auf schwankendes Terrain geraten war. Sie legte der Freundin einen Arm um die Schulter und zwang ihren Blick zu sich herauf.

„Caroline! Sie wollen doch nicht sagen... nicht Herder! Sie erwarten sein sechstes Kind!"

Die großen dunklen Augen, die jetzt zu Luise aufsehen, stehen voller Tränen, aber auch Vorwurf ist in ihnen zu lesen.

„Ja, Durchlaucht, Kinder, die macht er mit mir, aber seine Seufzer und Schwüre, seine höhere Sphäre, wie er es nennt, die teilt er mit anderen!"

„Sie meinen also, Caroline, der ehrenwerte Generalsuperintendent ist Ihnen untreu?"

„Ach, Hoheit, es gibt Männer, die einfach Männer sind. Sie geben schon mal einer Verlockung nach, einer Schwäche, die sie sich selbst als Stärke anrechnen. Aber daheim geht ihnen das Herz auf, wenn sie die Frau am Herd stehen sehen, ein Kind auf dem Arm, weitere spielend zu ihren Füßen. Aber dann gibt es die, die mit der Frau das Bett teilen, nachdem sie die halbe Nacht bei Kerzenlicht ellenlange Liebesbriefe an unerreichbar Angebetete aus Gesellschaft und Geisteswelt geschrieben haben, das Papier noch benetzt von den Tränen ihrer Seelenqual und ihres Selbstmitleides. Welche Art, Durchlaucht, von diesen beiden ist die schlimmere?"

Luise war erschüttert. Nichts hatte jemals auch nur auf den geringsten Schatten in der Ehe Herder hingewiesen.

„Und Ihnen, so glauben Sie, mutet er so etwas zu?"

„Ich glaube es nicht, ich weiß es. Mir zu zeigen, wie sicher er meiner sein kann, lässt er die Briefe offen liegen, praktisch eine Einladung für meine Augen..."

„Und Sie kennen die Adressatinnen?"

„Kurz nach unserer Heirat war es eine Gräfin Schaumburg-Lippe, die aber früh verstarb. Hier in Weimar verfasst er nicht nur Briefe und Gedichte an die Erwählte seiner Seele, sondern nimmt jede Gelegenheit wahr, sie zu sehen, an den Abenden im Witwenpalais, zu Einladungen nach Tiefurt..."

„Wer ist es?" fuhr Luise dazwischen, „doch nicht etwa...?" Sie erinnerte sich, Geschwätz gehört zu haben, Gemunkel, Gerücht, dass Herder der jungen Sophie von Schardt Unterricht im Griechischen gäbe und viel Zeit dafür aufwendete.

„Ja", seufzte Caroline auf, „ja, die kleine Schardt..."

„Also doch... die Schwägerin unserer lieben Stein..." Ratlos schüttelte Luise den Kopf. „Und wie nimmt sie es hin, die kleine Hexe?"

„Nun, es schmeichelt ihr, kaum zwanzig Jahre alt und der so viel Ältere liegt ihr zu Füßen..."

„Ich kann's ihr kaum verübeln, immerhin ein Kirchenmann, ein Literat von Ruf, ein Philosoph, und wortgewaltig ist er obendrein. Wie aber, meine Liebe, nehmen Sie es, wenn Sie der hübschen Larve hier und da begegnen? Weimar ist ein Dorf."

Caroline antwortete nicht sogleich. Zu bekennen, dass sie der kleinen Schardt oftmals gern an die Gurgel gesprungen wäre, war nur ein Teil eines langen Weges, den sie gegangen war, um ihre Ehe, ihre Familie und endlich ihren eigenen Frieden zu retten. Die Taktik, der sie sich auf diesem Weg bedient und durchgehalten hatte, war dann fast heldenhaft zu nennen.

„Ich habe ihr meine Freundschaft angeboten. Ich besuche sie, sie kommt zu uns ins Haus. Nach dem Gesetz der Moral hat sie sich nichts zuschulden kommen lassen. Und meinem Mann ist der Wind aus den Segeln genommen."

„Aber... aber..." brauste Luise auf. Ihr Sinn für Gerechtigkeit, ihr Anspruch auf Würde bäumten sich auf. Aber dann sah sie im Gesicht der Freundin die Tränen trocknen und ein Lächeln sich ausbreiten. Caroline Herder hatte vor dem Schicksal vielleicht klein beigegeben, aber sie hatte sich selbst besiegt und damit den größten Sieg erfochten.

„Ach, liebste Herder, wenn ich doch nur so denken könnte wie Sie!"

„Ich glaube, jede Frau kann es, Durchlaucht, wenn sie wirklich liebt. Die Sonne mag auf Ästen und Zweigen spielen, aber im Schatten der Liebe wachsen die Wurzeln."

Jetzt war es wieder die Herzogin, der das Wasser in die Augen stieg, und keinerlei Etikette hielt die Frau des Weimarer Superintendenten davon ab, sie einfach fest in die Arme zu nehmen.

Das Gespräch war für Luise von nachhaltiger Wichtigkeit. Es eröffnete ihr ganz neue Perspektiven. Sie hatte geglaubt, dass allein die Praxis, Ehen politisch genealogischer Belange wegen zu schließen, dem Unglück und der Trostlosigkeit Tür und Tor öffne, da Paare ohne Liebe oder wenigstens Zuneigung aneinander gefesselt würden. Offenbar gab es aber in jeder Ehe Unwägbarkeiten, und es war nicht immer leicht zu sagen, wem dabei das größere Leid angetan wird. So schlimm, grübelte sie, hab' ich es mit meinem Carl August gar nicht getroffen... ich hab' ihn von Herzen lieb... vielleicht sollte auch ich geduldiger die Wurzeln im Schatten wachsen lassen...? Unwillkürlich war sie an die Wiege ihres Sohnes getreten und sah ihn rosig und gesund in den Kissen liegen.

„Weiß Gott", rief sie halblaut aus, „was will ich denn mehr? Ich habe alles, ich bin eine glückliche Frau!"

„Haben Durchlaucht etwas gesagt?" stammelte erschrocken die Kinderfrau, die auf ihrem Stuhl wohl einen Augenblick eingenickt war, „haben Hoheit Befehle?"

„Nein", lachte Luise fröhlich, „nein, nichts Bernadette, nur dass Sie mir den Prinzen nicht wecken! Er träumt grad so schön..." Und als sie noch immer lachend die Kinderstube verlässt, ist ihr Schritt so jung wie lange nicht mehr.

Rückzug nach Wilhelmsthal

Offenbar war es Luises Schicksal, dass auf jeden seelischen Auftrieb ein schmerzhafter Dämpfer folgte. Eben noch meldet sie ein neues Stimmungshoch an Lavater:
Es scheint, als belausche uns das Gute heimlich und käme am liebsten ganz unerwartet zu uns, als würden wir blind geführt. Im Augenblick ist mir's unglaublich wohl.
Nur Wochen darauf traf sie der nächste Schlag.

Umgab den Erbprinzen von Anfang an fast so etwas wie ein Hofstaat en miniature, so war die kleine Prinzessin Luise Auguste, mit Kinderfrau und Amme wohl versorgt, doch mehr im Hintergrund aufgewachsen. Das bedeutete, was die Liebe der Eltern betraf, in keiner Weise eine Zurücksetzung, es entsprach einfach den Gegebenheiten an fürstlichen Höfen des achtzehnten Jahrhunderts. Erst kürzlich hatte Herzogin Luise noch zusätzlich von ihren eigenen Damen das Fräulein von Waldner abgestellt, der bald fünfjährigen Prinzessin als Erzieherin zu dienen. So war es auch die Waldner, die der Mutter in der dritten Woche des März 1784 eine kleine Unpässlichkeit des Kindes meldete.

„Eine Erkältung, Durchlaucht, weiter nichts. Ihre Hoheit hustet ein wenig, hat aber keine Temperatur…"

„Aber Waldner", rief Luise dennoch voller Besorgnis, „haben Sie den Arzt verständigt?"

Ohne die Antwort abzuwarten, eilte Luise selbst nach der Tochter zu sehen. Im Kinderzimmer traf sie auf den jungen Doktor Hufeland, der sich seit der Geburt des Erbprinzen um die medizinischen Belange der Familie kümmerte, allerdings noch ohne den Status eines Hofmedikus, wie ihn sein Vater hatte.

„Nun, Doktor?" begrüßte Luise ihn sichtlich erregt, „was ist es?"

„Tja, ich weiß nicht recht", begann Hufeland erstmals unsicher und zupfte an seinem lose geschlungenen Halstuch. „Ich halte es für einen leichten Anfall von Asthma…"

Luise war an das Bett des Kindes getreten, das wie geistesabwesend zur Decke starrte und leise vor sich hin hüstelte.

„Tun Sie etwas, Doktor, ich bitte Sie, tun Sie etwas!" Luises Stimme überschlug sich fast. „Salmiak, Aderlass oder Purgativ, was immer ihr helfen kann!"

„Von diesen alten Mitteln ist die Wissenschaft ein wenig abgerückt, Hoheit, doch wenn Sie es wünschen…" räumte Hufeland zögernd ein, der eher dafür war, der Natur ihren Lauf zu lassen. Sein Interesse galt vor allem der modernen Wissenschaft wie beispielsweise der Elektrizität in der Medizin und dem organischen Leben in der Makrobiotik, noch gänzlich unausgegorene Erkenntnisse und für ein kleines hustendes Mädchen von keinerlei Nutzen.

„Ich werde dem Kind etwas Schleimlösendes verabreichen, dazu etwas Beruhigendes für die Nacht, so können Durchlaucht ohne Sorge sein."

Da Weimar damals keine eigene Apotheke hatte, mischte Doktor Hufeland seine Pülverchen selbst, was den Vorteil hatte, genau zu dosieren und zu kombinieren. Binnen kurzem ließ der Husten nach und ging der Atem tief und ruhig.

Dennoch war Luise nur schwer davon abzubringen, selbst Nachtwache am Bett der Tochter zu halten.

„Ich bleibe hier", versprach die Waldner, „zusammen mit der Kinderfrau… Durchlaucht können sich auf mich verlassen."

„Nun gut, Waldner, aber Sie wecken mich bei der geringsten Verschlechterung, hören Sie!"

„Selbstverständlich, Hoheit, selbstverständlich…"

Am anderen Morgen war Prinzessin Luise Auguste tot. Niemand hatte die Herzogin geweckt. Niemand hatte gewagt, ihr die Nachricht zu überbringen.

Diesmal brach Luise vollkommen zusammen. Dass ein Kind bei seiner Geburt nicht kräftig genug war, das Leben auf sich zu nehmen, das konnte sie noch verstehen.

Nicht aber verstand Luise, dass ein Kind gesund und fröhlich aufwächst, dann aber nach nur wenigen Stunden flüchtiger Beschwerden, denen man ihre Gefährlichkeit nicht ansah, einfach die Augen schloss und von dannen ging. Nicht einmal die Inschrift auf ihrem Grabstein, die man ohne ihr Zutun gewählt, konnte sie verstehen: *Sie gefiel Gott wohl und war ihm lieb – und war hinweggenommen aus dem Leben.* Konnte Gott so reagieren? Nein und abermals nein! Ihre Seele sträubte sich und stand gegen einen Gott auf, dem sie stets gläubig und gehorsam angehangen.

Mit Sorge sehen die ihr Nahestehenden, wie sehr Luise sich in diesen Tagen verändert. Goethe sucht sich helfend zu nähern, die Freundinnen haben ein wachsames Auge, Jette zaubert Tränke und summt Beschwörungen, Doktor Hufeland verordnet baldigen Ortswechsel.

„Weg von Weimar, das wäre gut. Aber das Belvedere liegt zu nahe. Kondolenzbesucher zuhauf würden ihr vors Haus strömen.

„Ich lasse Wilhelmsthal für sie herrichten", entschied dann Herzoginmutter Anna Amalia gleichermaßen besorgt um die Schwiegertochter.

Wilhelmsthal, vormals Wintershausen, nahe Eisenach gelegen, und nur eine einfache Jagdhütte, wurde vom Vater Carl Augusts zu einer barocken Anlage ausgebaut, die sich in die Einsamkeit eines abgelegenen Waldtales schmiegte.

„Die zu beiden Seiten aufsteigenden undurchdringlichen Talhänge beengen einen", kritisierte Goethe an Wilhelmsthal und vermied es nach Möglichkeit, dort erscheinen zu müssen.

Aber Besuch war ohnehin das Letzte, das Herzogin Luise wünschte. Sie wollte niemanden um sich haben außer dem engsten Kreis ihrer Begleitung, niemand sollte die heilsame Abgeschiedenheit stören, niemand die Grenze zu ihrem Innersten durchschreiten. Nicht nur, dass die Trauer Luise ernsthaft krank gemacht hatte, sie war auch wieder schwanger und erstmals unfähig, sich darüber zu freuen.

Wieder hatte Trost an Stelle der Liebe die beiden Eheleute zueinander geführt. Carl August, der sich für seine Person leichter tat, dem Gefühl der Trauer Ausdruck zu verleihen, stand hilflos vor der stummen Verzweiflung seiner Frau. Ohne Tränen, ohne Worte, ohne Klagen schien sie in einen tiefen Schacht gefallen, aus dem nur hin und wieder wie fernes Echo ein Seufzer aufklang.

„Luise, fass Mut, Liebes, wir werden andere Kinder haben…" hatte er es mit männlichem Ungeschick versucht und sogleich auch alles getan, was dazu nötig war.

Den ganzen Sommer über blieb Herzogin Luise in Wilhelmsthal, und Briefe, in ersten lichten Augenblicken geschrieben, belegen, dass sie langsam inneren Frieden und Ausgeglichenheit zurückgewann.

Ich schreibe Ihnen beiden aus dem schönen stillen Wilhelmsthal, wo ich langsam genese. In langer Zeit habe ich keinen so ruhigen Ort gesehen, nichts stört seine Stille! Die Berge mit dem schönsten Grün bewachsen, der See ein klarer Spiegel, der ganze Winkel so ganz und gar aus der Welt! Das hat einen Reiz, den ich nicht beschreiben kann. Mit einem Wort, ich bin ziemlich ruhig und wünschte nun den Rest meiner Zeit auf Erden an diesem Ort zubringen zu können. So schreibt sie an das Ehepaar Herder und endet gleichermaßen freundschaftlich:

Gedenken Sie meiner in Liebe, meine beiden Freunde! Die Einsamkeit soll Balsam sein für meine Seele und Gefühle erwecken, die bisher nicht tot, nur verschleiert sind! Lieben Sie mich beide und leben aufs beste wohl. L.

Aber es gibt auch weiterhin dunkle Stunden, die ein Brief an Frau von Stein widerspiegelt:

Es scheint, dass Sie nicht mehr an Ihre Freundin denken, so muß ich den Briefwechsel eröffnen, um Ihnen zu zeigen, wie krank ich bin. Gestern machte ich den Versuch, das Theater in Eisenach zu besuchen, mußte es aber zum Ärger des ganzen Publikums mitten in der Vorstellung verlassen. Heute hüte ich das Zimmer, um meine zerrüttete Gesundheit einigermaßen wieder herzustellen. Hoffen wir auf bessere Zeiten! Denken Sie zuweilen an mich und vergessen Sie mich nicht ganz. L.

Und dann wieder ein paar Zeilen an die Herders:
Ich danke Ihnen beiden für Ihre liebevolle Anteilnahme an meiner Gesundheit. Ich bin fest überzeugt, dass ich nichts Gutes zu erwarten habe. Genug, ich bin gefaßt! Die Einsamkeit hier beginnt, sich in Langeweile zu verkehren. Leben Sie aufs beste wohl und vertrauen Sie auf meine Freundschaft. L.

Um sich die Zeit während ihrer Einsiedelei zu vertreiben, las Luise viel, machte leichte Handarbeiten oder setzte sich gelegentlich auch mit ihren Damen zu einem Kartenspiel zusammen, vor allem aber unternahm sie weite Spaziergänge hügelan, hügelab, manches Mal so flott, dass ihre Begleitung Mühe hatte, mitzukommen.

„Erbarmen, Hoheit, ich bin kein junges Reh mehr", klagte dann schon mal Gräfin Gianini, die mit den Jahren ein wenig behäbig geworden war.

„Nur noch ein kurzes Stück, Gräfin", bettelte Luise dann in plötzlichem Übermut, „nur noch bis dort hinauf! Vom Kamm aus ist die Aussicht herrlich aufs Thüringer Land!"

In den letzten Tagen des August dann regte sich erstmals Leben in ihrem Leib. Das war der Zeitpunkt, an den die Natur den Beginn inniger Beziehung zwischen Mutter und Kind gesetzt hat.

„Es bewegt sich, Jette, es lebt", meldete Luise mit angehaltenem Atem. „Vielleicht, Jette, hat ja der Herzog doch Recht, und wir haben wieder ein so hübsches Töchterchen wie Luise Auguste es war… „

„Sicher doch, sicher doch…" brummte Jette zustimmend.

Von nun an ging es mit Luises Befinden in kleinen Schritten aufwärts, doch die Sommersonnenseligkeit des grünen Tals bei Eisenach zerplatzte wie eine Seifenblase, als der Herbst einsetzte. Grauer Nieselregen tagein, tagaus besserte die Stimmung nicht. Die Langeweile, wie Luise es nannte, aber auch die fortgeschrittene Schwangerschaft bewegten die Herzogin, Ende September nach Weimar heimzukehren. Ihr Zustand gab ihr den willkommenen Vorwand, dort ein äußerst zurückgezogenes Leben zu führen. Die Umgebung schien dafür das notwendige Verständnis aufzubringen. Sogar Goethe, der die Herzogin bei ihrer Rückkehr auf das Herzlichste begrüßte, spürte den Schatten der Melancholie, der sie noch immer umgab.

„Ach, Goethe, Sie haben mir gefehlt! Wie gern hätt' ich oftmals Ihre Hand gehalten, wenn der Mut mir sank..." Luise schien aus tiefster Not nach dem Freund zu greifen. Und auch das spürte Goethe. In vehementer Antwort auf das verbotene Signal ihrer Seele kommt er zu dem Schluss:

Ich weiß, ich habe mich mehr und mehr von der Herzogin Luise zu lösen...

Er selbst übrigens, der unterdessen ins komfortable Stadthaus am Frauenplan eingezogen ist, fühlt sich vom Literatur- und Theatertrubel, den er selbst ins Leben rief, übersättigt, ja abgestoßen. Goethe sinnt auf Flucht aus Weimar. Doch niemand weiß davon. Das Leben bei Hofe scheint gänzlich zu erliegen, während die Stadt sich erneut in ein winterliches Kleid hüllt, dunkle Wolken sich auf Häuser und Hütten, über Gärten und Straßen ihrer Schneelast entledigen, die Hufschlag und Schlittengeläut dämpft, ja alsbald jeden Laut erstickt.

Am 3. Februar 1785 setzen bei der Herzogin Luise die Wehen ein. Sie bringt einen Sohn zur Welt. Er lebt genau eine Stunde, dann stirbt er. Über Luise senkt sich endgültig der Vorhang tiefster Verzweiflung.

Pyrmont

Ein Bauer pflügte sein karges Feld, das ihm Frau und Kinder ernähren sollte. Er pflügte von morgens bis abends, ganze sechs Tage lang zog er Furche um Furche durch die steinige Erde. Und da er immer noch nicht fertig war, spannte er auch am siebten Tag das Pferd vor den Pflug, lenkte es hinaus aufs Feld und begann seine Arbeit. Da kam ein Wanderer des Wegs und rief dem Bauern zu, ob er denn nicht die Glocken läuten höre.

„Es ist Sonntag, der Tag des Herrn: Da hat alle Arbeit zu ruhen."

Aber der Bauer hörte nicht auf den Wanderer, trieb sein Pferd an und senkte die Pflugschar ins Erdreich. Da erhob sich ein riesiges Getöse, ein Brausen und Lärmen, das Feld teilte sich und gurgelnde Wassermassen verschlangen den Bauern samt Pferd und Pflug. Soweit die Sage um die Entstehung der Quellen im Tal der Emmer. Im wundergläubigen Mittelalter bildeten sich rasch Mythen um diese Quellen und ihre Heilkraft. So wollte ein Mann, von unerträglichen Schmerzen geplagt, seinem Leben ein Ende setzen. Als er auf einem Gang durch den Wald sah, wie Vögel und kleines Getier vom Wasser der Quellen tranken und sofort tot umfielen*, trank er, bereit zu sterben, ebenfalls davon. Aber stattdessen fühlte er seine Schmerzen schwinden, trank mehrmals, bis er gänzlich schmerzfrei und gesund war. Das konnte nur ein Wunder sein! Ein anderer Mann, der durch einen Sturz vom Baum seine Sprache verlor, trank von eben jenem Wunderwasser und konnte wieder sprechen.

Nun kamen die Menschen, erst zögernd, bald aber von der Wirkung der heilenden – oder auch ‚Heiligen' – Brunnen überzeugt. Sie strömten herbei, verblieben Tage und Wochen, bedurften der Unterkünfte in

---

*Vögel und niederes Getier erstickten beim Trinken aus der Quelle an aufsteigenden Schwefeldämpfen, die aber ansonsten so tief am Boden lagerten, dass sie hochbeinigen Lebewesen nichts anhaben konnten.

Dörfern und Weilern ringsum. Der Name Pyrmont fiel noch nicht. Das konnte er auch nicht, da die Familie der Spiegelberger, die die Grafschaft nach dem Aussterben der Grafen von Pyrmont 1494 erbten, erst viel später im Gebiet der Quellen ein Wasserschloss errichteten, das sie im Angedenken an ihre Erblasser ‚Pyrmont' nannten.

Wissenschaft ging dem Wundersamen der Quellen, alsbald auf den Grund. Ein Doktor Borchardus Metobius – oder einfacher Burchard Mithoff – veröffentlichte 1556 ein gedrucktes Traktat mit dem Titel:

Gründlicher warhafftiger Bericht von dem new gefundenen wunder Brunnen in der Graffschafft Spiegelberg - zwo meyl weges gelegen von Hamelen an der Weser - Item von Natur eygenschafft und wirckung desselben Brunnen in bewerten Exempeln angezeiget.

Er wies darauf hin, dass Sauerbrunnen in dieser Gegend schon vor dreihundert Jahren entsprungen und wieder versiegt seien, ja sogar noch früher von den Römern gekannt und genutzt wurden. Er versprach bei innerlicher wie äußerlicher Anwendung deren nutzbringende Wirkung bei Versagen der Leber und der Milz, gegen Wassersucht, Geschwüre, Fisteln und Krebs, aber auch gegen Hypochondrie, Melancholie und Frauenleiden.

Und 1628 untersuchte ein weiterer Arzt, der Stadt-Physikus von Hameln, Georg Bolmann, das Brunnenwasser auf wissenschaftlicher Basis und ordnete ihm Eisenberggeel, Eisen-Vitril, Salpeter, Alaun und Crystallin-Salz bei.

Doktor Johann Philipp Seip empfahl 1757 das Pyrmonter Wasser zu trinken oder darin zu baden, sogar bei Beschwerden wie Durchfall, Würmer, Schwindsucht, Podagra, Aberwitz und Unfruchtbarkeit.

Längst waren die Bade- und Trinkanlagen mit den notwendigen Quartieren zu einer stattlichen Ortschaft herangewachsen, der 1720 sogar die Stadtrechte verliehen worden waren. Entlang einer schnurgeraden Allee von vierfach gepflanzten Linden konnten die Kurgäste sich ergehen, sich nach Bad und Trinkkur erholen, vor allem aber sich sehen lassen und gesehen werden. Da gab es in langer Reihe dezente Kabinen, deren Schlüssel man für die Dauer des Aufenthalts mieten konnte, um sich diskret, aber mehr oder weniger eilig darin zurückzuziehen, wenn die sechs bis sieben Becher Säuerling, die man im Laufe des Vormittags getrunken hatte, den Körper wieder verlassen wollten. Weiter unten aber war die Allee gesäumt von Verkaufsbuden und eleganten Boutiquen, von Kaffeehäusern, Speiselokalen und nicht zuletzt Konzertsälen und Theatern, die der Unterhaltung und Geselligkeit dienten, und das bei schaukelnder Lampenbeleuchtung in den Zweigen der Linden oftmals bis tief in die Nacht hinein.

Nicht nur durch den Besuch von Potentaten wie dem Brandenburger Großen Kurfürsten, Zar Peter dem Großen von Russland, Friedrich II. von Preußen und Englands König Georg I., die wiederholt hier kurten, war Pyrmont zum beliebtesten Treffpunkt internationaler Gesellschaft geworden. Ob Adel oder gehobenes Bürgertum, wer immer es sich leisten konnte, denn der Aufenthalt war nicht billig, fuhr zur Erholung ins romantisch gelegene Tal der Emmer. Wer sich dann dort den Regeln einer Kur unterzog, der musste früh aufstehen, denn schon gegen sechs Uhr wurden die ersten Gläser Brunnen geschöpft und ausgeschenkt. Am ersten Tag musste der Gast zwei, an den folgenden vier, fünf bis zu zehn Gläser trinken und zwischen jedem Glas auf der Allee spazieren gehen.

Das Schöpfen, ohne von der sprudelnden Kohlensäure zu verlieren, ist eine Kunst und wird von Brunnenknechten in gestreiftem Wams mit grünem Kragen besorgt, die sich damit ihre 6 Reichstaler monatlich verdienen. Ab sieben Uhr spielen Musikanten auf, zuerst mit einem feierlichen Choral, dem Tänze und fröhliche Melodien folgen. Ab neun Uhr geht man zum Frühstück, allein oder gemeinsam, im eigenen Quartier oder in einem der zahlreichen Speisehäuser oder Kaffeestuben.

Aber man musste nicht unbedingt die beschwerliche Reise auf sich nehmen, um den heilsamen Säuerling zu trinken. Das Pyrmonter Brunnenwasser wurde bald nach seiner Wiederentdeckung in alle großen Städte wie Bremen, Hamburg und Amsterdam versandt, ja zu Schiff die Weser entlang sogar bis nach England. Zuerst verwandte man Steinkrüge dazu, mit der Zeit aber versiegelte Bouteillen aus zumeist grünem Glas. Doch fehlte dem fernen Bezieher des Wassers das Erlebnis der anregenden Geselligkeit, der wohltuende Szenenwechsel, vor allem aber die zur Heilung gehörende frische, belebende Luft der Wiesen und Wälder am Fuße der Weserberge.

Auch nach dem Urteil Doktor Hufelands war Pyrmont der ideale Ort, Leib und Seele zu regenerieren. So schlug er denn seiner Landesherrin eine Kur daselbst vor. Doch stieß er auf energischen Widerstand.

„Pyrmont?" rief Luise mit hochgezogenen Brauen, „Was in aller Welt sollte ich wohl in Pyrmont?"

„Nun", wich Hufeland vorsichtig aus, „Durchlaucht befinden sich gesundheitlich ohne Zweifel in einer gewissen Krise…"

„Ich hatte meine zweite Totgeburt. Sowas bleibt nicht ohne Spuren", verwahrte sich die Herzogin, „aber darüber hinaus bin ich bei bester Gesundheit, wie Sie wissen dürften, Doktor!"

„Sicher, Hoheit, sicher…" Hufeland rang die Hände. Er wollte das Beste, aber es auf diplomatischem Wege zu erreichen, war nicht seine Sache. „Gerade die Konstellation der Dinge lassen Pyrmont als äußerst geeignet erscheinen, Euer Durchlaucht, wegen seelischer Belange…" Er hatte sich völlig verheddert. Dann versuchte er es auf direktem Wege. „Die Quellen dort sind berühmt für ihre Wirkung gerade bei Leiden geistiger Art…" Nun hatte Hufeland sich erst recht vergaloppiert. Um wieder gutzumachen, fügte er ungeschickt noch eine Erklärung an. „Ich war selbst eine Saison als Kurarzt in Pyrmont und hatte unter meinen Patienten viele derart labile Damen..."

„Doktor Hufeland!" unterbrach Luise nun in gefährlich ruhigem Ton. Alle Farbe war von ihren Wangen gewichen, und ein leises Zittern umspielte ihren Mund. „Für heute, Doktor, möchte ich auf Ihre Dienste verzichten. Sie dürfen sich zurückziehen."

Dem Doktor blieb nichts anderes übrig, als zu gehorchen. Mit einer letzten hilflosen Geste seiner Hände trat er vorschriftsmäßig den Rückzug an. Noch hatte er die Tür nicht erreicht, als diese ungestüm aufgerissen wurde. Herzog Carl August stand im Türrahmen, spitzbübisch lachende Anspannung im jungen Gesicht.

„Nun, Hufeland, wie sieht's aus? Haben Sie die Herzogin für eine Kur gewonnen?"

Carl August hatte also vom Vorhaben Hufelands gewusst, den Arzt vorgeschickt, anstatt selbst mit Luise zu reden. Der Sachverhalt verletzte sie in unbestimmter Weise und ließ sie einen zynischen Ton anschlagen.

„Herr Doktor Hufeland versucht mir soeben auf schonende Weise nahezubringen, ich sei nicht mehr richtig im Kopf."

„Aber nicht doch", nahm Carl August sofort Partei, „du musst den Doktor falsch verstanden haben... obwohl... wenn ich's bedenke.. etwas seltsam verhältst du dich schon in letzter Zeit, bringst Tage allein im dunklen Zimmer zu..."

„Seltsam?" brauste ihr Protest auf, „was ist seltsam an meiner Trauer? Ich bringe tote Kinder zur Welt oder sie sterben mir weg. Ein Mann versteht nicht, was das für eine Frau bedeutet!"

„Eben darum soll dir ja geholfen werden, Liebste, soll eine Kur dir neue Kraft geben, dich auf andere Gedanken bringen. Und dazu ist Pyrmont genau der rechte Ort. Frag die Stein, sie war schon mehrfach dort, frag die

Herdern, die ihren Mann seiner Schwermut wegen nach Pyrmont begleitete, frag Bertuch, meinen Geheimen Sekretarius, frag…"

„Ach, so hör schon auf, Carl August", unterbrach Luise bitter vorwurfsvoll, „du willst mich loswerden, meine trübselige Miene nicht mehr sehen, sag's nur grad heraus."

Hatte sie den Nagel auf den Kopf getroffen? Tatsächlich blieb dem Herzog wie im Schreck einen Moment der Mund offen stehen. Aber blitzschnell fing er sich und reagierte mit einer Geste spontaner Warmherzigkeit, die bei aller Unrast immer wieder seinen ureigensten Charakter ausmachte.

„Dich loswerden, Luise, wie das? Wir fahren doch gemeinsam, du und ich! Hast du geglaubt, ich lass dich die weite Reise allein machen?" Keine zwei Sekunden war der Entschluss alt, seine Frau in das so gepriesene Bad zu begleiten. Aber noch ehe Luise etwas dazu sagen konnte, hatte Carl August sich in die Rolle schon ganz hineingedacht. „Weimar wird auch einmal ohne mich auskommen können", überlegte er, keineswegs sicher, ob das wirklich der Fall sein würde, „der alte Fritsch ist zwar recht schwierig im Umgang, aber als Minister macht ihm niemand etwas vor. Und Johann Christoph Schmidt an seiner Seite ist ein guter Mann, zuverlässig und haushälterisch veranlagt." So seine Regierung überdenkend, die er also eine Weile allein lassen wollte, setzte Carl August mit einem Seufzer der Erleichterung hinzu: „Nicht zuletzt haben wir ja auch noch unseren lieben Goethe!"

Luise, gleich ob sie den Entschluss ihres Gemahls als plötzlichen Sinneswandel erkannte oder nicht, wurde von Rührung übermannt, und wieder einmal, wie schon so oft, füllten sich ihre Augen mit Tränen.

„Oh, Liebster, wir beide zusammen zur Kur?" schluchzte sie und konnte es kaum glauben, „da werden Hufeland und Kollega die gehorsamste Patientin an mir haben!"

Als sie im Überschwang ihrer Gefühle sich ihm entgegenwarf, fing er sie auf und umschlang sie fest. Der Augenblick war ungetrübt wie selten zwischen ihnen.

Allein reisten die beiden dann natürlich nicht. Gepäck und Begleitung machten wieder eine ganze Wagenkette aus, die sich vier Tage lang ächzend über Erfurt, Göttingen und Northeim bis nach Hameln quälte. Nur von dort, von Norden aus konnte man ins Tal der Emmer einfahren, und über den Zustand der Straßen sagt ein vielsagender Ausspruch Justus Mösers: *Man muß durch das Fegefeuer ehe man ins Paradies kommen kann.*

Wer aber im Sommer 1785 zwischen zwei Bechern Brunnen die Große Allee zu Pyrmont, bald auch die Hauptallee genannt, da weitere Alleen angelegt wurden, entlang spazierte, der konnte einem jungen Paar begegnen, das Arm in Arm sich ebenfalls die ärztlich vorgeschriebene Bewegung machte. Längst hatte sich herumgesprochen, das Herzogspaar von Weimar sei angekommen und nehme gemeinsam die Kur. Man zeigte sich angemessen höflich, trat gezogenen Hutes beiseite, oder die Damen deuteten einen Knicks an, aber sonderlich beeindruckt war man nicht. Pyrmont war Gäste jeden Standes gewöhnt. Nur neugierig war man, denn Neugier ist die Tochter von Muße und Langeweile. So guckte man also genau hin und ließ sich kein Detail entgehen. Der Herzog trug keine Perücke, lediglich das braune Haar gepudert und gekräuselt, darauf ein übergroßer Dreispitz, die vordere Kante fast zum Zweispitz eingedrückt. Seine Kleidung, der Pariser Mode leicht abtrünnig, dem englischen Stil bereits zugewandt, schien teuer und gediegen. Ein knielanger Rock zeigte kräftige Streifen in grün und gelb, dazu grüne Escarpins im alten Schnitt. Das Kleid der Herzogin hingegen war von schlichtem Weiß, mit langen, engen Ärmeln, der Rock wenig gebauscht. Nur ein Schultertuch, nach vorn übereinander geschlagen, zeigte Farbe, nämlich Spitze wie Stickerei in Zartblau. Ein mächtiger Strohhut mit gleich blauem Band wippte auf ebenfalls gepudert und gekräuseltem Haar.

Auf den ersten Blick zeigte sich beider Wesen so verschieden wie ihr Äußeres. Schwenkte er jungenhaft fröhlich gegen jedermann seinen großen Hut, nickte den Herren zu, verbeugte sich vor den Damen, so schritt sie eher gesenkten Kopfes dahin, und leichte Röte stieg ihr in die Wangen, wenn die Menge der ebenfalls Kurenden ihr allzu hautnah entgegenströmte. War sein Auftreten also immer noch jugendlich vital, so zeigte ihre Erscheinung nach wie vor etwas sehr Zurückhaltendes, das zu Missverständnissen Anlass geben konnte. Den inneren Kampf, den schüchtern Veranlagte auszustehen haben, den konnte niemand ahnen.

„Carl August", flüsterte die Herzogin hinter einem Fächer aus Crêpe de Chine, „warum hast du nicht erlaubt, dass meine Damen mich begleiten oder wenigstens Jette…"

„Weil du, meine liebe Luise, dich auch einmal auf deine eigenen zwei Beine verlassen sollst", kam es tadelnd vom Herzog, dem nur ein einziger Diener in diskretem Abstand folgte, „außerdem hast du ja mich, Liebste…"

„Ja, aber…" Unwillkürlich fasste sie seinen Arm fester.

Natürlich hatte sie die Reise nicht ohne ihre Damen gemacht, schon gar nicht ohne ihre Jette, und war ebensowenig Carl August ohne genügend Dienerschaft, Kammerherr und Sekretarius hier in Pyrmont. Aber sich einmal ohne Abschirmung ‚unters Volk' zu mischen, das gehörte zur Therapie, zumindest was Luises getrübtes Seelenbild anbetraf. Aber es war viel verlangt von ihr, die sich ihr Leben lang immer, sobald Menschen ihr zu nahe kamen, hinter den Schutzschild der Etikette hatte zurückziehen können.

Doch noch nicht genug der heilsamen Herausforderung. An langen Tischen entlang der Allee trat im

Wechsel jeweils einer der wohlhabenderen Besucher als Gastgeber zu einem gemeinsamen Frühstück auf.

„Nehmen Sie Platz, meine Damen und Herren, und lassen Sie es sich schmecken!" rief Herzog Carl August, der für heute diese Rolle übernommen hatte und auch sogleich eine Runde Champagner bestellte. Alles durfte sich setzen, wo es beliebte und wo grad ein Platz noch frei war. Nicht ganz leicht zu handhaben für Luise, die im Reglement aufgewachsen war, bei Tisch habe stets zwischen dem Mitglied eines höheren Adelshauses bis zum nächstplatzierten Bürgerlichen ein Abstand von sechs Stühlen zu herrschen. Hatte ihre Mutter selig diese Regel zwar keineswegs beachtet, so war Luise doch irritiert, als sich jetzt eine behäbige ältere Frau neben ihr niederließ und sich sogleich von Gebäck, Konfitüre, Wurst und kaltem Braten reichlich bediente.

„Ich bin Frau Gericke", stellte sie sich mit vollem Mund kauend vor, „wir waren schon ein paarmal hier im Bad. Das dort drüben ist mein Mann, er ist Pastor in Höxter."

Zum Glück schien die Frau Pastor aus Höxter nicht zu erwarten, dass Luise ihr inkognito lüftete. Mag sein, dass wiederholte Besuche im fortschrittlich liberalen Pyrmont den Blickwinkel herkömmlicher Gesellschaftsstrukturen trüben. Luise ließ es auf sich beruhen und blickte die Tafel auf und ab, an der sich nun etwa fünfzig Personen bei anregendem Gespräch gütlich taten. Da gab es Beamte, Kaufleute, Militär, Professoren, Landadel, Hofschranzen. Nur nach unten war die Grenze streng gezogen, denn so genannte Brunnenvogte sorgten dafür, dass Bauern, Bettler, Dirnen und Hunde die Hauptallee nicht betraten. Dennoch fühlte Luise sich an ein Traktat erinnert, das ihr kürzlich unter die Augen gekommen war und das den Titel trug: *Wahres Abbild der Brunnen-Gesellschaft und des angenehmen Gekrümmels und Gewümmels, so bey dem Sauer-Brunnen zu Pyrmont in diesem Sommer wahrgenommen.*

Endlich zu ausgedehnter Mittagsruhe befand Luise sich wieder in Gesellschaft ihrer Damen und konnte sich nicht enthalten zu klagen:

„Es war, als sei ich barfuß in einen Ameisenhaufen geraten."

Nicht weniger begeistert hatte sie dann zuzustimmen, als Carl August sie überredete, den Abend noch einmal so zwanglos unter Menschen zu verbringen.

„Komm, wir gehen ins Ballhaus hinüber!" schlug er in scheinbar unerschöpflicher Energie vor, „dort spielt man zum Tanz für jedermann auf." Auch ihm war diese

Carl August, Herzog von Sachsen-Weimar

Art von zwangloser Kontaktaufnahme neu. In der Welt herumgekommen, kannte er unbefangenen Umgang mit seinesgleichen ebenso wie ein gelegentlich herablassendes Sich-gemein-Machen mit der untersten Schicht der Bevölkerung. Gehobenes Bürgertum, selbstbewusst und unabhängig, noch dazu in so entspannter Atmosphäre, wie er sie im Badeort antraf, war auch ihm fremd.

Im Ballhaus erschien er äußerst elegant im nachtblauen Frack mit weißseidenen Kniehosen, Luise an seiner Seite wieder in Weiß, diesmal mit goldsilberner Applikation. Beider Auftritt glich einem Paukenschlag, fast schien die Musik einen Augenblick auszusetzen, das Stimmengewirr zu stocken. Aller Blicke, vor allem die der Herren, richteten sich auf die Eintretenden.

„Wie sie mich anstarren", beschwerte sich Luise im Flüsterton, war sie doch von Hause her eher gewohnt, dass die Menschen ehrfürchtig die Blicke vor ihr senkten. Als Antwort auf ihre Beschwerde hörte sie aber Carl August an ihrer Seite vergnüglich auflachen.

„Sie starren nicht, Luischen, sie bewundern dich! Und das mit gutem Grund. Du siehst wunderschön aus, und ich bin mächtig stolz auf dich!"

Luise errötete. Solche Komplimente war sie vom Herzog nicht gewohnt. Wollte er ihrer spotten? O nein, das nicht. Carl August spottete niemals, war ihr niemals anders als in aufrichtiger Ehrerbietung begegnet. Und da er jetzt auf sie niederblickte und sie zum ersten Tanz bat, waren seine Augen von gleicher Bewunderung wie die aller Herren im Saal.

„Lass uns tanzen, meine Liebe", sagte er schlicht und umfasste sie herzhaft zu einer französischen Gavotte. Tanz wechselte mit Tanz, und endlich müde bat Luise um eine Verschnaufpause. Man ließ sich am Ende eines langen Tisches nieder, der wieder wie schon am Morgen in bunter Reihe besetzt war. Carl August orderte Wein, aber kaum war die Karaffe gebracht und konnte Luise einen ersten Schluck nehmen, trat ein hoch gewachsener

Mann hinter ihren Stuhl. Er war gut gekleidet, sein Frack von teurem Tuch, Jabot und Manschetten von säuberlichem Weiß, gestärkt und gefaltet. Er verbeugte sich artig und bat Luise um den nächsten Tanz.

„Würden Madame mir die Ehre erweisen?" fragte er mit sonorer Stimme und nach einer weiteren Verbeugung: „Natürlich nur, wenn Monsieur erlauben?"

Karl Heinrich Burmeester, obwohl noch in den besten Jahren, kurte in Pyrmont der Leber wegen. Er logierte im Gästehaus Niemeyer, gleich neben der Großen Allee. Seine Werften in Hamburg und Bremen warfen gutes Geld ab, Frau und Töchter hatte er zu Hause gelassen. Burmeester war belesen, liebte Musik und kannte ein gut Stück dieser Erde. Das Einzige, was ihm fehlte, war das kleine Wörtchen ‚von' vor seinem Namen. War es, weil sie diesen Umstand ahnte oder einfach weil man nicht so mir nichts dir nichts eine regierende Herzogin zum Tanz auffordern kann, jedenfalls zögerte Luise ganz offensichtlich.

„Meinen Dank, Monsieur, aber…"

Da begegnete sie Carl Augusts beschwörendem Blick. Sie waren weder in Weimar noch bei Hofe, sie waren in Pyrmont, dem Ort, an dem nicht nur die Quellen der Natur sprudelnd aus der Erde drangen, sondern auch die Menschen verschiedensten Standes und Geistes wie sprudelnd durcheinander wirbelten, und das zu gutem und gleichermaßen heilsamem Resultat. Pyrmont nahm damit eine Entspannung innerhalb der Gesellschaft vorweg, die andernorts noch auf sich warten ließ, so gefährlich sich ihre Kanten und Brüche auch aneinander rieben.

„Es ist mir eine Ehre, mein Herr…" korrigierte sich Luise und ließ sich vom Reeder Burmeester auf die Tanzfläche geleiten.

Carl August folgte ihr mit den Augen. Gut, sie hatte ihn verstanden, aber sie jetzt so am Arm eines anderen sich wiegen und biegen zu sehen, schreitend, neigend, ja ihre Fingerspitzen gar die des Fremden berührend, da überkamen ihn Gefühle sonderbarster Art. Wo immer er als Herzog eine Frau begehrte, die Bauernmädchen, die Witwe aus Tiefurt oder gar eine Gräfin Werthern, hatte kein Nebenbuhler gewagt, gegen ihn anzutreten. Und was Luise, seine Frau, anbetraf, hatte er sicher sein können, dass Verehrung und Umwerbung einer sie umgebenden Männerwelt nicht nur im Reglement höfischen Umgangs erstickte, sondern ohnehin an ihrem makellosen Wesen abgeglitten wäre. Jetzt aber, da der Reeder aus Hamburg sich tanzend und offenbar geschwätzig ihr zuwandte, sah Carl August seine Frau diesem Geschwätz bestätigend zunicken und ihre Lippen sich zu einem seltenen, aber umso bezauberndern Lächeln teilen. Was hatten diese beiden denn da zu schwatzen und zu schäkern? Einen Tanz hatte er erlaubt, nun ja, ihn sich aber steif und abgezirkelt vorgestellt wie daheim auf herzoglich Weimarer Hofparkett. Und nun dies Lächeln! Carl August trank hastig sein Glas Wein in einem Zug aus. Ja, er war eifersüchtig, eifersüchtig das erste Mal in seinem Leben.

Dem Reeder folgten noch ein Kaufmann und ein Apotheker, dann meinte Herzog Carl August in betont gleichgültigem Ton:

„Es ist schon spät, Liebes, ich denke, wir sollten ans Heimgehen denken…"

„Sicher, Liebster, ganz wie du meinst", stimmte Luise in gewohntem Gehorsam zu, „ich bin auch schon rechtschaffen müde."

Draußen war es längst dunkel, nur die Laternen an den Bäumen der Allee spendeten ein schwankendes Licht. In ihrem Schatten drängte sich hier und da ein Liebespaar, sonst war trotz der lauen Sommernacht niemand mehr unterwegs. Eine Brunnenkur in Pyrmont bedingte frühes Aufstehen, denn vor Sonnenaufgang, so heißt es, habe das Wasser die meiste Kraft.

„Wir sind ganz ohne Begleitung", bemerkte Luise ein wenig besorgt.

„Ja, das sind wir", bestätigte Carl August wortkarg. Er kämpfte noch immer mit einem unbekannten inneren Aufruhr.

„Jette wird sicher noch auf sein und auf mich warten…" überlegte Luise.

„Ja, das wird sie…"

„Es wird langsam kühl", bemerkte Luise, „gut, dass ich das Schultertuch um habe…"

„Ja, das ist gut…"

„Weißt du, Carl August, dieser Reeder aus Hamburg, der hat Schiffe ausgerüstet bis nach Indien…"

Carl August schwieg.

„…und denk dir, er macht Versuche, seine Schiffe mit Dampf anzutreiben und…"

„Genug, genug, ich will nichts mehr hören", unterbrach Carl August barsch. Und plötzlich fühlte Luise sich heftig um die Taille gefasst und in den Schatten der Linden gezogen. Sie fühlte sich geküsst, erst fordernd, fast roh, dann aber voll neuer, süßer Zärtlichkeit. Sie fühlte Küsse an ihrem Hals, im Ausschnitt ihres Kleides, auf Händen und Armen. Herzog und Herzogin, ein Liebespaar wie jedes andere in einer lauen Sommernacht. Darüber nachzudenken oder es abzuwägen, fand Luise keine Zeit.

„Komm", drängte Carl August, „lass uns gehen…" Ihr Quartier lag nicht weit von der Hauptallee, und selbstverständlich erwartete Jette sie voller Besorgnis.

„Es ist längst Mitternacht vorbei, Hoheit", tadelte sie und hielt nach altem Ritus ein Glas warme Milch bereit.

„Keine Milch mehr, Jette", wehrte Luise geduldig ab, während Carl August keinerlei Geduld zeigte.

„Schick sie weg, ich bitt' dich, nur heut' einmal!"

„Aber sie muss mir beim Auskleiden helfen", wandte Luise praktisch ein.

„Ach, das schaff' ich schon selbst", lachte Carl August und wollte sich gleich an die Arbeit machen.

„Das ist nicht so einfach mit all den Haken und Ösen…"

Luises Einwand ging unter in einem neuerlich langen Kuss, während Jette bereits murrend das Feld geräumt hatte.

Wer in den nächsten Wochen zwischen zwei Bechern Brunnen die Große Allee zu Pyrmont entlang spazierte, dem konnte ein junges Paar begegnen, das, sich an den Händen haltend, jedermann höflich grüßte. Er fröhlich vital, sie hoch erhobenen Kopfes, den Blick nicht gesenkt, sondern von ruhiger Gewissheit erfüllt, ein neues Leuchten in den blauen Augen und um die Lippen der Triumph eines kleinen Lächelns. Ob die sprudelnden Quellen des Emmertales den beiden wohl getan oder ob die Liebe ihnen neue Flügel geschenkt, ganz gleich, die Wirkung Pyrmonts war es allemal.

Erneute Entfremdung

Bereits im Herbst des gleichen Jahres fühlte Luise sich schwanger. Jedermann freute sich, dass dem Hause Weimar ein weiteres Kind geschenkt werden sollte. Nur Luise freute sich nicht. Stattdessen nagten an ihr die alten Ängste und Befürchtungen.

„Es wird wieder tot zur Welt kommen", mutmaßte sie gleich in den ersten Monaten und suchte damit enttäuschten Hoffnungen zuvorzukommen. Für jeglichen Trost oder aufmunternden Zuspruch war sie taub.

„Es gibt keinerlei Anzeichen, dass eine Totgeburt sich wiederholt", diagnostizierte Doktor Hufeland im März 1786, da das Kind sich bereits mit kräftigen Bewegungen im Mutterleib zu Wort meldete.

„Ich tauge nicht zum Kinderkriegen", beharrte Luise weiterhin auf ihrer düsteren Haltung, selbst als Herzogin Anna Amalia sich begütigend einschaltete.

„Du hast bereits einem gesunden, wohl geratenen Sohn das Leben geschenkt, Luise, und ebenso eine Tochter..."

Ja, der Erbprinz Carl Friedrich war zu einem hübschen Dreijährigen herangewachsen, das war wahr. Aber die Tochter hätte Anna Amalia besser nicht erwähnen sollen.

„Sehen Sie, Mama, so straft mich Gott", begehrte ihre Schwiegertochter auf, „bringe ich einmal ein gesundes Kind zur Welt, so nimmt er's mir im fünften Lebensjahr." Ein Strom von Tränen folgte ihrem Ausbruch, und dies eine Mal duldete sie, dass die alte Herzogin ihre Arme um sie schloss.

„Mein armes, armes Kind, wie bist du nur ständig gefangen in Not und Schrecken", murmelte sie voller Mitleid, „fass doch nur einmal Mut zu diesem Leben, zur Welt, die dich umgibt. Leid haben wir alle zu tragen, und es wird leichter, wenn wir es bereitwillig tun."

Anna Amalia, am Ende eines starken und kühnen Lebens, suchte die von Ängsten gepeinigte Wesensart ihrer Schwiegertochter zu verstehen, aber eine Brücke zu schlagen sollte ihr nicht mehr gelingen.

Auch Herzog Carl August kann mit Luises neuem depressivem Stimmungstief nicht fertigwerden. Hilflos und überfordert schreibt er in einem Brief an einen Freund:

Meine Frau, da sie so keinerlei Talent hat, welches ihr Wesen einölte und biegsam erhielte, wird steif und verliert zugleich den Wesenszug einer gewissen Lieblichkeit, die für jeglichen Umgang so nötig ist.

Außerdem beschäftigten ihn andere Sorgen. Der Krieg um die Bayerische Erbfolge hat des Kaisers Pläne nur aufgeschoben. Joseph II. will das Wittelsbacher Erbe im Tausch gegen Besitz in den Niederlanden dem Habsburger Machtbereich einverleiben. Damit aber wäre das Gleichgewicht innerhalb des Deutschen Reiches empfindlich gestört. Österreichs Interessen gegenüber stünde nur Preußen und eine große Anzahl zersplitterter, untereinander uneiniger Fürstentümer. Das ist es, was dem jungen Herzog von Sachsen-Weimar seit etlicher Zeit Kopfschmerzen macht. Carl August, so klug wie weitsichtig, wäre bereit, seine Unabhängigkeit einer Vereinigung aller Kleinstaaten, Seite an Seite mit Preußen, unterzuordnen. Wer aber würde freiwillig seinem Beispiel folgen? Er reist nach Mannheim ins Badische, nach Karlsruhe, nach Mainz und Braunschweig. Er redet, wirbt und argumentiert für einen zu gründenden ‚Deutschen Fürstenbund'.

Goethe, mitleidig das rastlose Bemühen des Freundes vor Augen, stellt später in ‚Auerbachs Keller' die Frage:
Das liebe heil'ge Röm'sche Reich,
Wie hält's nur noch zusammen?
Und gibt seufzend selbst die Antwort:
Ein leidig Lied! Dankt Gott mit jedem Morgen,
dass ihr nicht braucht fürs Röm'sche Reich zu sorgen!

Endlich kommt in der Sache der Fürsten Unterstützung aus Preußen. Aber der Große Friedrich nimmt auch sogleich die Zügel in die Hand, was der ursprünglichen Idee die Kraft nimmt. Carl August reist nach Berlin, zu retten, was zu retten ist. Da kann er sich nicht um Luises neuerliche Kaprizen, für die er ihre Depressionen hält, kümmern. Es geht ihm ohnehin nicht in den Kopf, weshalb sie nach den unbeschwerten Tagen von Pyrmont die Welt nun wieder so schwarz sieht. Warum schließt sie sich mit ihren Damen tagelang ein, will niemanden sehen und grübelt über Missgeburt und Kindbetttod? Warum nur? Carl August schüttelt verständnislos den Kopf und reist ab.

Ebensowenig konnte Goethe zu dieser Zeit seiner hoch geborenen Freundin beistehen. Entnervt, sowohl von Streitereien mit den Weimarer Ministern alter Schule als auch durch seine heftige, aber wenig gefestigte Beziehung zu Frau von Stein, setzte er sich nach Karlsbad ab und wenige Wochen darauf, ohne Abschied und *sans laisser l'adresse,* nach Italien. Die Stein kommentiert seine Abreise spitz:
...ein bißchen unartig hat er seine Freunde verlassen...

So waren es wieder nur die Freundinnen, die zur Verfügung standen, der Herzogin die Tage vor der Geburt aufzuhellen. Aber sie hatten einen schweren Stand. Neben körperlichen Beschwerden der Schwangerschaft empfand Luise ihre Tage als ‚lichtlos' und ‚umschleiert'. Und entgegen ihrem sonst kühlen Verstand neigt sie vermehrt zu Mystik und Traumdeuterei.

„Ich sehe mein Kind mit weißen Flügeln gen Himmel schweben", macht sie sich selbst bange und verharrt in schmerzlich-resignierten Vorstellungen.

Herder sucht schriftlich ungeschickt zu trösten:
Sie gehen, gnädigste Herzogin, freilich einen harten, dunklen Weg durchs Leben, nur Geduld leitet wechselweise Schritt für Schritt weiter und am Ende sind wir alle doch nur Werkzeuge eines verborgenen Schicksals – doch damit reißt er die kranke Seele nur in weitere Abgründe.

Am Tiefpunkt angekommen bringt Herzogin Luise am 18. Juli des Jahres 1786 eine gesunde Tochter zur Welt. Im festen Glauben, das Kind würde die nächsten Stunden nicht überleben, wagt Luise nicht es anzusehen. Erschöpft und blind vor Tränen hält sie die Augen gegen die Wand gerichtet.

„Welch niedlich Ding", hört sie wie durch Nebel die Amme entzückt rufen, „ganz der Vater!"

Luise rührt sich nicht.

Jette, instinktiv die seelische Verweigerung der Mutter spürend, versucht es einfühlsamer.

„Nur Mut, meine Luise, nur Mut!" Seit frühester Kindheit hat sie diese Anrede nicht mehr benutzt und wagt es auch nur dies eine Mal. „Schauen Sie nur, Hoheit, ein hübsches kleines Mädchen, genau wie Sie es sich gewünscht!"

„Wird es denn leben?" fragt Luise, ohne den Kopf zu wenden.

„Keinerlei Grund zur Beunruhigung, Frau Herzogin", dröhnt jetzt Doktor Hufeland, der das Kind untersucht hat, „sie macht einen robusten Eindruck und hören Sie nur ihre Stimme!"

Tatsächlich begrüßt Prinzessin Caroline Luise von Weimar, wie sie denn heißen wird, aus vollem Halse diese Welt.

Noch war Luise nicht überzeugt. Zu tief saß das Misstrauen. Derweilen nahm Jette das Kind auf, das zu schreien aufhörte und stattdessen leise schmatzte, und legte es, nackt wie es war, neben Luise aufs tränennasse Kissen.

„Nun…" sagte sie leise wie an das Kind gerichtet, „wenn sie dich nicht sehen will, so guck du sie dir an. Sie ist deine Mutter, und du wirst sie herzlich liebgewinnen…"

Endlich, die Nähe des Kindes spürend, wagte Luise einen Blick. Schon wollte das rosa Puppengesicht ihr ans Herz rühren, aber noch behielt der Sturm innerer Zweifel und Angst die Oberhand. Sie wollte Garantien, dass sich nicht wiederhole, was ihr zweimal schon so wehgetan. Sie wollte Halt und Beistand in ihrer Not. So war ihr nächster Gedanke: Carl August.

„Wo bleibt der Herzog? Ist er noch in Berlin? Wann kommt er endlich?"

Carl August kehrte alsbald aus Berlin zurück, aber er brachte Neuigkeiten, die in Luises Ohren nicht gut klangen.

„Ich werde preußischer General", fiel er mit der Tür ins Haus.

„Was wirst du?" Luise glaubte, nicht recht gehört zu haben. Aber sogleich fiel ihr der eigene Vater ein, der als junger Mann ebenso der Neigung absolutistischer Fürstensöhne zum Opfer gefallen war, sich auf den Stufen einer militärischen Laufbahn beweisen zu wollen. Und sie erinnerte sich auch, dass er darüber seine Familie sträflich vernachlässigt hatte.

„Was in aller Welt bewegt dich, einen solchen Posten anzunehmen?" fragte sie dennoch.

Diese Frage konnte nur von einer Frau kommen, so war Carl August sich sicher, denn ein Mann hätte ohne

Worte verstanden, welch hohe Ehre es bedeutete, in der glorreichen Armee des großen Königs, dem Sieger von Hohenfriedberg, Roßbach und Leuthen, dienen zu dürfen. In angemessener Position versteht sich, denn der einfache Grenadier oder Musketier, zu Fuß bei Hitze und Kälte, in seinen weißen Gamaschen, den hohen Blechmützen auf dem Kopf, als Kanonenfutter dienend, der dachte wohl anders darüber. Für den Augenblick wählte Carl August besser den zweiten Aspekt seines Entschlusses, um ihn in berechtigtem Licht erscheinen zu lassen.

„Nun, der Sold eines preußischen Generals ist nicht gerade zu verachten, wie du weißt, und er wird meiner Schatulle recht gut tun.

Damit hatte der Herzog zweifelsohne Recht. Weimars Kassen waren leer, man sparte an allen Ecken und Kanten, während der Wiederaufbau des ausgebrannten Schlosses immer dringlicher wurde. Die geschwärzten Mauern drohten einzustürzen, sie notdürftig zu erhalten erforderte unterdessen hinlänglich genug. Geld musste herangeschafft werden, auch wenn die Abwesenheit des Landesherrn dafür in Kauf genommen werden musste. Mit ihrer nächsten Frage berührte Luise genau diesen neuralgischen Punkt.

„Aber kannst du denn so lange von Weimar fortsein?"

„Die Wochen in Pyrmont waren die beste Probe dafür", lachte Carl August, „meine Minister Fritsch und Schmidt machten ihre Sache sehr gut, und Freund Goethe…"

„Goethe ist in Italien", unterbrach Luise.

„Er wird ja wohl einmal zurückkehren…" wehrte Carl August ab.

„Nicht aber seine Ämter wieder aufnehmen, wie er mir bedeutete, jedenfalls nicht im bisherigen Umfang. Er will frei sein für Kunst und Wissenschaft, für seine Studien der Natur."

Carl August, einen Moment verärgert, Luise besser über den Freund instruiert zu sehen als selbst dessen

Wege zu kennen, schlug einen betont großspurigen Ton an.

„Wie dem auch sei, Weimar wird eine wackere Herzogin haben, die mich in allen Belangen vertritt und jedermann mit Rat und Tat zu Hilfe kommt."

Luise verschlug es fast den Atem.

„Du meinst…?"

„Ja, Liebste, ich baue auf dich. Du bist die Herzogin, Landesmutter und Regentin in meinem Auftrag."

„Aber, Carl August, ich…" Ich kann nicht, wollte sie rufen, sich verwahren gegen eine Forderung so bedrohlich und unausführbar, als sollte sie barfuß den Chimborasso besteigen. Sie sollte aus ihrer selbstgewählten Isolierung treten, mit den Menschen in Stadt und Land reden, Entscheidungen treffen, Verantwortung tragen, und letztendlich dem preußischen Herrn General, wenn er denn in seiner prächtigen Uniform auf Urlaub käme, auch noch Rechenschaft ablegen? Eine Welle panischer Angst ergriff Luise.

„Nein", rief sie, „nein! Geh nicht nach Berlin, ich bitte dich, lass mich nicht allein."

Die Tränen zu trocknen, die ihr über die Wangen liefen, war Carl August liebevoll bereit, aber in der Sache blieb er hart.

„Weine nicht, Luise, mein Entschluss steht fest. Die Zeiten erfordern es, an der Seite Preußens zu stehen. Und ich werde es in meiner Eigenschaft als Generalmajor im Dienste Seiner Majestät des preußischen Königs tun."

Damit ging er brüsk aus dem Zimmer und überließ Luise dem Trost ihrer Damen, zu denen statt der im Dienst alt gewordenen Gianini seit einiger Zeit Friederike von Riedesel, mit Spitznamen Fritzchen, zählte.

„Der Herzog will mich verlassen", schluchzte Luise hemmungslos, „er geht nach Berlin zurück, von nun an für immer…"

Aber so weit war es dann doch noch nicht.

Der General Herzog von Weimar

Tatsächlich wurde Herzog Carl August von Sachsen-Weimar erst im Jahr 1787 vom preußischen König zum Generalmajor des 6. Kürassierregiments ‚von Rohr' mit Standort Aschersleben ernannt. König von Preußen und damit sein Dienstherr war aber nicht mehr der Große Friedrich. Der war am 18. August 1786 nach einem langen, ruhmreichen Leben einsam in den Armen seines Kammerdieners gestorben und mit ihm Preußens Gloria. König von Preußen war nunmehr Friedrich Wilhelm II., im Volk gutmütig der ‚dicke Willem' genannt, und durch die Heirat mit Friederike von Hessen-Darmstadt Luises Schwager. Niemand wusste so recht, wie er in seinem hohen Amt bestehen würde. Würde er dem Einfluss der Rosenkreuzler und seiner Geliebten Wilhelmine Encke aus der Spandauer Straße erliegen oder sich mannhaft den bedrohlichen Zeichen am politischen Himmel stellen?

Die erste Pflicht des herzoglichen Generals war es jedenfalls, noch ehe er sich in Aschersleben installiert hatte, den König nach Schlesien zu begleiten, wo dieser zu Breslau die offizielle Huldigung der schlesischen Fürsten, Prälaten und Edelleute entgegennahm. Im nahen Beieinander von Schwager zu Schwager und in manch vertrautem Gespräch konnte Carl August sich bald ein Bild vom neuen König machen, dem man bisher allgemein Phlegma und Wohlleben nachsagte. Aber überraschend bescheinigte Herzog Carl August:

Er ist tätiger als sein unsterblicher Vorfahr, tätiger als je ein König auf Erden war. Er ist ein würdiger Nachfolger des großen Königs.

Erst nach Rückkehr aus Schlesien trat dann der Generalmajor sein Kommando in Aschersleben an. Und das ging keineswegs schlicht oder ohne viel Aufsehen vor sich, denn ohne wenigstens den geringsten Teil seiner Hofhaltung wollte der Herzog zu Aschersleben nun auch nicht residieren. Da brach in aller Herrgottsfrüh also wieder einmal ein langer Wagenzug auf, vorweg die herzogliche Equipage, diese allerdings leer, da Carl August die Reise zu Pferd vorzog. Der Equipage folgten der Reihe nach die Dienerschaft, und zwar laut *Ascherslebischem* Haustagebuch genau ein Kämmerier, ein Kammerdiener, fünf Hofbediente, ein Schreiber, eine Küchenmagd, eine Bettmagd, zwei Jagdkutscher, ein Vorreiter, ein Reitknecht und zwei Husaren. Den Herzog, dessen Kavalkade sich ein wenig abseits hielt, begleiteten sein Adjutant, sein Oberforstmeister, sein Oberstallmeister, ein Kammerherr und etliche Pagen. Die Straßen hier im nördlichen Harzvorland verdienten kaum diesen Namen, so kam man nur langsam vorwärts und hatte außer in Wiehe noch einmal in Eisleben zu übernachten. Um für den feierlichen Empfang durch das Regiment gerüstet zu sein, ließ sich Carl August kurz vor Eintreffen in Aschersleben einkleiden. So erschien er denn vor der angetretenen Front in seiner Paradeuniform, dem Kollett aus weißem Tuch, Kragen und breite, spitz zulaufende Aufschläge in hellrotem Samt. Zu gelber Weste trug er weißlederne enge Hosen und kniehohe schwarze Stiefel. Seinen schwarzen Hut schmückten Agraffe, Kordon und Federbusch. Quartier bezog der Generalmajor im so genannten Kämmereihaus in nächster Nähe des Rathauses.

Unterbrochen von militärischen ‚Revuen' in Potsdam, begann nun der graue Truppenalltag einer preußischen Garnison, aber auch Besuche umliegender Höfe in Pracht und Gala wie dem des Fürsten Anhalt-Bernburg, dem Herzog von Braunschweig, und Gegenvisiten des Prinzen von Oranien und des Fürsten Leopold von Anhalt-Dessau. An Kurzweil fehlte es also nicht, während jene beunruhigenden Zeichen am politischen Himmel sich mehrten.

Ein französischer Journalist des Namens Mirabeau erschien in Berlin und überreichte dem König eine Denkschrift, mit der er ihn aufforderte, dem Adel seine sämtlichen Privilegien zu streichen.

Das absolutistische Zeitalter neigt sich seinem Ende zu, heißt es da, *die Sklaverei des Militarismus hat sich überlebt.* Friedrich Wilhelm II. schenkt dem Verfasser, der selbst ein Graf ist, keinerlei Beachtung, bleibt aber wachsam.

Was die Verhältnisse in seinem Heimatland Frankreich angeht, hat Graf Mirabeau keineswegs Unrecht. Trotz äußerster Finanznot des Staates und während anhaltender Regen die Ernte im ganzen Land zerstörte, bleibt der Adel noch immer von jeglichen steuerlichen Geldabgaben befreit. Das Volk hungert, und Hunger ist bekanntlich die stärkste Antriebskraft zu politischen Veränderungen. Die dunklen Wolken über Südwest ziehen sich immer mehr zusammen. Carl August, mehrfach nach Potsdam und Berlin berufen, gewinnt Einblick weit über seine militärische Funktion hinaus.

Sein letzter Besuch gilt dann sogar einem sehr persönlichen Auftrag des Königs. Ihn auszuführen lässt er sich bei der Königin melden.

„Majestät…" beginnt er ganz gegen seine Art verlegen, wird aber seinerseits familiär begrüßt.

„Carl August, liebster Schwager, was führt dich zu mir? Bringst du Nachricht von Luise?"

„Nein, Majestät… Friederike, nicht von Luise. Es ist der König, der mich schickt…"

„Der König?" wundert sich die Königin, „ich seh' ihn alle Tage, was muss er mir einen Parlamentär schicken, wenn er was zu sagen hat?"

„Nun… der König meint… der König möchte…"

Das fröhlich unbekümmerte Gesicht der Königin verdüstert sich.

„Er will die Scheidung, nicht wahr? Die Encke will er heiraten oder besser Rietz, wie sie ja nach der Scheinehe mit dem Gärtnersburschen heißt, gell? Das ist es doch, oder? Ich soll abtreten, den Thron für seine Geliebte freimachen. So red schon, Schwager, schickt dich der Willem darum?"

Friederike hatte sich in begreifliche Erregung hineingeredet. Zum Glück konnte Carl August sie im hauptsächlichen Punkt beruhigen. Den Thron sollte sie nicht freimachen, um Scheidung ging es auch nicht, nicht einmal um Wilhelmine Encke, verehelichte Rietz. Friedrich Wilhelm II. hatte ein Auge auf ein Fräulein von Voß geworfen und wollte diese zur linken Hand heiraten.

„Ich bleibe also Königin und seine eigentliche Frau?" fragte Luises Schwester schon halb und halb beruhigt.

„Majestät bleiben Königin von Preußen, Gemahlin Seiner Majestät und Mutter des Kronprinzen", bestätigte Carl August, erleichtert sich seines schwierigen Auftrags entledigt zu haben. Zu seinem Erstaunen sah er endlich sogar ein schadenfrohes Schmunzeln auf den Gesichtszügen, die denen seiner Luise so ähnlich waren.

„Das wird die Encke ärgern, so wette ich", rief sie fast burschikos, denn ihre Wesensart war der der Schwester gar nicht ähnlich.

So schickt sich Friederike denn auch darein, dass Friedrich Wilhelm II. im gleichen Jahr 1787 in der Charlottenburger Schlosskapelle mit kirchlichem Segen morganatisch dem Fräulein Julie von Voß angetraut wird. Seiner Beziehung zu Wilhelmine Rietz, zum Trost alsbald zur Gräfin Lichtenau erhoben, tat das keinerlei Abbruch.

Herzog Carl August hingegen kehrte mit einer neuen Erfahrung über Eherecht zu seinem Regiment nach Aschersleben zurück.

In Weimar unterdessen waren sich Herzogin Luise und der Geheime Rat vollzählig und gemeinsam darüber einig, dass sie die andauernde Abwesenheit des Landesherrn missbilligten. Voll funktionsfähig erfüllte der Rat zwar seine Pflicht, doch die Bevölkerung fühlte sich vom Herzog alleingelassen. Selbst Goethe ist keine Hilfe.

Obwohl längst aus Italien zurückgekehrt, hat er die alten Fäden nicht wieder angeknüpft. Neues beherrscht ihn, nämlich die Liebe zu Christiane Vulpius, die in der

Weimarer Gesellschaft auf Unverständnis stößt. Frau von Stein urteilt nicht nur aus Eifersucht hart: Mit den ‚Bettgeschichten' anderer Leute wolle sie nichts zu tun haben! Und als sie ihm von ungefähr in den Straßen Weimars begegnet, meldet sie das in einem Brief an ihren Sohn:

Goethe kam mit seiner ‚Kammerjungfer' an seiner Seite an mir vorbeigegangen. Ich schämte mich und hielt meinen Sonnenschirm so vor mich hin, als hätte ich ihn nicht bemerkt.

Luise gar fühlt sich doppelt allein gelassen, vom Gatten und von dessen Freund. Neben dem Unvermögen, sich in Stellvertretung den öffentlichen Aufgaben zu widmen, wächst in ihr die Sehnsucht nach Carl August.

„Ich fahre zu ihm", verkündet sie und rüstet kurz entschlossen zur Reise nach Aschersleben. Im Sommer 1788 kommt sie dort an und wird vom Herzog in aller Herzlichkeit aufgenommen. Die Trennung hat manche Schärfe gemildert, beide besinnen sich auf ihre gegenseitige Zuneigung.

„Prächtig siehst du aus in deiner Uniform", lobt Luise trotz ihrer Abneigung gegen das Militärische.

„Und du, Luischen, hübscher und jünger denn je", staunt Carl August, dem in der Garnison längst die holde Weiblichkeit abgeht. Vor langer Zeit als Prinzessin eine gute Reiterin, steigt sie auch jetzt wieder in den Sattel, um mit ihrem General über Land zu reiten, Feldlager zu besichtigen und Manövern beizuwohnen. Nicht immer dulden die beiden dabei großes Gefolge, lassen sich nur von einem Reitknecht begleiten, wenn sie vergnügt und verjüngt einen Galopp wagen. Der Wald, kaum zu durchdringen, leuchtet in sattem Grün, die Felder stehen goldgelb vor der letzten Reife.

Wer denkt da daran, dass zur gleichen Zeit über Frankreich die schlimmsten Hagelschauer seit Jahrzehnten niedergehen und alles vernichten, das einmal zu Mehl und Brot werden sollte. Zwei verlorene Ernten in zwei aufeinanderfolgenden Jahren! Und ein zweites Jahr des

Hungers im Volk! Der König soll die Generalstände einberufen, so fordert man, aber mit gerechterer Aufteilung der Stimmzahlen. Nicht wie bisher zwei Stimmen pro Kopf des ersten und zweiten Standes, also des Adels und des Klerus, sondern jedem nur eine Stimme, wie sie dem dritten Stand zugebilligt wird. Nur dann könnte man hinlänglich von Gerechtigkeit sprechen, wenn es um die Belange des Volkes geht. Aber der König zögert. Und genaugenommen waren es die Marktfrauen von Grenoble, die bereits in diesen Tagen die Revolution eröffneten. Auf Befehl aus Versailles sollte ihr Stadtparlament aufgelöst werden, Männer, die sich für die Not der Bevölkerung eingesetzt hatten. Zwei Infanteriekompanien, um die Aktion zu unterstützen, marschierten ausgerechnet auf dem Wochenmarkt auf und trafen dort trotz aufgepflanzten Bajonetts auf einen überlegenen Gegner. Zweihundert Marktfrauen warfen mit Pflastersteinen, und als diese ihnen ausgingen, verschanzten sie sich auf den Dächern der Häuser und warfen so lange mit Dachziegeln von oben herab, bis die Soldaten abzogen. Grenoble behielt sein angestammtes Parlament.

Von all dem drang noch kein Echo über die Grenzen Frankreichs hinaus, und schon gar nicht bis in die altehrwürdige Garnisonsstadt Aschersleben.

Nach Wochen friedlichen Aufenthalts, wenn auch dem Anschein nach in recht wehrhafter Umgebung, musste Luise an die Heimreise denken.

„Grüß mir mein Weimar, Luise, und Goethen vor allem", beschwor Carl August sie in letzter Umarmung, „er soll im Rat für mich sprechen, ihnen erklären, dass ich recht tue hier in Aschersleben." Und da er selbst in ihren Zügen noch letzte Zweifel las: „Glaub mir, wenn Sturm aufkommt, gehören wir an Preußens Seite!"

„Wenn Sturm aufkommt... du meinst wirklich, Carl August?" Luise klang besorgt, als sie sich aus seinen Armen löste und die Kutsche bestieg. Ja, sie war besorgt, denn sie wusste, dass sie wieder schwanger war.

Schiller

Sechs Jahre war es her, dass im Mannheimer Nationaltheater *Die Räuber,* ein Drama des württembergischen Regimentsmedicus Friedrich Schiller, uraufgeführt worden war. Viereinhalb Stunden hielt das Publikum im Saal aus, erst verhalten, dann tobend vor Begeisterung. *Das Theater glich einem Irrenhaus,* so ein Augenzeuge, *rollende Blicke, geballte Fäuste, Schluchzen und heisere Schreie im Zuschauerraum!* Nicht nur *Die Räuber,* auch weitere Werke hatten Schillers Namen unterdessen weithin be-

„Schiller in Weimar", Gemälde von W. von Lindenschmidt

kannt gemacht. Endlich führte ihn sein Weg auch nach Weimar. Aber anfangs nur flüchtiger Besucher hatte er enttäuscht darüber, weder den Herzog noch Goethe anzutreffen, der Stadt wieder den Rücken gekehrt. Der Herzogin seine Aufwartung zu machen, hatte er sicherlich in Erwägung gezogen, seiner Abneigung allen höfischen Zeremoniells wegen aber davon Abstand genommen. Hätte er geahnt, welch stille Bewunderin er bereits in ihr besaß, wäre die Bekanntschaft mit ihr ihm sicherlich Frack und enge Kragenbinde sowie ein paar devote Bücklinge wert gewesen. Auch kurz drauf, bei einem zweiten Besuch, konnte Schiller sich nicht entschließen, sich offiziell bei Hofe vorstellen zu lassen. Seine Erfahrungen als württembergischer Untertan hatten jene Mischung aus bescheidener Zurückhaltung und aufbegehrender Selbstsicherheit in ihm wachsen lassen, die ohnehin den Umgang mit ihm nicht immer leicht machte. Unschlüssig, wie er Weimar, noch immer ohne Herzog und ohne Goethe, für sich erobern könne, kam ihm der Zufall zu Hilfe.

Die Parkanlagen entlang der Ilm rund um den so genannten Stern sind unterdessen ganz nach Luises Wünschen ausgebaut und erweitert worden, bequeme Wege waren angelegt, auf denen sich zu ergehen ‚auch Nicht-Adligen' seit neuestem ausdrücklich erlaubt ist. Schiller, nicht von Adel, hat es sich, seit er in der Stadt ist, zur Gewohnheit gemacht, hier spazieren zu gehen. So auch an einem sonnigen Herbsttag des Jahres 1788. Erste goldene Blätter fallen wirbelnd von den Bäumen, rascheln unterm Fuß. Schiller, in Gedanken bei werdenden Versen oder auch einfach bei seinem niemals ausgeglichenen Budget, sieht kaum vom Wege auf. Er ist ordentlich gekleidet, worauf im Park ausdrücklich zu achten ist, aber zu Hemd und Hose in blauem Tuch trägt er weder Plastron noch Halsbinde, sondern den Kragen seines weißen Hemdes weit geöffnet und umgeklappt. Er sieht weder rechts noch links, er hört nicht Stimmen und Schritte, die ihm entgegenkommen. Als sie bereits ganz nah sind, ist es zu spät, zu reagieren. Zwar tritt er beiseite, noch zieht er rasch den Hut vom eingeflochtenen Haar und senkt das Gesicht, aber schon ist sie mit Gefolge an ihm vorbeigeschritten, die Herzogin Luise von Sachsen-Weimar. Sie hat ihm einen flüchtigen Blick gegönnt, ihre großen, dunkelblauen Augen haben seinen unbeholfenen Gruß erwidert. Er sieht nicht mehr, wie sie sich dezent einer ihrer Damen zuwendet.

„War das Schillern, liebe Waldner?"

„Ja, das war er, Durchlaucht, nicht eben mit höfischen Sitten vertraut."

„Seien wir nicht zu streng mit ihm, wer weiß, welchem Musenflug er gerade nachhing."

Schon hat die kleine Gruppe, rasch ausschreitend, das Ende der Allee erreicht, Schiller im Gefühl einer verpassten Gelegenheit zurücklassend. Ärger mischt sich mit Enttäuschung, und so schreibt er an Freund Körner über diese Begegnung:

Die Herzogin macht eine schöne und edle Figur, zeigt aber viel Stolz und Fürstlichkeit im Gange. Man sagt, sie sei ein edles Geschöpf, aber kalt, und viele halten sie für hochmütig.

Wie erstaunt war der Dichter dann, als er, zurück in seinem Quartier, ein Billett vorfand, er möge sich im Fürstenhaus ‚sans gêne' melden.

Und richtig kam ihm Luise dort, feinfühlig die Mitte der Extreme wählend, ungezwungen entgegen, führte lange Gespräche mit ihm, ohne jemals einen Zweifel über den gesellschaftlichen Abstand zu lassen.

„Ich will Ihren Arbeiten eine eifrige Patronin sein", versicherte sie ihm, der solches auch dringend nötig hatte. Luise, mit Verständnis für Notwendigkeiten blanker Existenz, schlug dem Herzog eine jährliche Pension von zweihundert Talern für Schiller vor, die Carl August im Nachhinein auch genehmigte. Andererseits verleugnete Luise nicht ihre tief eingewurzelte Vorstellung von Standesunterschieden. Als Frau von Stein ihr von Schillers tiefer Neigung zu Charlotte von Lengefeld erzählte und dessen Absicht, Lotte zu heiraten, rief sie bedauernd aus:

„Wie schade! Ein so hübsches und anziehendes Mädchen von Adel will solch eine Ehe eingehen?"

Erst als Schiller bereits Professor in Jena war und das Wörtchen ‚von' auch seinen Namen zierte, fand sie die Eheschließung angemessen.

Ganz besonders ermutigte Herzogin Luise den Dichter zu Werken historischen Hintergrunds, ließ sich aus *Don Carlos* vorlesen und veranstaltete Lesungen in kleinem Rahmen. Große Öffentlichkeit, da waren sie sich einig, scheuten beide, wenn auch aus verschiedenen Motiven.

Goethe, obwohl von seinem ‚Bettschatz' Christiane Vulpius abgelenkt, muss Eifersucht verspürt haben, seit Schiller im engeren Kreis um Luise auftauchte. Lange halten sie sich voneinander fern, doch als sich die beiden Dichtergrößen zwangsläufig begegnen, umschleichen sie sich misstrauisch und meiden jeden tieferen Kontakt. *Öfters um Goethe zu sein würde mich unglücklich machen,* fasst Schiller nach dem ersten Treffen zusammen, *er ist in nichts zu fassen, macht seine Gegenwart wohltätig kund, aber nur wie ein Gott, ohne sich selbst zu geben. Eine ganz sonderbare Mischung von Haß und Liebe ist es, die er in mir erweckt...* Goethe bemerkt dagegen eher lakonisch:

Weimar, dieses Klein-Athen, ist nicht groß genug, uns beide zu beherbergen.

Erst langsam, Schritt für Schritt, soll sich beiderseitig Anerkennung und endlich tiefe Zuneigung entwickeln, die bis zum Lebensende anhält. Neid und Eifersucht sind endgültig überwunden, sogar ganz im Gegenteil schreibt Goethe bald an Schiller:

Daß man immer öfter uns in unseren Arbeiten verwechselt, ist mir sehr angenehm; es zeigt, dass wir immer mehr ‚Manier' loswerden und ins allgemein Gute übergehen. Gemeinsam können wir eine schöne Breite einnehmen, wenn wir mit einer Hand zusammenhalten und mit der anderen soweit austeilen als die Natur uns erlaubt.

Luise unterdessen, im Kreuzfeuer zweier Pole wie Goethe und Schiller, macht nach innen eine Periode geistiger Reife durch, während sie sich nach außen hin klarsichtig selber einschätzt:
Ich nehme aber an mir wahr, dass ich immer zurückhaltender und mißtrauischer werde.
Sie kämpft also weiterhin verbissen mit genau jenen Eigenschaften, die sie hindern, frei und unbeschwert ihr Amt auszuüben. Und das Schicksal macht ihr diesen Kampf nicht leicht, sondern stößt sie zurück ins Dunkel der Verzweiflung und Mutlosigkeit.

Ritt durch die Nacht

Der 14. April 1789 war im eintönigen Ablauf des Aschersleber Garnisonsleben ein ganz gewöhnlicher Tag bis zu dem Augenblick, da ein erschöpfter Meldereiter auf abgehetztem Pferd vor dem Kämmereihaus daselbst aus dem Sattel sank.

„Meldung für den Herrn Generalmajor! Eilig!" keucht er.

„Gemach, gemach", wehrt der Diensthabende, den die Wache herbeigerufen hat, ab. „Woher kommt Er?"

„Aus Weimar..." bringt der Melder eben noch hervor, ehe der Atem ihm versagt.

„Nun red Er schon! Was ist?" will der Korporal noch wissen, bekommt aber als Antwort nur ein Kopfschütteln. Erst als der Melder vor dem Herzog steht und vorschriftsmäßig gegrüßt hat, zieht er ein Schreiben aus dem Ärmelaufschlag, wo es während fünfzehnstündigem Galopp und dreimaligem Pferdewechsel sicher gesteckt hat. Noch ehe Carl August es öffnet, liest er vom Gesicht des Boten, dass es keine gute Botschaft ist. Das Schreiben ist von Doktor Hufeland.

Zu meinem allerhöchsten Bedauern habe ich Serenissimus die traurige Mitteilung zu machen, daß Ihre Hoheit, die Frau Herzogin, in der Nacht zum 13. April eine männliche Totgeburt hatte. Die Frau Herzogin befindet sich in außerordentlich niedergedrücktem Gemütszustand. Ich trage Bedenken...

Carl August las nicht weiter.

„Meinen Schimmel, rasch!" befahl er, „ich reite nach Weimar.

„Und wen belieben Euer Gnaden als Attachement...?" erkundigte sich sein Adjutant unsicher, da der Herr Generalmajor gewöhnlich ohne jegliche Begleitung durch die Wälder preschte. Carl August überlegte einen Augenblick, wer als Reiter ihm und seinem Schimmel aus arabischem Geblüt wohl standhalten würde.

„Wagner und Blochberg sollen sich bereit machen!" Der eine Kammerdiener, der andere Reitknecht, standen sie binnen einer halben Stunde, bestens beritten und mit der nötigsten Bagage hintaufgeschnallt, bereit. Man ritt in den Abend hinein und die ganze Nacht hindurch. Der Morgen dämmerte eben herauf, als Carl August das Fürstenhaus betrat und sich von einem Diener in die Gemächer seiner Frau leuchten ließ. Im Vorzimmer hielten wie üblich die Getreuen Wacht und fuhren auf, als unerwartet der Herzog eintrat.

„Ihre Hoheit schläft", flüsterte Jette, „der Doktor gab ihr Mohnsaft ein.

Carl August winkte ab und betrat allein den Schlafraum, der nur schwach von einer Kerze erleuchtet war. Er blieb nahe dem Bett stehen und lauschte auf den Atem der Schlafenden. Seine Augen gewöhnten sich so weit an das Halbdunkel, dass er ihre entspannten Gesichtszüge wahrnahm, aber auch ein unruhiges Zucken um ihre Lippen, als wollten sie rufen und fragen, vielleicht nach dem kleinen, sehnlich erwarteten und doch so schnell verlorenen Leben. Carl August, ermüdet vom langen Ritt, ließ sich auf der Bettkante nieder, wehrte aber dem Schlaf, der ihn übermannen wollte.

Sie war mir immer eine gute Frau, dachte er, aufrichtig und tadellos in ihrer Art. Dass sie keine Leidenschaft in mir erweckt, das ist nicht ihr Verschulden. Warum aber ist ihre Seele oftmals so von Furien gejagt, hat sie keinen Mut zu sich selbst? Warum das Zögerliche, das Zaudern und der Mangel an Selbstvertrauen? Noch niemals hatte Carl August sich in Ruhe und ungestört so viel Gedanken um Luise gemacht. Doch jetzt, da ihm vor Müdigkeit fast die Augen zufallen wollten, fühlte er sich ihr ganz nah und hätte gern ihr Innerstes erforscht. Sie ist noch immer schön auf ihre Art, fasste er seine Gedanken zusammen, mit ihren zweiunddreißig Jahren noch immer eine Frau von großer Anmut. Noch keine Falte zieht sich um Stirn und Wangen, nur die Lider sind geschwollen vom Weinen, von den vielen, vielen Tränen, denen nur selten ein Lächeln und kaum jemals ein Lachen entgegensteht. Ach, könnte sie doch die Dinge dieser Welt leichter nehmen, könnte sie doch fröhlichen Herzens sein, könnte sie doch…

Nun war er doch eingeschlafen, der herzogliche Generalmajor, wenn auch kerzengerade im Sitzen, wie nur ein Soldat das kann. Der Morgen graute schnell, und erste zarte Frühlingssonne fingerte sich durchs efeubewachsene Fenster, als Luise die Augen aufschlug. Ungläubig sah sie die nun doch ein wenig zusammengesunkene Gestalt im weißen Kollett mit dem leuchtend ziegelroten Kragen, Zopf und Seitenrollen ein wenig zerzaust, der breite Hut achtlos zu Boden gesunken.

„Carl August", rief sie schon wieder erstickt von aufkommenden Tränen, „du bist gekommen, Carl August?"

Und als er erwachte, fühlte er ungestüm ihre Arme um seinen Hals.

„Ja, ja, ich bin's", schlug er gleich einen tröstenden Ton an, „dachte mir, du wirst mich brauchen nach allem…"

„O ja, wie sehr brauch' ich dich, mein Liebster, da das Schicksal das dritte Mal zugeschlagen!"

Ereignisse, die sich wiederholen, können ihrer Auswirkung nach sich steigern oder eben dieser Wiederholung wegen mit Resignation aufgenommen werden. Nach drei Totgeburten und dem Tod der Fünfjährigen war Luises Empfindsamkeit gegen die Ungerechtigkeit des Schicksals ins Unermessliche gesteigert. Ihr Zustand war bedenklich.

„Gott will mich strafen..." klagte sie, und ihr Schluchzen bebte gegen seine Schulter.

„Aber, aber, Luise, warum sollte Gott dich strafen? Du hast eine etwas schwache Natur, das ist alles. Immerhin haben wir zwei gesunde Kinder, einen Sohn und eine Tochter, und werden sicherlich weitere Kinder haben..." Einlullend sprach er weiter und erreichte tatsächlich, dass sie sich beruhigte.

„Du bist heimgekehrt, Carl August, ich bin nicht allein", seufzte sie noch einmal auf und ließ sich zurück in die Kissen gleiten. Zuversichtlich schenkte sie ihm sogar ein Lächeln. „Wenn du bei mir bist, Liebster, ist alles leichter zu tragen."

Wie sollte er ihr da gestehen, dass er nicht bleiben konnte, ja so schnell wie möglich zum Regiment zurückzukehren hatte?

„Nun", meinte er zögernd, „ich bin gekommen, dir beizustehen, das ist wahr, aber heimgekehrt bin ich nicht."

„Du bist nicht...?"

„Nein, Luise, ich muss zurück zum Regiment, so schnell wie möglich. Es steht nicht gut in der Welt, und für die Armee heißt das: toujours en vedette!"

Luise schluckte. Beistand und Halt, so unverhofft an ihrer Seite, schwanden ebenso wieder dahin.

„Zurück zur Armee? Heute noch?"

„Ja, Liebes, heute noch." Nervös geworden, warf er einen Blick auf die Kaminuhr. „Das heißt... ich reite gegen Mittag."

Luise, bei aller Ängstlichkeit, hatte eins von Jugend an gelernt, sich in eine Soldatenseele zu versetzen.

„Dass du überhaupt gekommen bist, Liebster, ich will's dir nie vergessen. Hab Dank dafür."

Sie schien jetzt ganz ruhig. Jede Meile, die er über Berg und Tal galoppiert war, jede Meile zurück, die nun noch vor ihm lag, war es ihm wert, sie so ruhig zu sehen, und trotz der Enttäuschung, die er ihr zufügen musste, mit dem Versuch eines kleinen, tapferen Lächelns.

Das Fanal

Carl August hatte Recht. Es stand nicht gut in der Welt. Mit Blick auf Frankreich waren ringsum die Armeen Europas auf der Hut. Im Mai endlich rief der König in Versailles die Stände zusammen, allerdings nach altem Stimmrecht und Ritus: Für den ersten Stand, die Kirchenherren, wurden die Flügel der Eingangstür des großen Spiegelsaals im Schloss beide weit geöffnet, zum Empfang des zweiten Standes, des Adels, wurde eine Seite der Flügeltür geschlossen, und ehe der dritte Stand, immerhin 621 Vertreter des Volkes, eintreten durfte, mussten sie demütig vor beidseitig verschlossener Tür warten. Der dritte Stand protestierte gegen das alte Verfahren und zog aus, um gesondert zu tagen. Dem König entglitten die Zügel, er verlor die Kontrolle über die Generalstände. Das war der Funke, der die trockne Spreu der Unzufriedenheit entzündete. Die Brotpreise stiegen rapide, Fleisch war unerschwinglich. Ein Handelsvertrag mit England senkte die Einfuhrzölle, englische Ware überschwemmte das Land. Dies führte zu Arbeitslosigkeit, da zahllose kleine Handwerksbetriebe zerstört wurden. Überhöhte Steuern lasteten auf dem kleinen Mann, während der Adel steuerfrei ausging. Als das Volk lauter murrte, zog der König Truppen zusammen, wohlweislich Schweizergarde und deutsche Söldner, denn die französischen Garden hatten sich längst leidenschaftlich der Sache des Volkes verschrieben.

Am 12. Juli lagen die ersten Toten in den Straßen von Paris. Wie unendlich viele ihnen folgen sollten, wusste zum Glück noch niemand, bis auf einen, der es zu ahnen schien:

„Bürger!" rief er in die aufgebrachte Menge, „das Staatswohl verlangt große Mittel und vielleicht schmerzliche, schreckliche Maßregeln! Ich sehe ein neues Zeitalter heraufziehen. Die Nation erhebt ihr Haupt, um mit seinem Herrn zu rechten! Ein edles und freies Volk tritt vor die Schranken der Geschichte!"

Der Mann, der diese Worte rief, hatte ein hässliches, wulstiges Gesicht, von Blattern entstellt. Sein Name war Georges Danton.

Der 13. Juli sollte nicht ruhiger verlaufen. Das Volk zog johlend und plündernd durch die Stadt. In der Nacht zum 14. Juli brachen sie in die königlichen Rüstkammern ein und erbeuteten Kanonen und Gewehre. Jetzt waren sie bewaffnet. Was allerdings noch fehlte, war Munition und Schießpulver. Schießpulver? Das liegt in der Bastille zuhauf, so ging das Gerücht. Und der Ruf ‚Auf zur Bastille' eilte von Mund zu Mund. Die Bastille gewaltsam zu stürmen, waren sie gekommen, da aber die Wache, nervös geworden oder einfach mit von der Partie, das Tor öffnete, stieß ihr Zorn ins Leere. Auch Schießpulver fanden sie keines.

„Lasst uns die Gefangenen befreien!" riefen sie stattdessen und stachen die Wache nieder. Die Zellen der Bastille beherbergten ganze sieben Insassen, Alte, Invaliden und Landstreicher. Die Bastille aber, Wahrzeichen absolutistischer Herrschaft, war in der Hand des Volkes, und der 14. Juli 1789 wurde zum Fanal der großen Revolution.

Nachrichten verbreiteten sich zu dieser Zeit langsam. Man vermutete, man munkelte, aber Tatsachen drangen nur mühsam und oft verfälscht bis in ferne Gefilde, so auch nach Weimar. Was hörte man also im Verlauf dieses Sommers? Ein Volk hatte sich erhoben gegen Unrecht und Unterdrückung. ‚Freiheit, Gleichheit, Brüderlichkeit' tönte es da. Klang das nicht wunderbar? Da kam schon mancher ins Schwärmen.

„Es ist der Anbruch einer neuen Morgenröte für die Menschheit", ließ Herder sich vernehmen, „Fürsten, bisher schmeichlerisch zu Göttern erhoben, müssen jetzt ihre Berechtigung zum Vorrecht durch Geburt beweisen!" Dieser Mann, dem Herzog Carl August beim Amtsantritt als Superintendent all seine Schulden bezahlt hatte und erst kürzlich zu seinem Gehalt eine Zulage von vierhundert Talern gewährte, wagte es im Zuge der Zeit, Fürstenhöfe als ‚Grindköpfe' zu bezeichnen, auf denen die Damen und Herren des Hofes wie ‚Läuse' herumkrabbelten. Seine Äußerungen ließen Herzogin Luise in einigen Abstand zu ihm treten. Sie sieht im Gegensatz zu Schwarmgeistern wie Herder in den Geschehnissen von Paris einen gähnenden Abgrund, in dem die bestehende Weltordnung zu versinken droht.

„Ich verstehe Herdern nicht mehr", klagt sie gegenüber Caroline, der wie eh und je ihre Freundschaft gehört, „er erkennt einerseits die Unterschiede der Stände auf der Welt an, heftet ihnen, ermutigt vom ‚Blitzstrahl der Wahrheit', wie er die Revolution nennt, andererseits eine Menge angeborener Vorurteile an, von denen sie sich nur in stetiger Mühe freimachen könnten."

„Ach, Hoheit, auch mir scheint Herdern in mancher Hinsicht etwas kraus in letzter Zeit", sucht Caroline ohne Überzeugung abzuschwächen.

Und Herder war nicht allein, auch Wieland und Schiller wiegten sich in Rosarot. Ganz anders Goethe. Fest an der Seite seines Herzogs stehend riet er zur Vorsicht.

„Alles läuft mit Blasebälgern herum", lautete seine Warnung, „mich dünkt, es wäre besser und an der Zeit, nach Wassereimern zu greifen."

Und tatsächlich wandelte sich bald, was zu Beginn noch den Anschein gerechter Reformen hatte. Der König von Frankreich wurde in seinem eigenen Schloss, den Tuilerien zu Paris, zum Gefangenen des Volkes.

Der Versuch einer Flucht endete durch Missverständnisse in der Vorbereitung mit der Ergreifung Ludwigs und seiner Familie kurz vor der rettenden Grenze. Der König wurde nach Paris zurückgebracht, weiterhin als Gefangener und endgültig als Marionette. Als Mord und Totschlag dann zunehmen und auch die Guillotine zu tun bekommt, sucht Wieland in seinem ‚Teutschen Merkur' noch immer nach einer Entschuldigung: *Die Bewegungen eines zur Verzweiflung gebrachten Volkes sind ihrer Natur nach stürmisch, und niemand kann für die Folgen verantwortlich gemacht werden.*

Doch wie Goethe in seiner endlich abgeschlossenen Arbeit über einen gewissen Doktor Faustus sagt, *der Worte sind genug gewechselt, laßt mich nun endlich Taten sehen,* nehmen die Politik und damit die militärischen Konsequenzen ihren Lauf. Herzog Carl August wird die Leitung der Magdeburger Kavallerie-Inspektion übertragen, Truppenbesichtigungen und Feldübungen führen ihn nach Wanzleben, Schönebeck und im Osten bis nach Jüterbog weit übers Land. Er inspiziert Übungen wie Kolonnenmärsche, Angriffe auf Dörfer, Wachtposten und Meldewesen, Zustand der Truppen nach Ordnung und Disziplin, aber auch ihre Behandlung durch Korporäle und Offiziere.

An vieler Prügel fehlt es nicht, schreibt er an Freund Knebel, *wenn es keinen Krieg gibt, sind all diese Künste eitel, und ist das ewige Exerzieren, die Leute zu plagen und im Zwang zu halten, eine unnatürliche Beschäftigung.* Auch ist er gegen allzu viel Drill. *Man muß die preußische Armee nicht nach der Potsdamer Garnison beurteilen, weil bei dieser alles übertrieben wird. Die Drahtpuppen dort sind nicht nach meinem Geschmack.*

Dennoch stehen Manöver und harte Ausbildung im Vordergrund, denn Frankreich hatte die Feuerglocke geläutet, und niemand konnte absehen, wie der Brand sich noch ausbreitete.

Um die Belange seines kleinen Fürstentums in der Hand zu behalten und dort nach dem Rechten zu sehen, unterbrach Herzog Carl August mehrfach seine Inspektionsreisen und kehrte nach Hause zurück. Allseits erfreut und erleichtert begrüßt, dienerte auch der Geheime Rat von Fritsch vor seinem Herrn.

„Ich hoffe, Euer Durchlaucht befinden sich wohl?" fragte er und blinzelte aus wässrig entzündeten Augen, die ihm zu schaffen machten.

„Ach, lieber Fritsch", gab Carl August lachend zur Antwort, „das zentaurische Leben durch eine Hälfte des Tages und das menschliche durch die andere Hälfte hindurch, amalgamieren sich so artig bei mir, dass ich wirklich Wohlsein empfinde." Seine Hand lag fast zärtlich auf dem Arm des langsam erblindenden alten Mannes. „Aber nun berichten Sie, lieber Fritsch, wie gehen die Geschäfte zu Weimar?

Er hätte nicht zu fragen brauchen, endlos zogen sich Sorgen und Klagen hin, die Fritsch nicht ohne Vorwurf vorbrachte.

„Der Schlossbau, Euer Gnaden, er macht mir großes Kopfzerbrechen…"

„Haben Sie eine Baukommision gebildet, Fritsch, wie ich Ihnen vorschlug, mit Goethen an der Spitze?"

„Ja, Hoheit, das haben wir", gab Fritsch etwas säuerlich zu, da er sich nur notgedrungen zu einer Zusammenarbeit mit dem ideensprühenden Genius bereitgefunden, „Herr von Goethe wünscht den Hamburger Architekten Arens zu beschäftigen, den teuersten der zur Auswahl stehenden." Da war er wieder, der kaum verdeckte Vorwurf. „Und Arens, wenig beflissen, hat sich erst zweimal im letzten Jahr hierher bemüht, die Ruine zu zeichnen und zu vermessen."

„Aber Arens ist wirklich ein großer Künstler", suchte Carl August diesen zu verteidigen, „ich würde zu gern ebenfalls von ihm…" Er stoppte wie ertappt.

„Noch weitere Bauten können Serenissimus sich keinesfalls leisten", tadelte Fritsch sogleich vorsorglich.

Carl August verriet für den Augenblick nichts davon, dass er mit Goethe längst unten im Park einen Bau in römischem Stil geplant, der ihm als Gartenhaus und Alterssitz dienen sollte. Eine Tafel im Fels, an den er sich anlehnen sollte, hatte Goethe schon anbringen lassen vieldeutig eine Inschrift gewählt:

Und dem Liebenden gönnt, daß ihm begegne sein Glück!

„Was haben Sie sonst noch auf dem Herzen, mein Herr Rat?" lenkte der Herzog eben noch rechtzeitig ab, musste sich dafür aber anhören, er solle mehr auf die windigen Geschäfte seines Legationsrats Bertuch achten, eine Staatsbank in Mannheim, den Ankauf von französischen Salzbergwerken, die Sanierung der Salinen von Kissingen, Bohrung auf Eisenerz im Fränkischen und alles das auf herzogliche Bürgschaft, und dass man endlich den Bauern per Gesetz verbieten solle, ihr Vieh mitten durch die Stadt zu treiben.

Über Luises physisch schwachen Zustand schüttelte Carl August ebenso ratlos den Kopf, wie es Doktor Hufeland tat.

„Ich weiß nicht recht, Euer Hoheit, einerseits die Lunge..."

„Und andrerseits? Was, Doktor, was?"

„Ich weiß nicht recht... sie hat es wohl noch immer nicht ganz überwunden..."

„Sie meinen das tote Kind?"

„Die toten Kinder. Hoheit, sie glaubt, als Frau und Mutter versagt zu haben."

„Aber wir haben doch Kinder", begehrte Carl August gegen dies sich immer wiederholende Argument auf, „einen gesunden Sohn, eine gesunde Tochter!"

„Ich weiß, ich weiß.", brummte Hufeland und schien dann laut zu überlegen, „wenn die Frau Herzogin sich auf irgendeinem anderen Gebiet bewähren... Durchlaucht mögen entschuldigen, ich meine in ihrer Seele ein

Gegengewicht aufbauen könnte, etwas, das jenem Gefühl des Versagens entgegenwirkt... wenn Sie verstehen, Hoheit..."

„Ja, ja, Hufeland, ich denke, ich weiß, was Sie meinen, aber das reicht wohl in Machtbefugnisse des Schicksals hinein, und in jenen hat ein Höherer zu bestimmen, als wir es sind, Doktor."

Carl August zuckte hilflos mit den Schultern, und Hufeland nickte unbestimmt. Beide waren sie an Grenzen gestoßen, hinter denen weites Niemandsland ihnen Rätsel aufgab: die Psyche einer sensiblen Frau.

Der Umgang der beiden herzoglichen Eheleute fiel in diesen Tagen der Ungewissheit zwar freundlich, aber wieder nur flüchtig aus.

„Es tut mir Leid, Liebes, aber mein Platz ist jetzt bei der Armee."

Diesmal zeigte Luise Verständnis. Auch Weimar war von Flüchtlingen aus französischem Adel übersät, und was sie aus den letzten beiden Jahren zu berichten hatten, überstieg alles Vorstellbare. Die meisten von ihnen hatten nur das nackte Leben retten können und sprachen jetzt von nichts anderem als Krieg und Vergeltung.

„Ja, Carl August, ja", bekräftigte Luise einsichtig und schmiegte sich noch einmal in seine Arme, „du gehörst jetzt zu deinen Soldaten. Gott schütze dich und führe dich."

„Gottes Segen auch für dich, meine Luise", fügte er leise an und fuhr sich mit der Hand über die Augen. Fast schien es, als sei Luise diesmal die Tapfere und Carl August vom unerwartet schmerzlichen Abschied übermannt. Mit einem Ruck wandte er sich ab und lief die breite Treppe im Fürstenhaus hinab nach draußen, wo sein Schimmel schon gesattelt auf ihn wartete. Ein letztes Winken hinauf zum Fenster, an dem Luise stand. Er sah ihre Lippen sich bewegen, als riefe sie ihm eine Botschaft nach. Und richtig flüsterte sie:

„Wir bekommen wieder ein Kind, Liebster, und diesmal wird es leben, weil ich fest daran glaube…"

Aber er hörte sie nicht mehr, denn er hatte seinen Schimmel schon gewendet und war, gefolgt von seiner Bedeckung, über den Platz davongeritten.

Die Tage von Valmy

Und dann gab es Krieg. Frankreich, um von wachsenden Unruhen und innerem Unvermögen abzulenken, erklärt ihn an Österreich. Kaiser Franz II., erst seit vier Wochen auf dem Thron, nimmt voller Stolz an. Immerhin ist es eine Habsburger Prinzessin und seine leibliche Tante, die die Franzosen, entthront und der Krone beraubt, jetzt nicht mehr in den Tuilerien, sondern in den Kerkern des Temple, ehemals Festung der Templer aus dem zwölften Jahrhundert, schmachten lassen. Sofort tritt Preußen an Österreichs Seite. Die Franzosen singen *le jour de gloire est arrivé,* Intervention heißt das Schlagwort der Verbündeten. Ja, man will sich einmischen, will versuchen zu retten, was zu retten ist, Frankreich zwingen, zu Recht und Ordnung zurückzukehren. 82 000 Mann stehen zu diesem Zweck unter dem Oberbefehl des Herzogs von Braunschweig bereit, 42 000 Preußen, 20 000 Österreicher, 6000 Hessen und 14 000 französische Emigranten. Noch wartet man zu. Noch hofft man, das Blutvergießen werde vorübergehen.

Unterdessen brachte Luise am 30. Mai 1792 einen gesunden und lebenskräftigen Sohn zur Welt. Noch einmal unternahm Carl August einen Parforceritt, um seine Frau in die Arme zu schließen und ihr zu danken. Auch die Taufe abzuwarten, nahm er sich Zeit. Herder, wie es seines Amtes war, führte die Taufhandlung durch.

„Dein Name sei Bernhard im Gedenken an deinen heldenhaften Ahnherrn Bernhard von Weimar", tönte er und spielte damit auf jenen Vorfahren der Wettiner an, der im Dreißigjährigen Krieg Entscheidendes zum Sieg bei Lützen beigetragen hatte, indem er, kaum dass König Gustav Adolf tödlich verwundet war, die Führung an sich riss.

Herder muss aber sonst die Szene gut beobachtet haben, denn seine späteren Aufzeichnungen vermerken trotz der politischen wie weltanschaulichen Distanz zum Herzogspaar sehr einfühlsam:

Das Bild Ihrer Herzoglichen Durchlaucht am Tauftage ist mir so tief und erfreulich in der Seele geblieben, dass es mich noch lange begleitet hat. Nie habe ich sie, so dünkt es mich, so unbefangen gesehen. Sie schien gleichsam aus sich selbst herausgetreten, auf ihrem Gesicht schimmerte die Jugend wieder auf, Heiterkeit und Freude zeigten sich. Sie erschien mir nach all der Düsternis wie eine aufgeblühte Rose, möge diese ihre Rosenzeit noch lange weiter anhalten.

War Luise mit dieser nun glücklich stattgefundenen Geburt wirklich über den Berg? Das war schwer zu sagen, denn wo Verzagtheit und erlernte Disziplin in einer Person miteinander ringen, kann einmal diese und einmal jene die Oberhand gewinnen. Der Soldatentochter vermittelten die Signale der Zeit sicherlich die Notwendigkeit, sich selbst zurückzunehmen und Kräfte zu mobilisieren, die ihren Ursprung eher in Tradition und Herkommen haben, denn im Bedürfnis der eigenen Seele.

„Ich weiß, ich weiß, Liebster", lächelte Luise tapfer, als Carl August auf eiligen Abschied drängte.

„Ich muss zurück zum Standort", erklärte er nicht ohne Bedauern, „Preußen hat bereits mobil gemacht."

Genauso war es. Friedrich Wilhelm II. verlas eine Erklärung:

„Der Ausbruch der Anarchie, dessen Herd Frankreich ist, bedeutet eine Gefahr für uns alle. Ich habe zur Abwendung dieser Gefahr alle Mittel bedacht, welche mir die menschliche Weisheit hat eingeben können, und mich für den Kampf entschieden. Meine Absicht ist rein. Im Übrigen ergebe ich mich dem Willen Gottes."

Sein Entschluss, gemeinsam mit weiteren Fürsten zur Waffe zu greifen, sollte auch als Warnung an jene Orte und Städte begriffen werden, in denen sich gleiche Symptome des Aufruhrs gezeigt und unter der Bevölkerung mit zustimmendem Interesse aufgenommen worden waren: Hamburg, Bremen, Nürnberg, Stuttgart und Dresden sowie ländliche Gebiete in Schlesien, in denen die Weber sich bereits zusammenrotteten.

Carl August hatte auch in Weimar noch Gelegenheit genommen, seinen Rat anzuweisen, gegen den immer unruhiger werdenden Geist der Jenaer Studenten anzugehen.

„Es ist keineswegs eine Chimäre, dass die Verpflanzung neufranzösischer Grundsätze auf deutschen Boden zu fürchten sind", schärfte er seinen Herren ein, „wir Militärs jedenfalls werden dort draußen alles tun, diesem Übel, das die Menschheit bedroht, den Kopf abzubeißen."

Sein Regiment war in Aschersleben dann schon abmarschiert, der Herzog trifft es erst in Oberkaufungen bei Kassel wieder an. Noch ist die Truppe vollzählig und in gutem Zustand. Carl August begleitet sie jetzt über Marburg, Gießen und Limburg bis nach Koblenz, dem Zentrum der französischen Emigranten, die sich hier wehrhaft zusammengezogen haben. Sein Marschbefehl lautet allerdings, den Rhein zu überqueren und jenseits bei Rübenach Lager zu beziehen. Die Postverbindung ist bestens durch Kuriere eingerichtet, und so kann der Herzog nach Hause melden, dass er gut angekommen ist, allerdings auch, dass sich der Aufmarsch Europas gegen das revolutionäre Frankreich nur sehr schleppend vollzieht.

Wir haben zu warten, liest Luise daheim in einem Brief, *aber drüben in Koblenz finden wir allerlei Zerstreuung, Kon-*

zerte und Feuerwerk. Aber auch herüber kommen Besucher und Besucherinnen, mit denen wir gastlich verkehren. Zu Prinz Louis Ferdinand war ich kürzlich zu einem großen Frühstück geladen.

Besucherinnen… dachte Luise beim Lesen, suchte aber sogleich, jeden quälenden Gedanken dabei zu verdrängen. Sie wusste, dass sie in dieser Hinsicht bei Carl August durch die Finger zu sehen hatte. *Der König hält Revue und besichtigt mit mir die Kavallerie. Es ist nicht leicht bei dieser Untätigkeit die Truppe im Zaum zu halten.*

Der Sommer 1792 ist auf seinem Höhepunkt, als die vereinten Armeen sich zum Weitermarsch gegen Frankreich rüsten. Aber der Sommer zeigt sich von seiner bösesten Seite. Es regnet unaufhörlich, der Regen hat die Wege grundlos gemacht, jeder Schritt, bei dem man den Stiefel aus dem Morast ziehen muss, wird zur Qual. So zieht man langsam über Trier ins Elsass, während die Österreicher über Saarlouis und Diedenhofen im Anmarsch sind. Nichts regt sich von Feindesseite. Schon triumphiert Carl August:

„Wir werden Champagner trinken, ohne dass ein Schuss gefallen ist!"

Doch darin irrte er. An einem der ersten Augusttage ritt der Herzog an der Spitze eines kleinen Trupps eigener Husaren, die er aus Weimar mitgeführt hatte. Es lag ein langer mühsamer Tag hinter ihm, seine Gedanken waren beim nächsten Biwak, einem trocknen Zelt und einem tröstlichen Schluck Rotwein. Die Ernte ringsum stand noch auf dem Halm, niemand hatte sich darum gekümmert. Der Regen machte eine Pause, statt seiner blies ein träger, schwüler Wind. Man ritt im Schritt, der nachfolgenden Infanterie wegen, Männer wie Pferde schienen halbwach zu dösen. Plötzlich scheute der Schimmel des Herzogs. Carl August nahm flüchtig einen Schatten zur Linken wahr, eine Gestalt, die sich im Kornfeld erhob und ein Gewehr auf ihn anlegte. Zur gleichen Zeit drängte einer der Husaren aus dem Glied und war mit einem Satz bei dem Mann im Kornfeld, sein Säbel blitzte auf, dann ein Schrei, aber der Schuss hatte sich bereits gelöst. Carl August, noch immer nicht begreifend, fühlte einen schwachen Schlag gegen seine Hand, sah den Handschuh leicht geschwärzt.

„Beim Himmel!" war sein Fluch zu hören, und, endlich erfassend, was geschehen war, was hätte geschehen können, rief er seinem Adjutanten Chaseault zu: „Wer zum Teufel war der Mann?" Der Schrecken war seiner Stimme noch anzuhören, Chaseault aber, ein französischer Emigrant, nahm die Sache gelassen.

„O das? Ein Franktireur, mon général."

„Nicht doch, Chaseault, nicht dieser Schießwütige! Welcher von meinen Husaren war es, der mir das Leben gerettet hat? Ich kenne sie alle Mann für Mann und auch ihre Familien. Wer also war es?"

Die Frage setzte sich nach hinten fort, wo der geistesgegenwärtige Lebensretter, seinen Säbel abwischend, sich wieder ins Glied eingeordnet hatte.

„Böhme", kam die Antwort von Reiter zu Reiter nach vorn durch, „Böhme war's, Euer Gnaden!"

„Böhme? Er soll sich heute Abend bei mir melden, verstanden?" schnauzte Carl August, seine Rührung zu verbergen, und setzte für Chaseault leise hinzu: „Da wird sich sein Vater aber freuen, wenn's eine Auszeichnung für den Sohn gibt und eine satte Belohnung dazu. Er ist Seiler, seine Frau krank, und eine Menge Geschwister warten noch aufs Erwachsenwerden."

Es sollte noch mancher Schuss fallen, ehe sie Champagner trinken konnten. Doch vorläufig ließ der Franzose sich nicht blicken, wich überall zurück, bot keinerlei Widerstand. Widerstand boten nur Orte und Dörfer, aus denen zu fouragieren man gehofft hatte. Kein Vieh, kein Wein, oftmals kein Wasser, vor allem keine Bäcker und damit kein Brot. So schlich der Heerwurm dahin, durchnässt, erschöpft, hungernd, die ersten bereits befallen von Diarrhoe, da sie Kartoffeln roh vom Feld gekaut und gegessen hatten.

Am 22. August, ein weiterer trüber Regentag, tauchte am Horizont Stadt und Festung Longwy auf. Die Armee biwakierte, die Artillerie wurde vorgezogen, schussbereit gemacht, Longwy war das Ziel, tagein, tagaus. Es regnete, die Armee verharrte auf abgrundtiefem Boden, Regiment für Regiment, Bataillon für Bataillon, irgendwo parallel auch Prinz Constantin als Generalmajor in kursächsischen Diensten. Endlich fällt Longwy. Man hat ein Dach über dem Kopf und kann sich verproviantieren. Nach Hause geht ein Brief an Herzogin Luise ab:

Wir sind nun Meister der letzten Festung, welche unseren Lauf nach Paris aufhalten konnte. Dem großen Vorhaben scheint sich nichts als die Witterung entgegenzusetzen.

Wieder sollte Carl August irren. Doch ehe er Gelegenheit findet, diesen Irrtum einzusehen, erlebt er unerwartet eine Freude. Am Morgen des 28. August reitet er durchs Lager und wird eines zweisitzigen hochrädrigen Verdeckwagens ansichtig, der hier im Feldlager nichts zu suchen hat. Er lenkt seinen Schimmel näher heran, den Wagen des Platzes zu verweisen, als er am Schlag unmissverständlich sein eigenes Wappen entdeckt. Er erkennt die Chaise, er hat sie selbst seinem besten Freund geschenkt, und vor dem Abritt aus Weimar hatte er diesen spontan noch aufgefordert:

„Warum begleitest du mich nicht ins Feld, Goethe, das könnte eine wertvolle Erfahrung für dich sein."

„Ich ins Feld?" hatte Goethe abgewehrt, „bin ja kein Soldat."

„Nicht als Soldat, lieber Freund, sagen wir als Beobachter des Geschehens."

Aber Goethe, eben Vater geworden und der Bequemlichkeit seines Hausstandes schwer zu entreißen, hatte sich Bedenkzeit ausgebeten. Und nun war er offensichtlich hier. Carl August hob einen Zipfel des herabgelassenen Verdecks an und fand den Freund schlafend auf der Polsterbank.

„Aufwachen, Herr Kriegsberichterstatter!" rief er scherzhaft und, kaum dass Goethe verschlafen aus der Chaise geklettert, zog er den Freund voller Freude an die Brust. Tatsächlich sollte Goethe von nun an jeden Schritt des französischen Feldzugs schriftlich festhalten.

Der Marsch der Alliierten geht weiter Richtung Verdun, das am 22. September ebenfalls fällt. Das Heer der Preußen und Österreicher verfällt in einen Siegestaumel. Aber da kehren die Franzosen ihre Taktik ins genaue Gegenteil. Danton hat das Volk in einer brillanten Rede angefeuert, 300000 Sansculotten sind zu den Fahnen geeilt, mehr als das Dreifache der alliierten Kräfte.

Der Herzog von Weimar unternimmt im Auftrag seines Oberbefehlshabers, des Herzogs von Braunschweig, einen Erkundungsritt und macht dem König von Preußen in Abwesenheit Braunschweigs Meldung.

„Die Franzosen haben in den Hügeln um Valmy Stellung bezogen, Majestät, und zwar in großer Stärke." Seine Meldung klingt ernst, ja warnend, „sie haben schwere Artillerie aufgefahren, Majestät, und zwar in gefährlicher Position."

„Ach, lieber Herzog, so schlimm kann das nicht sein", quittiert Friedrich Wilhelm ungläubig, „wir greifen an. Unsere Leute brennen darauf."

Carl August wollte widersprechen. Unsere Soldaten sind müde und schlecht ernährt, wollte er sagen, sie sind seit Wochen nicht aus den feuchten Kleidern gekommen, die Diarrhoe ist zur Ruhr geworden, seit sie sich den Magen mit unreifen Trauben vollgestopft haben, so hätte er gern dem Schwager zu bedenken gegeben und weiter, dass es sich nicht mehr um die Armee Friedrichs des Großen handelt, jene Paradesoldaten, die mit Todesverachtung mitten in den Kugelregen marschieren. Die so genannte Aufklärung, wollte er mahnen, hat dem Soldaten den Geist des blinden Gehorsams ausgetrieben. Es ist kein Verlass mehr... Doch nichts von alledem konnte er mehr sagen. Der Befehl lautete Angriff. Mit klingendem Spiel ritt der König voraus, so mutig wie einst sein

Oheim, der Herzog von Weimar mit den Ascherslebener Kürassieren als Vortrab mit ihm, das Hauptheer schwerfällig hinterher. Dann setzten die Kanonen ein, dumpf wummernd die schweren Geschütze der Franzosen, heiser bellend die leichteren, die die Interventionsarmee mit sich führte. Und nichts ist zu bemerken von den Warnungen und Befürchtungen des Herzogs von Weimar. Die Leute marschieren hoch erhobenen Hauptes, die Kavallerie tummelt sich angriffslustig und setzt, wo sie die vordersten Linien der Franzosen erreicht, diese in Angst und Schrecken. Stunden dauert der Kampf, Stunden das Duell der Kanonen über dem Dorf Valmy. Doch die Kugeln der Franzosen richten wenig Schaden an, ihre Kanoniere erst kürzlich ausgehoben, sind offenbar schlecht ausgebildet. Endlich verstummt der Lärm, senkt sich der Pulverdampf, die Franzosen ziehen sich zurück. Das ist der Moment der Verfolgung, so denkt der König, so denken all seine erfahrenen Offiziere, und so fühlt der einfache Mann. Niemand ist mehr müde, niemand hungrig oder verzagt. Mit Hurra befolgen sie den Ruf des Königs:
„Vorwärts Marsch!"
Da ist ein anderer Ruf zu hören.
„Halt!" und gebieterisch abermals „Halt!" Eine Gruppe Reiter sprengt heran, schon von fern erkennbar der Generalfeldmarschall, Herzog von Braunschweig, der jetzt knapp vor dem König sein Pferd pariert. Man gewahrt einen harten, aber kurzen Disput zwischen den beiden, und dann sieht man, ganz unglaublich, den König seinen Hut ziehen und dem Feldmarschall salutieren. Nur wer nahe genug heranreitet, wie jetzt Herzog Carl August, kann ein paar Worte der beiden aufschnappen.
„Aber ich bitte Sie, mein Lieber, die Franzosen laufen wie die Hasen! Dies ist unsere Chance!"
„Man kann nicht wissen, welche Kräfte sie noch in den Bergen versteckt halten. Ich kann die Verantwortung nicht übernehmen..."

„Dann übernehme ich die Verantwortung, ich, der König von Preußen!"

„Darf ich Euer Majestät darauf aufmerksam machen, dass das Kommando mir übertragen wurde, ausschließlich mir, und zwar über die gesamte Operation..."

Endlich hebt der König den Arm.

„Rückzug!" Man glaubt, nicht recht verstanden zu haben, aber der Oberkommandierende bestätigt:„Rückzug!"

So leicht aber ist ein Rückzug mitten aus erfolgreichem Angriff gar nicht durchzuführen. Alles stoppt, alles steht, man wendet Ross und Geschütz, derweilen die Franzosen, die Gelegenheit nutzend, erneut mit der Kanonade beginnen.

Die vorderen Truppenteile haben bereits kehrt gemacht, während die hinteren noch nach vorn drängen. Die Reihen verknäulen sich, Granaten schlagen mitten in die Menge ein. Der Regen ist auf Seiten der Franzosen, es schüttet gnadenlos vom Himmel herab. Den Männern hängt der Magen schief, seit dem Morgen keine Verpflegung, vor allem aber ist es die Enttäuschung, die alle lähmt. Und jetzt bricht durch, was Carl August warnend angemerkt: Unzufriedenheit, Ungehorsam, Disziplinlosigkeit. Der Rückzug der Interventionsarmee nach dem Abenteuer von Valmy wächst sich zur Katastrophe aus, während die unerprobten Heerhaufen des revolutionären Frankreich triumphieren. Kopfschüttelnd stehen seitwärts hügelan der Herzog und ein paar seiner Offiziere, mit dabei Goethe, zutiefst beeindruckt vom Wechsel der Szene.

„Von hier und heute", so seufzt er, „geht eine neue Epoche der Weltgeschichte aus, und wir können sagen, wir sind dabei gewesen."

Eklat in Frankfurt

In Weimar ist Herzogin Luise in großer Sorge.

„Ich habe seit langem keine Nachricht vom Herzog und weiß von nichts", klagt sie Charlotte von Stein gegenüber, „ich fange an, mich zu beunruhigen und fürchte, dass er krank ist. Wenn doch nur Goethe zurückkäme! Von ihm könnte ich alles erfahren."

Ein einziger Brief kommt im September. Er klingt beruhigend, aber auch nichtssagend. Und gerade das versetzt Luise in Unruhe.

Es geht mir gut, ich befinde mich wohl und bin zufrieden. Wir hatten gute Erfolge bei Longwy und Verdun.

Dass diese Nachricht überholt ist, weiß Luise aus den Zeitungen. Der Oktober und der November sind voller Gerüchte. Das preußisch-österreichische Heer zurückgeschlagen, die Franzosen ihnen auf den Fersen, nehmen Speyer und Worms, erobern Mainz und marschieren unter General Custine in Frankfurt ein. Aber wo ist Carl August? Wie hat er all das erlebt und wie ergeht es ihm? Viele bange Fragen, auf die Luise nicht wirklich Antwort findet. Einzeln treffen in Weimar Rückkehrer ein, Soldaten, krank, verwundet, entlassen oder desertiert, jedenfalls wortkarg, das Wenige, das sie erzählen, soll sie in gutes Licht setzen, ihre Heldentaten beleuchten, dient aber weniger zur Überlieferung von Fakten. Und da ist doch tatsächlich einer darunter, der Sohn vom alten Seiler Böhme, der behauptet, dem Herzog das Leben gerettet zu haben, dafür beurlaubt worden zu sein, und mit einem Batzen Geld im Sack ist er auch gekommen. Wer weiß, wo er das hat mitgehen lassen.

Der Winter ist längst angebrochen, als Johann Wolfgang von Goethe sich bei der Herzogin von Weimar zur Audienz melden lässt. Und sie, die gerade in einigen Blättern las, die Schiller ihr zum Thema *Über Anmut und Würde* zur Begutachtung aus Jena herübergeschickt hatte, ließ diese sinken und eilte ihm mit ausgebreiteten Armen entgegen.

„Goethe!" rief sie mit tränenerstickter Stimme, „Sie schickt mir der Himmel! Wie geht es dem Herzog? Wo ist er? Erzählen Sie, Goethe, erzählen Sie!"

Da brauchte sie nicht lange zu bitten. Von allem zu erzählen, was kaum abgeschlossen hinter ihm lag, war er gekommen.

„Es war just mein vierzigster Geburtstag, da ich nach manch Abenteuer endlich auf den Herzog stieß und damit auch in die Region gelangte, in der ich meinen ersten Kugelregen zu schmecken bekam. Der Ton ist wundersam genug, als wär' er zusammengesetzt aus dem Brummen eines Kreisels, dem Butteln des Wassers und dem Pfeifen eines Vogels…" Goethe schien dem beschriebenen Ton noch sinnend nachzuhorchen, da Herzogin Luise voll Ungeduld ihn mahnte, fortzufahren.

„Und weiter, lieber Goethe, weiter? Wo stießen Sie auf Carl August?"

„Gleich nach Longwy, kurz nach der Grenze." Die Erinnerung zauberte ein Lächeln auf sein Gesicht. „Hoheit hätten erleben sollen, mit welcher Lust die Regimenter nach Frankreich hineinmaschierten! Sie waren sich in der Absicht einig, das Land von Anarchie und Willkür zu befreien, und nicht anders sah es zu Beginn auch aus. Die Spitze traf auf keinerlei Widerstand. Den gab es französischerseits nur in den eigenen Reihen."

„Wie das?" unterbrach Herzogin Luise, aber schon ließ Goethe die Erklärung folgen.

„All die Emigranten mit ihrem Plunder, Equipagen, Dienerschaft, ja eigenen Köchen, Coiffeuren, nicht zu vergessen den Damen, die mitreisten, die Straßen verstopften und die Armee behinderten. Sie wollten dabei sein, wenn wir in Paris einmarschieren, statt dessen kamen wir nicht vorwärts, und hatten die Sansculotten Zeit, sich zu formieren. Die wahre Fußangel, an der wir scheiterten, war dann aber der Herzog von Braunschweig…"

Wieder wurde der Bericht unterbrochen. Kritik an einem Standesgenossen, noch dazu Neffe Friedrichs des Großen und Onkel Carl Augusts, ließ Luise nicht so einfach durchgehen.

„Der Herzog von Braunschweig?" fragte sie mit zusammengezogenen Brauen, „was ist ihm vorzuwerfen?"

Ganz ohne Zweifel waren Herzog Karl Wilhelm Ferdinand von Braunschweig in früheren Jahren als Generalfeldmarschall der preußischen Armee einige Meriten nachzusagen. Mit siebenundfünfzig Jahren aber vorzeitig gealtert wurde er allgemein als zögerlich und entschlussarm getadelt. Diese Meinung zu vertreten, ließ auch Goethe sich nicht ins Bockshorn jagen.

„Niemand begreift, was den alten Braunschweiger ankam, den Vormarsch der Verbündeten abzublasen. Wir hätten die Sansculotten bis Paris vor uns hertreiben können, hätten König Ludwig befreit und die Chimäre der letzten vier Jahre beendet." Heftiges Bedauern war Goethe anzumerken, fast als sei er mit im Glied marschiert. „So aber, anstatt den Sieg im Triumph auszukosten, sind wir unter Hohngelächter verjagt, wie eine Herde Vieh zurückgetrieben worden, unsere Leute krank, in erbärmlichem Zustand, die Pferde am Zusammenbrechen, unsere Habe am Wegrand weggeworfen und verloren. Das Wetter, das seit Wochen schon dem Feind in die Hand gespielt, hielt mit Regen und Kälte an. Wir kampierten auf nasskalter Erde, schlugen zwar Zelte auf, aber in welchem Zustand waren diese! Man sah sich in grundlosen Kot versenkt, über uns zerrissenes Zelttuch, durchnässte Leinwand. Wer unter einem Regimentswagen Deckung gegen den strömenden Regen fand, der konnte sich glücklich schätzen."

Luise, den Worten des Freundes wohl folgend, interessierte im Grunde aber doch nur eines:

„Und der Herzog?" fragte sie, „was war mit ihm?"

„Oh, Herzog Carl August", lächelte Goethe wehmütig in Erinnerung an die Qualen und Demütigungen, die ihnen der Rückzug bereitet hatte, „er ließ seine

Männer nicht einen Augenblick allein, führte wie sie das einfache Leben eines Soldaten, nahm irgendwo am Wegesrand seine einfache Mahlzeit ein, ohne jede Bedienung, eine aufgestellte Trommel als Tisch, teilte seinen letzten Tabak mit seinen Leuten, kümmerte sich um Sieche und Verwundete, die er auf eigene Kosten den ganzen Weg zurück über Verdun, Luxemburg und Trier die Mosel abwärts nach Hause schickte. Ich begleitete ihn den gleichen Weg bis Koblenz, und dort erst nahm ich Urlaub, während die Truppen Seiner Durchlaucht weiterzogen, Frankfurt zu befreien, was unterdessen wohl auch gelang." Vom heldenhaften Einsatz der mutigen Frankfurter Handwerksgesellen, die innerhalb der Stadtmauern den Franzosen Widerstand boten und endlich den Alliierten das Friedberger Tor öffneten, war noch nicht einmal Kunde bis nach Weimar gedrungen.

„Der Herzog ist also in Frankfurt?" hakte Luise nochmals nach.

„Ich denke ja, Hoheit, zusammen mit Seiner Majestät. Man will in der Kaiserstadt Winterquartier beziehen, bis man im Frühjahr daran gehen kann, auch Mainz den Franzosen wieder zu entreißen."

„Der Winter ist lang", überlegte Luise, „wenn ich doch zu ihm könnte…"

„Aber ja, Hoheit", nahm Goethe den Gedanken begeistert auf, „sicherlich werden auch andere Damen, vielleicht sogar die Königin…"

Erschrocken hält er inne, denn ihm fällt ein, dass Friedrich Wilhelm, wenn er sich denn nach weiblicher Gesellschaft sehnen sollte, wohl nicht die Königin, sondern Wilhelmine Encke, jetzt Gräfin Lichtenau, nach Frankfurt einladen würde. Luise liest ihm die Befürchtung vom Gesicht ab. Aber sie weiß auch, dass sich ihre Schwester Friederike längst damit abgefunden hat, die Rolle der Königin zu spielen, ohne auch Ehefrau zu sein.

„Lassen Sie nur, Goethe, wo eine Stadt als Heerlager dient, wird auch die Gesellschaft recht kunterbunt sein", gesteht sie ein wenig schmunzelnd zu. Dann aber krausen Falten ihre Stirn. „Ob aber mein Besuch dem Herzog überhaupt genehm ist?" Da waren sie wieder, die Zweifel an ihrer Person, die Perspektive schwarz in schwarz, der fehlende Freiraum für eine gerechte Selbsteinschätzung. Goethe, mit Gespür für das alte Desaster, war sofort bereit zu helfen.

„Ich werde dem Herzog schreiben, Hoheit, Sie werden sehen, wie sehr ihn Ihre Absicht freuen wird!"

Und wie Recht er hatte! Die Antwort aus Frankfurt kommt umgehend und lautet hoch erfreut.

Wie sehr begrüße ich Luises Absicht, hierher zu kommen, wenn auch die Reise im Winter sehr beschwerlich sein wird. Ich wünschte, sie wäre schon hier! Ihre Gegenwart tut mir bitter not, und am liebsten hätte ich auch die Kinder hier, wenigstens Carl Friedrich.

Mitte Januar 1793 hielt dann eine große Reisekutsche vor dem so genannten ‚Roten Haus' in der Freien Reichsstadt Frankfurt am Main. Nachdem man umständlich den Tritt herabgelassen und den schweren Schlag aufgestemmt hatte, entstieg ihr eine Dame in grauem Pelz, das Haar sorgfältig unter eine ebenfalls graue Pelzkappe geschoben, an der eine große Feder wippte, die aber sonst das noch immer makellose Gesicht der Sechsunddreißigjährigen freiließ. Herzogin Luise von Weimar blieb einen Augenblick unschlüssig stehen, blickte die Straße, die Frankfurter Zeil, auf und ab, die zwar winterlich, aber in gleißender Sonne vor ihr lag.

„Von hier aus", sagte sie zu einer weiteren Dame, die nach ihr ausgestiegen war, „von hier aus fuhr damals Mama mit uns ab, als wir die Reise nach Petersburg machten, und Goethe sagte uns Lebewohl... ach, wie lang ist das nun schon her, liebe Wöllwarth..."

„Zwanzig Jahr, Durchlaucht, genau zwei Jahrzehnte ist es her", gab die Wöllwarth, die unterdessen längst durch Heirat eine Gräfin Wedel geworden war, zur Antwort.

„Zwanzig Jahre", seufzte Herzogin Luise und machte unwillkürlich ein paar Schritte. Da aber ließ sich mit heller Stimme ein Protest hören.

„Warte, Mama, warte auf mich!" Und ebenfalls in wärmendem Pelz, den er aber als äußerst lästig sogleich abstreifte, nun nur noch in grünem Frack mit gelber Kniehose, sprang ein Knabe vom noch immer viel zu hohen Tritt der Kutsche auf den Gehweg. „Warte, Mama!" wiederholte er, haschte nach Luises Hand und schmiegte sich halb scheu, halb zärtlich an sie. So aus dem Umkreis mütterlichen Schutzes blickte er dann hellwach um sich, blond, blauäugig, neun Jahre alt, Carl Friedrich Erbprinz von Sachsen-Weimar.

Gemeinsam betraten sie das ‚Rote Haus', erste Herberge am Platze, wo man Mutter und Sohn den ihnen gebührenden Empfang bereitete und bequeme Räumlichkeiten zuwies.

Die acht Wochen, die Luise diesen Winter in Frankfurt zubrachte, gestalteten sich zu einem Wirbelwind. Nicht nur, dass die Stadt angefüllt war mit Soldaten, die es sich nach den überstandenen Strapazen wohl ergehen ließen, nicht nur, dass der Herzog von Braunschweig und das gesamte Offizierskorps hier Quartier gesucht hatte, auch die Masse der französischen Emigranten drängte in die Stadt und suchte hier ihr Vergnügen. Vornehme Equipagen verstopften die Straßen, Tag und Nacht war Leben in der Stadt, hallten die Gassen vom Galopp der Kuriere und Meldereiter wider. Und damit nicht genug dröhnte immer noch von fern gelegentlicher Kanonendonner, denn General Custine hatte nicht nur Mainz in seiner Hand, auch die Wälder des Taunus waren noch von ihm besetzt.

Zu den Gästen des ‚Roten Hauses' gehörte neben dem Herzogspaar von Weimar auch der König von Preußen samt zahlreichem Gefolge, und so lässt sich denken, dass das sonst ruhig vornehme Gasthaus einem Taubenschlag glich. Ordonanzen kamen und gingen, brachten Nachrichten, führten Befehle aus, Bedienstete hasteten treppauf, treppab, für das Wohl ihrer hohen Herrschaften zu sorgen. Und in all dem Trubel hielt endlich Carl August seine Luise im Arm.

„Ach, wie schön, dass ihr gekommen seid! Ich brauch' euch hier nach Krieg und Kanonade so dringend wie das täglich Brot." Und dann kam er gleich zur Sache. „Es geht hier sehr gesellig zu, wir werden viele Einladungen haben. Hast du auch entsprechend Garderobe mitgebracht?"

„Ich dacht' es mir und hab' all die schönen Kleider aus Pyrmont einpacken lassen", meldete Luise stolz, aber Carl August winkte ungeduldig ab.

„Pyrmont? Das ist sieben Jahre her, Luise! Kein Mensch trägt derlei Kleider noch. Sieh dich in der Stadt um, lass dir Journale bringen, du wirst Augen machen!" Und da sie tatsächlich erstaunt dreinblickte, dass sich an der Mode schon wieder etwas geändert haben sollte: „Du vergisst, Liebes, die Stadt ist überschwemmt von Franzosen! Und wenn sie als Aristokraten auch an der alten Zeit hängen, die neue Mode machen sie dennoch gleich mit. Weg von allem Zwang, leicht und luftig Stoff und Zuschnitt. Ich hätte auch für mich etwas beim Schneider bestellt, aber ich komm' ja aus der Uniform nicht heraus."

So war es denn wieder einmal die leidige Garderobenfrage, um die Luise sich in Frankfurt als Erstes zu kümmern hatte. Allerdings fiel das nicht schwer, denn alle Näherinnen der Stadt hatten sich von den Französinnen bereits den neuen Stil abgeguckt und konnten ihre Kundinnen bestens beraten.

„Die Taille höher, Frau Herzogin, ein fließendes Gewand ganz nach antikem Vorbild!"

„Ich komm mir fast nackt vor", gestand Luise wenige Tage später, als sie sich Carl August in einer dieser neuen Créationen präsentierte. War man bisher zwar mit Dekolleté, Schultern und Ansatz der Büste recht freizügig umgegangen, so waren diese jetzt meist verhüllt, aber der oft nur hauchdünne Stoff ließ in griechischem Faltenwurf Leib, Hüften und Schenkel mehr als nur ahnen.

„Mir gefällt's", schmunzelte Carl August hingegen und ließ den Blick über die noch immer mädchenhafte Figur seiner Frau gleiten. „Ich werde stolz auf dich sein, mein Luischen, wenn wir Seite an Seite die Ballsäle betreten."

Auch für Carl Friedrich wurde ein neuer Anzug geschneidert, und zwar, man höre und staune, das Hosenbein nicht mehr am Knie abschließend, sondern frei bis auf die Knöchel fallend. Sogar der König hatte sich in diesen neuen Beinkleidern schon blicken lassen, und die Männerwelt eilte, es ihm nachzutun.

Frankfurt befand sich nach der Befreiung von Custine und seinen Truppen in einem Taumel der Geselligkeit. Nicht nur der König gab im Palais Thurn und Taxis einen Ball nach dem anderen, die Frankfurter Patrizierfamilien wie beispielsweise die Bethmanns luden zu großen Diners in ihre Häuser. Konzert und Theater standen täglich auf dem Plan. Und überall erschien Luise am Arm Carl Augusts, ringsum von bewundernden Blicken empfangen. Nicht nur, dass die zarten Farben der neuen Mode ihrem Wesen entsprachen, die Scheu, die sie in der Öffentlichkeit noch immer zu überwinden hatte, gab ihrem Auftritt jedesmal den Anschein von Würde und natürlicher Eleganz.

„Keine Angst, Luischen", flüsterte Carl August ihr schon mal aufmunternd zu, „niemand will dir Böses! Und außerdem siehst du bezaubend aus." Das fand ganz offensichtlich auch der König.

„Willkommen in Frankfurt, liebe Schwägerin", hatte er sie gleich zu Beginn auf das Herzlichste begrüßt, sie dann aber auch bald auf einer seiner Tanzeinladungen in Verlegenheit gebracht. Friedrich Wilhelm schwenkte soeben eine etwas dralle Dame im Takt einer feurigen Mazurka, sein Blick lag verklärt auf ihrem rundlichen Gesicht, als er Luise entdeckte, die Platz genommen hatte, sich zwischen zwei Tänzen auszuruhen.

„Liebste Schwägerin", rief der König mit seiner hellen Stimme und, den Tanz abbrechend, hielt er genau vor Luise an. „Liebste Schwägerin", kam es dann außer Atem und unbedacht wie von einem Knaben, „ich möchte Ihnen die Gräfin Lichtenau vorstellen!"

In welch doppelter, ja dreifacher Peinlichkeit befand sich nicht nur Luise, sondern auch die Dame, die auf diese Weise zu präsentieren sich der König ganz spontan entschloss! Noch war die standesmäßige Erhöhung der Wilhelmine Encke, verheiratete Madame Rietz, zur Gräfin Lichtenau nicht einmal offiziell, nur eine Vergütung im Kopf des Königs für so viele Enttäuschungen und Erniedrigungen, die seine Geliebte in fast dreißig Jahren getreuer Bereitschaft hatte hinnehmen müssen. Zum weiteren war es ja immerhin die leibliche Schwester Luises, die in ihrer Position als Königin unter dem langjährigen Verhältnis der beiden zu leiden gehabt hatte. Zum dritten kam hinzu, dass Luise, streng in zeremoniellem Herkommen erzogen, mit einer derart lässig spontanen Geste Friedrich Wilhelms gar nicht umzugehen im Stande war.

Luise hatte sich erhoben, selbstverständlich nicht aus hierarchischer Etikette Madame Rietz, sondern Seiner Majestät, dem König von Preußen, gegenüber, und nun stand sie Angesicht zu Angesicht einer Frau gegenüber, die sie von Sitte und Herkommen hätte verurteilen müssen, aber gerechtermaßen in nichts verurteilen konnte. Der König liebte sie, hatte sie zu seiner Vertrauten gemacht, sie aber auch betrogen und fallen lassen, wann immer eine andere Frau es ihm angetan, und das sogar nach Julie von Voß mit Gräfin Dönhoff, wiederum mit dem Stempel morganatischer Rechtlichkeit, einer Ehre, die er Madame Rietz nicht hatte zuteil werden lassen.

Einen Augenblick trat in Luises Blick, wie immer wenn sie unsicher war, der Ausdruck kühlen Hochmuts, während Wilhelmine ihr gelassen abwartend entgegensah. Diese Frau hat gelitten wie ich, dachte Luise bei sich, sie wollte lieben wie ich und hat gekämpft um ihre

Liebe, wie ich es nie wagen würde. Sie ist von einfacher Herkunft und zeigte keinerlei Ehrgeiz, in Schichten gesellschaftlich höherer Klassen vorzudringen. Ein Kind war sie noch, als der Kronprinz von Preußen sie aus der Schenke ihres Vaters holte, um ihr für ihre Treue nur gelegentliches und noch dazu ungewisses Glück zu schenken. Und, so kamen Luises Gedanken zu Ende, sie ist Mutter seiner Kinder, die sie in Liebe empfangen, eine Liebe, die kein Titel, kein Rang erhöhen oder schmälern kann. Schon hielten Umstehende den Atem an, wie die Herzogin von Weimar wohl auf die unüberlegte Herausforderung des Königs reagieren würde. Schon war Carl August durch den Saal geeilt, seiner Frau beizustehen, sie aber auch von demonstrativer Zurechtweisung des königlichen Schwagers für diesen faux pas abzuhalten. Da sah man die Herzogin ihre Hand ausstrecken und der ‚Gräfin' aufhelfen, die in einen tiefen Knicks versunken war.

„Ich freue mich, Ihre Bekanntschaft zu machen... Madame Rietz", sagte Luise mit Wärme, nur einen fast unhörbaren Tadel für den Schwager in der Stimme. In Fakten adelsrechtlicher Hierarchie ließ Luise nicht mit sich handeln, aber ihr Urteil im Umgang mit Menschen war wieder einmal ganz vom Herzen und von der Gerechtigkeit aus gefällt worden.

Die Musik setzte wieder ein, das Aufatmen ringsum war deutlich zu spüren. Ein Skandal war eben noch vermieden, der König mit einem etwas starren Lächeln wandte sich wieder seiner Partnerin zu, Carl August tanzte mit Luise.

„Na weißt du, Luise, du hättest vielleicht..." begann er, aber seinen Worten war nicht recht zu entnehmen, ob sie tadelten oder lobten.

„Was hätte ich vielleicht?" fragte Luise zurück, erstmals fest entschlossen, ihre Handlungsweise zu verteidigen.

„Nun... Friedrich Wilhelm eine Peinlichkeit ersparen..." warf Carl August vage hin.

„Er hat mir eine solche bereitet", kam es bestimmt von Luise, „und das ganz unverzeihlicherweise... für mich, für ihn... und für Madame Rietz."

Carl August, beeindruckt von der unbestechlichen Wahrheitsliebe seiner Frau, schwieg nachdenklich. Bei der süßen Weise zahlloser Geigen mit Unterstützung der Blasinstrumente wiegten sie sich im Tanz.

„Ach, Luischen, gleichwie..." lachte Carl August fast übermütig auf, „du warst wundervoll, einfach wundervoll!" Er hielt sie dichter an sich gepresst und schmiegte sich in den Rhythmus der Melodie.

Der Zwischenfall schien vergessen. Da trat der Adjutant des Königs zu den Tanzenden, flüsterte seinem Herrn leise eine Meldung zu. Der König hielt im Tanz inne und winkte der Kapelle mit der Hand. Die Musik riss ab, alles horchte auf.

„Meine Damen und Herren..." begann der König und schien erst noch einmal tief Luft zu holen, ehe er neu ansetzte, „meine Damen und Herren, soeben erhalte ich die Nachricht..." sagte er mit bebender Stimme „...die Aufständischen der Pariser Commune haben Seine Majestät, König Ludwig XVI. von Frankreich hingerichtet... sie haben ihn vor den Augen des Volkes auf der Guillotine enthauptet..." Ein Raunen ging durch den Saal. Noch einmal setzte der König an. „Sie wissen, meine Damen und Herren, das bedeutet..."

Ein Schluchzen würgte den König. Er sagte nicht mehr, was aber alle wussten. Es bedeutete, dass der Krieg gegen Frankreich erst seinen Anfang genommen hatte. Es bedeutete aber auch, dass man den Tod Ludwig XVI. hätte verhindern können, wenn bei Valmy der verhängnisvolle Befehl zum Rückzug den Marsch auf Paris nicht vereitelt hätte. Und für den Augenblick bedeutete es, dass man den Winter nicht in Ruhe abwarten, sondern sich schnellstens gegen die Besatzung Custines in Hochheim und Königstein rüsten sollte, um dann Mainz zu entsetzen. Für Tanz und Tand blieb keine Zeit mehr.

Anfang März verlässt Luise Frankfurt wieder. Der Abschied fällt diesmal beiden schwer.

„Ach, Luise, wie gern hätt' ich dich noch hier behalten, aber jetzt gehört all meine Aufmerksamkeit wieder dem Kriegshandwerk." Er hält sie so fest in seinen Armen wie lang nicht mehr. „Wenn wenigstens Carl Friedrich noch bei mir bleiben könnte, aber für das, was auf uns alle zukommt, ist er wohl noch ein wenig zu jung."

„Viel zu jung", wehrte Luise sogleich mütterlich ab, „ich sehe ein, was deine Schuldigkeit jetzt ist, aber verschone mir das Kind, was Tod und Heldentum betrifft!"

„Keine Bange, Luischen", lachte Carl August, der Prinz ist dir noch sicher, aber verzärtel ihn mir nicht! Die Welt wankt in ihren Festen, er muss mannhaft sein, um in ihr zu bestehen."

Luise nickte stumm ihr Einverständnis.

„Und dann, Luise", fuhr Carl August fast aufbrausend fort, „sobald du angekommen bist, weise den Rat an, mir Geld zu schicken! Meine Ausgaben sind weit höher gekommen als veranschlagt." Wieder nickte Luise, tapfer aufsteigende Tränen bekämpfend. „Und ein letztes noch", schloss Carl August die Reihe seiner Anordnungen, „schick mir Goethe zurück! Sag ihm, dass ich ihn brauche! Ich will ihn an meiner Seite haben, verstehst du?"

Das war keine Anweisung mehr, es war eine flehentliche Bitte. Ein drittes Mal nickte Luise, da sie das Verständnis nach Freundschaft und brüderlichem Halt sehr wohl aufbrachte. Endlich entließen sich beide in gegenseitiger aufrichtiger Zuneigung, frauliche Liebe auf der einen Seite, bewundernde Anerkennung auf der anderen. Der Wagenschlag schloss sich hinter Luise und dem Prinzen, der Kutscher schnalzte mit der Zunge und ließ die Peitsche über den Pferderücken knallen, und fort ging's am hellen Wintermorgen, jedoch schon spürbar in erstes Frühlingsahnen hinein.

Zurück in Weimar

Der Weimarer Geheime Rat Johann Christoph Schmidt, der die Verwaltung der Finanzen übernommen hatte, hörte sich geduldig an, was die Herzogin ihm im Namen des Herzogs zu bestellen hatte.

„Serenissimo wünscht Geld, immer mehr Geld", stöhnte er, „ich wünschte weiß Gott, er würde sich endlich von seinen fatalen Militärverbindungen losmachen."

Was Carl August einst geglaubt hatte, nämlich der Kasse seines Fürstentums durch den preußischen Söldnerposten in die Hand zu arbeiten, traf schon lange nicht mehr zu. Ein hoher Dienstgrad wie der seine wurde, schon gar in Kriegszeiten, weit mehr der Ehre als dem Verdienst nach gemessen. Kamen dann verschwenderische Tage und Monate wie die der geselligen Verschnaufpause in Frankfurt hinzu, dann kehrte sich das Budget empfindlich in rote Zahlen, die der Bürger, Handwerker und Landarbeiter im Weimarischen auszugleichen hatte. Hi die politische Rechtfertigung, dort das Ächzen der Untertanen unter neuerlichen Steuern und Abgaben, beides im schweigsamen Gegensatz ohne ein Tribunal der Verständigung.

Ob Luise diese Zusammenhänge überblickte, ist nicht zu sagen. Sicher ist, dass sich dazu zu äußern ihr nicht lag. Kaum zurück in Weimar führte sie ohnehin wieder ihr abgeschlossenes Dasein, praktisch nur umgeben von ihren Damen und in gelegentlicher Gesellschaft ihrer Freundinnen Stein und Herder. Letzterer gegenüber schwärmt Luise vom fröhlichen Trubel, der in Frankfurt geherrscht hat.

„Jeden Tag Tanz, liebe Herdern, und die Menschen so ausgelassen, als sei der Sieg schon errungen... bis..." und die Erinnerung an die Schreckenstat der Hinrichtung Ludwigs XVI. überfällt sie jäh, „...bis uns grausam vor Augen gehalten wurde, dass Aufruhr und Gewalt vor nichts Halt machen. Der eigene König auf dem Schafott!

147

Man stelle sich das vor! Und wissen Sie, liebe Herder, ich fürchte für die Königin! Werden sie mit ihr eines Tages das Gleiche tun, diese Teufel?"

Mit der Stein konnte Luise zu dieser Zeit nur korrespondieren, da diese sich auf ihr Gut Kochberg zurückgezogen hatte.

Ich weiß, daß ich Ihnen oft wunderlich und seltsam erscheinen muß, aber dies würde sich ändern, wenn nur einmal mein Mißtrauen verschwunden wäre! So sieht sich Luise selber klar, *Ich müßte einmal gegen jemanden alles aussprechen können, was ich auf dem Herzen habe, dann würde ich ganz geheilt werden. Unterdessen entschuldigen Sie meine Griesgrämigkeit! Sie sind mir nach wie vor die liebste meiner Freundinnen und werden es immer bleiben. L.*

Ein ander Mal klagt sie nach Kochberg:

Mir fehlt der Herzog, und wenn ich's recht bedenke auch Goethen! Ich weiß, das dürfte ich Ihnen gegenüber nicht erwähnen. Sie sind ihm gram, dem Goethe! Aber mich bindet anderes an ihn, er ist mir Stab und Stecken, während der Herzog mir die Seele wärmt. Leben Sie wohl, liebste Freundin, und vergraben Sie sich nicht ganz im fernen Kochberg. L.

Unterdessen war ein trockner, heißer Sommer ausgebrochen, der alles Leben zum Stillstand brachte. Der herzogliche Hof schien kaum mehr zu existieren, es fehlte an jeglicher Initiative. Wer früher im Fürstenhaus ein- und ausging, suchte jetzt den Weg ins Wittumspalais oder nach Schloss Tiefurt, wenn Herzogin Anna Amalia dort im Park Schatten suchte

Luise bleibt in der Stadt, obwohl die Weimeraner sie kaum zu sehen bekommen. Aber sie glaubt sich dort näher zu Carl August und dem Geschehen, das ihn umgibt. Gerüchten sagt man nach, dass sie sich verbreiten wie der Wind, konkrete Nachrichten hingegen scheinen zu schleichen, und wenn sie Weimar erreichen, sind sie oftmals überholt. Luise liest zwar Zeitung, den *Moniteur*, aber sie klagt, dass er schon lange nicht mehr geliefert wurde, vielleicht gar nicht mehr erscheint. So hört sie nur schemenhaft von der Belagerung der Stadt Mainz, in der die Bewohner sich angeblich recht freundschaftlich mit den französischen Besatzern arrangiert hätten.

Carl August war dem Korps des General von Kalckreuth zugeteilt worden, war mit ihm auf Kreuznach marschiert und hatte dort den Rhein überquert. Bei Alzey machte das Korps eine Schwenkung nach Norden und bezog Lager bei Marienborn. Am 10. April 1793 hatte sich so der Ring um Mainz geschlossen. Es bleibt nichts übrig, als abzuwarten, und man lässt es sich in der Wartezeit gut ergehen. Die Keller sind voller Wein, und zwar in dieser Gegend vom besten. Ab Juni wird ringsum der köstliche Spargel gestochen und bereichert zumindest die Offizierskücke.

Mehrere Ausfälle der Franzosen waren bereits gescheitert, als Ende Mai etwa dreitausend Mann einen solchen nochmals versuchten. In kleinen Gruppen waren sie bereits bis zum Marienborner Lager vorgedrungen, als des Herzogs Wachen Alarm schlugen und man die Franzosen in heftigem Gefecht gegen die Stadt zurücktrieb.

Goethe, der dem Ruf seines Freundes gefolgt war und nach einigen Umwegen genau zu diesem Ereignis im Lager eintraf, berichtet Genaueres nach Weimar.

Mindestens dreißig von ihnen blieben in unserem Feuer. Aber auch wir hatten empfindliche Verluste zu beklagen, und es war ein seltsamer Anblick, unsere riesenhaften, wohl gekleideten Kürassiere in wundersamen Kontrast mit den zwergenhaften zerlumpten Ohnehosen liegen zu sehen; der Tod hatte sie ohne Unterschied hingerafft.

Luise antwortet ihm umgehend.

Es war mir sehr angenehm, einen Brief von Ihnen zu erhalten, wenn ich aus ihm auch wieder entnehmen mußte, welch ein übles Ding der Krieg doch ist. Ich beneide Sie nicht um den traurigen Anblick, den Sie beschreiben. Er muß einem bloßen Zuschauer der Szene noch härter ankommen als demjenigen, der bei dem Vorgang etwas zu tun und zu wirken hat…

Als die Österreicher zu den Belagerern stoßen, bemerkt Goethe, dass die Gemeinen graue Felduniformen tragen, etwas, das er bisher noch nicht gesehen hat.
Ihre Erscheinung verschmilzt gespensterhaft mit der Umgebung, wundert er sich, *das ist etwas ganz Neues im Zeitalter, da Farbe der Uniformen die Zugehörigkeit zu Freund oder Feind, ja zu Waffengattung und Regiment verraten sollte.*
Mit Schanzarbeiten vergeht die Zeit, immer wieder unterbrochen durch anhaltendes Bombardement auf die Stadt. Goethe malt es mit Worten in einem Brief an Luise:
Das ‚Werda!‘ der Schildwachen, das Hin und Her der Infanterieposten, Geklapper eines Säbels gegen den Sporn, Scharren und Schnauben der Pferde, Singen, Schwatzen, Zanken der Männer, Brüllen des Viehs, hin und wieder der Schrei eines Maulesels, und über allem fast pausenlos Kanonendonner, so gehen unsere Tage hin.

Endlich am 23. Juli fällt Mainz, die Franzosen ziehen ab. Nun hofft Luise auf des Herzogs Rückkehr, aber er kommt nicht. Jetzt direkt dem Herzog von Braunschweig attachiert, hat er diesem nach Pirmasens und Landau zu folgen, gewissermaßen den Franzosen den Abmarsch zu verriegeln.
Stattdessen geht eine andere, sehr traurige Nachricht in Weimar ein. Am 6. September erlag Carl Augusts Bruder, Prinz Constantin, im Lager zu Wiebelskirchen einem infektiösen Fieber, das man als Ruhr behandelte und leider zu spät als Typhus erkannte. Herzogin Luise wurde gebeten, Herzogin Anna Amalia nicht nur in Kenntnis zu setzen, sondern, wie Carl August sie ausdrücklich bat, alle ihre Kräfte aufzubieten, um seiner Mutter beizustehen.
„Lassen Sie den Landauer anspannen, ich fahre nach Tiefurt hinaus", wies sie ihre Damen an und versetzte diese damit in höchstes Erstaunen. Der Weg nach Tiefurt war der letzte, den Herzogin Luise in den letzten Jahren gewählt hätte.

Fast zu kurz war die Strecke dann bis zum Sommerschlösschen der alten Herzogin, um sich auf die schwere Aufgabe vorzubereiten, einer Mutter den Tod ihres Sohnes nahezubringen.

„Herrgott, gib mir die rechten Worte ein", betete Luise still vor sich hin, während die Pferde in rascher Fahrt ein herbstlich buntes Waldstück durchqueren. Schon war das kleine Schloss durch die Bäume hindurch zu sehen, am Rande jenes Dorfes gleichen Namens, in dem einst Carl August die hübsche Witwe zu besuchen pflegte. Es war kaum Schloss zu nennen, das behagliche Haus, das Anna Amalia im Alter als Sommersitz diente. Ein Vorreiter hatte der Fürstin den Besuch der Schwiegertochter bereits gemeldet, so war Luise nicht erstaunt, erwartet zu werden. Kaum war der Landauer unter dem efeubewachsenen Vorbau zum Halten gekommen und hatte sie einen Fuß auf den Boden gesetzt, trat ihr Fräulein von Göchhausen, ihres Zeichens erste Hofdame, entgegen: eine kleine verwachsene Gestalt, die aus der Umgebung Anna Amalias nicht wegzudenken war.

„Ihre Hoheit erwartet Euer Durchlaucht im Gartensalon", begrüßte sie Luise mit gebührendem Knicks, aber seltsamerweise war ihrem Gesicht bereits anzusehen, dass man im Hause von Luises Besuch nichts Gutes erwartete. Gerüchte waren eben doch schneller als jedes verbürgte Wort und erreichten ihr Ziel oftmals missgedeutet. So eilte Anna Amalia der Schwiegertochter mit ausgebreiteten Armen entgegen und rief:

„Mein armes, armes Kind! So bist du also Witwe fast so früh wie ich es war..."

Das Missverständnis machte die Botschaft noch schwieriger.

Anna Amalia hatte niemals ein Hehl daraus gemacht, dass sie Carl August liebte, Constantin aber ihr Augapfel war.

„Nicht Carl August... Mutter ...es ist Constantin..."

Die familiäre Anrede war Luise immer schwer gefallen, da sie keine sonderliche Sympathie an die Schwiegermutter band, aber jetzt, da diese in ihrem Schmerz förmlich zusammenbrach, kam Luise das Wort ‚Mutter' leicht von den Lippen. Jeden Tag fuhr sie diesen Herbst nach Tiefurt hinaus, der alten Herzogin beizustehen. Der Graben zwischen den beiden so verschiedenen Frauen füllte sich in dieser Zeit ein wenig mit gegenseitigem Verständnis und wurde überbrückt von Rücksichtnahme und Hilfsbereitschaft.

Bevor dann Anna Amalia für die Wintersaison in die Stadt zurückkehrte, hinterließ sie im Tiefurter Park einen großen Granitstein mit Inschrift zum Gedenken ihres Sohnes Constantin Prinz von Sachsen-Weimar:

Den gebildeten Jüngling, den werdenden Mann,
entrissen viel zu früh die Parzen.

Goethe war unterdessen nach Weimar zurückgekehrt, nicht aber Herzog Carl August. Luise wartete und wartete. Den Weimeranern war oftmals gar nicht bewusst, ob die Herzogin anwesend war oder nicht. Fuhr Luise denn doch einmal durch die Straßen, meist halb verborgen im Fond ihres Wagens, grüßten die Leute überrascht und erstaunt, selten aber mit hörbarem Jubel. Die Herzogin war ihnen fremd geworden. Undeutlich wusste man etwas über ihre Scheu und Schüchternheit, war ihr darob nicht gram, aber konnte sich längst schon kein genaues Bild mehr von ihr machen. Die Bäume warfen ihre Blätter, die den Herbst so bunt gemacht hatten, langsam ab und füllten damit raschelnd Steg und Weg. Es folgten graues Nass und feucht lastender Nebel, dann schwebten erste Schneeflocken herab. Und endlich kam der Herzog von Weimar nach Hause.

„Wie schmal du geworden bist, Liebster", begrüßte Luise ihn und kämpfte diesmal mit Tränen der Freude, „der Krieg hat dich verändert."

Ja, das hatte er wohl, der Krieg und die Aussichtslosigkeit, durch ihn dem ursprünglichen Anliegen auch nur einen Schritt näherzukommen. Man hatte Frankreich zur Räson bringen wollen, aber Frankreich verharrte im Zerstören jeglicher Ordnung, ohne eine neue Ordnung an deren Stelle zu setzen. Unaufhörlich fraß die Guillotine ihre Opfer, längst auch schon die Königin. Entkräftet, sozusagen mit hängenden Schultern, hatten sich die alliierten Kräfte einstweilen aus dem Geschehen zurückgezogen. So auch Herzog Carl August.

„Du meinst... du willst sagen, du bleibst einige Zeit bei uns in Weimar?" hatte Luise hoffnungsvoll gefragt, doch kaum an eine zusagende Antwort geglaubt.

„Nicht nur einige Zeit, mein Luischen, ich bin müde geworden, ich brauche Ruhe..." Und tatsächlich war sein Blick, mit dem er Luise streifte, von unendlicher Müdigkeit gekennzeichnet. „Ich habe das Soldatenleben satt, das Schießen und Töten, immer nur Drangsal und Zerstörung..."

„Denk nicht mehr daran, Liebster, das Christfest liegt vor uns. Liebe und Vergebung, du weißt doch, Frieden auf Erden..."

„Ja, Luise, ich weiß... und den Menschen ein Wohlgefallen!"

Es wurde ein schönes und gesegnetes Weihnachtsfest, im Fürstenhaus, im Wittumspalais und in den großen und kleinen Häusern der Stadt.

Am 1. Januar 1794 reichte Herzog Carl August sein Gesuch zur Entlassung aus der Armee ein. Am 5. Februar wurde ihm im Rang eines preußischen Generallieutnants der ehrenvolle Abschied gewährt. Er war endgültig nach Weimar zurückgekehrt.

Der Wonnemonat

Erleichtert, dass der Herr des Hauses wieder selbst die Verantwortung übernommen, schonte ihn nun der Geheime Rat nicht mehr mit endlosen Klagen und Vorwürfen.

„Die Kosten, Serenissimo, die vielen Kosten; die Steuern, Durchlaucht, die hohen Steuern! Wir können dem Volk nicht noch mehr zumuten."

Carl August aber verschloss seine Ohren, so gut es eben ging, und beklagte sich seinerseits Goethe gegenüber.

„Erst heißt es, ich soll endlich den Heeresdienst aufgeben, und nun fehlt ihnen mein Generalssold!"

„Ich weiß, was ihnen Kopfschmerzen macht", konterte Goethe, „es ist das Haus, das du an der Ilm bauen lässt."

„Das Haus will ich haben", vermerkte der Herzog in kindlichem Trotz, „es ist mein Traum, dieses Haus mit seinen Säulen und dem römischen Porticus. Ich brauche ein Privatissimum für mich allein, einen Platz der Ruhe nach den Erlebnissen im Feldlager. Ich werde älter, Goethe, ich fühle die Zeit verrinnen…"

Goethe, mit vollem Verständnis für den Freund, suchte diesen auf dem Boden der Tatsachen zu halten.

„Die vorausberechneten Kosten für deinen Traum machen 22 000 Taler aus, nicht dabei die Innenausstattung, die dich nochmals 5000 Taler kosten wird."

Dem Herzog, wenn auch gereift und geläutert, konnte noch immer blitzschnell die Galle überlaufen.

„Zum Teufel mit dem Geld! Ich werde den König von Preußen um ein Darlehen bitten. Er kann es mir nicht verweigern."

„Sicher nicht, aber ein preußisches Darlehen brauchst du bereits für den Schlossbau, der so lange schon an Auszehrung dahinsiecht."

Goethe, der ja selbst einmal die Weimarer Finanzen führte, hatte den Nagel auf den Kopf getroffen. Der

Schlossbau. Die Reste der ausgebrannten Ruine verfielen immer mehr, ein Architekt nach dem anderen warf das Handtuch. Carl August schob das Problem von Jahr zu Jahr vor sich her.

„Ich will nichts mehr davon hören", schloss er auch jetzt die Diskussion, und um allen Unannehmlichkeiten fürs Erste zu entrinnen, verkündete er: „Ich fahre mit Luise nach Wilhelmsthal. Und solang der Sommer dauert, seht ihr mich nicht wieder."

So wurde es gemacht.

Für Luise wurde dieser Sommer zum Wonnemonat ihres ganzen Lebens. So hatte sie sich ihre Ehe mit Carl August immer vorgestellt. Tag und Nacht beieinander, wenn auch nicht immer allein, was selbst eine reduzierte Hofhaltung niemals zugelassen hätte. Am Tag der Genuss der Natur in den bewaldeten Hügeln und Bergen, am Abend Geselligkeit im Kreis französischer Emigranten, die sich zahlreich in Eisenach angesiedelt hatten, aber auch stille Beschäftigung mit Literatur und gelegentlich Musik. Die Nächte nicht mehr unbedingt den ehelichen Wonnen gewidmet, denen Luise noch immer nicht den rechten Geschmack abgewinnen konnte und auf die zu verzichten Carl Augusts etwas desolater Gesundheitszustand ohnehin gebot. Die wichtigste Komponente aber war, dass die Kinder sie nach Wilhelmsthal begleiten durften, und zwar ganz zwanglos ohne ihre Erzieher und das sonst sie umgebende Gesinde.

„Endlich kann ich die Kinder einmal für mich haben", freute sich Luise, die sich sonst dem Gebot strengster Etikette zu beugen hatte.

„Und ich bekomme sie sonst auch kaum zu Gesicht", stimmte Carl August zu.

Jetzt tauschten die Eltern ungestört von Dritten, wie beispielsweise Herder und Goethe, ihre Gedanken über die Erziehung ihrer Kinder miteinander aus.

„Unser Carl macht mir Sorgen", begann der Vater unschlüssig, „in ihm stecke etwas ganz Großes, Hervorragendes, so meint Herder ja, aber ich weiß nicht recht... er ist doch noch ein Kind."

„Ach", wehrte Luise sogleich heftig ab, „Herder trägt in letzter Zeit seinen Kopf allzu sehr in den Wolken und redet schwülstig daher. Carl ist ein Träumer, das ist wahr, aber gerade darin liegt die Gefahr. Er muss zum Lernen angehalten werden, zu Fleiß und Ordnung, und auf seine Pflichten vorbereitet werden. In ihm ein Genie zu sehen, nur weil er mit Fünf schon lesen und schreiben konnte, das schadet ihm nur."

„Ich habe schon daran gedacht", verriet Carl August dann seinen geheimsten Wunsch, „Schiller zu bitten, das Amt des Erziehers und Lehrers zu übernehmen. Er hätte den rechten Geist dazu, aber ob er auch die Kraft hat?"

„Ich hatte den gleichen Gedanken", stimmte Luise seufzend mit ein, aber du zweifelst zu Recht. Schiller ist ein kranker Mann, ständig setzen ihm Fieberanfälle zu, plagen ihn Magenkrämpfe. Nein, einen solchen Posten könnte er wohl nicht mehr ausfüllen."

Insgeheim hegte Luise berechtigte Sorge, dem Erbprinzen ihre eigene Neigung zu Trübsinn und Schüchternheit vererbt zu haben.

Carl August, vielleicht das Gleiche befürchtend, kam daher zu dem Beschluss, sich künftig seines Erstgeborenen mehr anzunehmen.

„Ich setz' ihn auf ein gutes Pferd und nehm' ihn mit hinaus in den Wald, das wird ihm gut tun."

Voller Stolz durfte also nun Carl Friedrich, von den Eltern kurz Carl genannt, seinen Vater auf die Jagd begleiten, während Prinzessin Caroline, mit ihren acht Jahren ein Mädchen von großem Liebreiz, das seinen Eltern keinerlei Kopfzerbrechen machte, die seltene Zweisamkeit mit der Mutter genoss. Prinz Bernhard, erst im zweiten Lebensjahr, benötigte hingegen noch ganztägig die Gegenwart seiner Kinderfrau.

Auch dazu, einmal die Weltlage zu diskutieren, kommen die Eheleute im stillen Wilhelmsthal und sind sich in ihrer Ansicht erstaunlich ähnlich. Zur Bedrohung, die noch immer vom Aufruhr im fernen Frankreich ausgeht, äußert sich Carl August eindeutig.

„Was ist das für ein miserables Volk! Wenn man diesen Menschen nicht immer und in jeder Weise vorsichtig, aber anhaltend den Daumen aufs Auge drückt, dann nehmen die Dinge einen solchen Lauf!"

Carl August war eben ganz ein Fürst im Geiste des Absolutismus, wenn auch einer der besten.

Luise, im Grunde aus dem gleichen Holz geschnitzt, sieht es milder.

„Sie sind verführt worden, ohne zu ahnen, dass es nicht zu ihrem Besten ist. Selbst die Wohlmeinenden, jene, die den Idealstaat wünschen, werden, so fürchte ich, nur eine Grundsuppe aufrühren, aus der nichts als Schmutz und Blut aufschäumt."

Im Glauben an eine festgefügte Hierarchie, immerhin unter dem uneingeschränkten Verfügungsrecht eines Gottesgnadentums, waren sie sich einig und damit ja auch in die Prägung der Zeit passend.

Römisches Haus, kolorierte Radierung von G. M. Kraus, 1798

All diese Kontakte, hier nur wie Blitzlichter aufgezählt, schienen Luise Beweis dafür, dass ihre Ehe in ein ruhiges, gefestigtes, aber auch unangefochtenes Gewässer gesteuert war, in dem sie beide zufrieden dahingleiten und zusammen alt werden konnten, kurz, die lupenreine Form von Glück, wie es ihrer Vorstellung entsprach. Aber noch war nicht aller Tage Abend, und die Welt im Großen wie im Kleinen befand sich in Aufbruchstimmung.

Im Herbst kehrte man nach Weimar zurück, nicht zuletzt um am soweit fertiggestellten ‚Römischen Haus' das Richtfest zu feiern. Hoch oben auf dem Dachgebälk grüßte bereits die bunte Richtkrone, es wurden Reden geschwungen, und eine Blaskapelle spielte feierliche Weisen. Carl August, stolz darauf, den Bau trotz der angespannten Finanzlage durchgesetzt zu haben, umschritt das säulengeschmückte Gebäude. Goethe hatte darauf geachtet, dass der Stil des Hauses durchweg römischen Vorbildern entsprach. Aus groben Quadern der Unterbau, wie schon gesagt an eine Felsenwand gelehnt, darüber, einem Tempel gleich, ganz licht abgeputzt, der Säulenbau, davor ein ebener kiesbestreuter Platz zur Anfahrt der Kutschen. Und eben daran fand der Herzog etwas zu monieren.

„Wie gelangt man zu Fuß in den Wohnteil und umgekehrt in den Garten?" fragte er mit sofort gekrauster Stirn. „Man hat doch nicht etwa jedes Mal über die Anfahrt zu gehen?" Dann brauchte es nur wenige Augenblicke, und der Bauherr entschied: „Eine Treppe muss her, frei schwebend vom Park in den Gartensaal im Oberstock!"

Goethe, durch seine Italienreisen in römischer Architektur unbestechlich firm, stockte fast der Atem. Aber Carl August! wollte er rufen, doch eingedenk der Festrunde, blieb er formell.

„Durchlaucht wollen gütigst bedenken! Eine solche Treppe verdirbt das Ganze!" Seiner Stimme war neben dem spontanem Ärger auch eine Spur Verachtung ob der herzoglichen Geschmacksverirrung anzumerken. Das wieder brachte ihm die patzige Erwiderung.

„Ach was! Die Treppe wird gebaut und damit basta!"

Und genau dieser Treppe wegen blieb lange Zeit eine deutliche Verstimmung zwischen den beiden Freunden haften.

Aber auch Luise hatte an diesem Tag, und seither gewissermaßen langsam einwirkend, eine Enttäuschung hinzunehmen. Ganz selbstverständlich war sie davon ausgegangen, gemeinsam mit Carl August das ‚Römische Haus' als Sommersitz zu nutzen. Wenn sie also mit ihm über den Innenausbau, Möbel, Tapeten und dergleichen zu sprechen kam, benutzte sie das gemeinschaftliche Wörtchen ‚wir'.

„Wir könnten den Gartensaal ganz in Rosa halten, ein paar grüne Ranken darauf..." oder: „Wann, glaubst du, wird es so weit sein, dass wir einziehen können...?"

Niemals antwortete Carl August auf ihre Fragen und überging ihre Vorschläge mit Schweigen. Der Innenausbau zog sich, nicht zuletzt des Geldes wegen, eine ganze Weile hin, und Stück für Stück setzte sich aus Vermutung und Verdacht die Wahrheit zusammen: Carl August hatte niemals die Absicht gehabt, das ‚Römische Haus' mit seiner Frau zu teilen. Was tatsächlich seine Absicht gewesen, hörte sich zu Beginn noch verständlich an, wie ‚ich brauche Ruhe' und ‚ich muss einmal ganz für mich sein können'. Mit der Zeit aber, genau bis zur endgültigen Fertigstellung im Jahre 1797, hatte das Haus eine Verwendung gefunden, die Luise tief verletzte und ihr den höchsten Verzicht abrang, den eine Frau nur leisten kann.

Caroline Jagemann

Weimar, niemals ermüdend in seinem kulturellen Ehrgeiz, ließ es sich auch in diesen Zeiten des Umbruchs nicht nehmen, Darbietungen dichterischer wie musikalischer Art zu pflegen. Goethe, der jetzt ganz die Leitung des Theaters übernommen, bereitete die Aufführung von Schillers ‚Wallenstein' vor , zur ‚Zauberflöte' malte er eigenhändig das Bühnenbild. Lesungen erfreuten sich weiterhin großer Beliebtheit, beispielsweise aus Schillers Periodicum „Die Horen'. Musiziert wurde im großen wie in kleinem Kreise. Und am 18. Februar 1797 tritt das erste Mal eine junge Sängerin auf und übernimmt die Hauptrolle in der Oper ‚Oberon' von Wranitzky. Sie ist gerade zwanzig Jahre alt geworden, ihr Name ist Caroline Jagemann. Wieland, Verfasser der Vorlage zum Libretto schwärmt:

Caroline Jagemann

„Sie ist wundervoll! Sie spielt die Rolle genau, wie ich sie mir vorgestellt habe. Klein und rothaarig, genau mein Oberon!"

Kapellmeister Eberwein geht noch weiter:

„Ich glaubte in ihr einen Engel zu sehen, der vom Himmel herabgestiegen ist."

Herzogin Anna Amalia notiert über die Neuentdeckung:

„Ihr Spiel, ihre Zierlichkeit entzückten uns und rissen uns hin. Über Nacht war Caroline Weimars angebetete Göttin." Selbst Goethes Kommentar vom hohen Olymp herab war voller Bewunderung:

„Sie schien auf den Brettern geboren und gleich in allem sicher, entschieden und gewandt wie die Ente auf dem Wasser. Sie tat instinktmäßig das Rechte, ohne es selbst zu wissen."

Herzogin Luise, ebenfalls beeindruckt von der künstlerischen Leistung der Jagemann, nannte sie schön und begabt.

„Sie wird es weit bringen", mutmaßte sie und traf damit hellseherisch ins Schwarze.

So hallte es wider von Komplimenten und schmeichelhaften Äußerungen für die Jagemann. Nur Herzog Carl August sagte nichts. An ihm schien der Glanz des aufgehenden Sterns vorübergegangen zu sein. Nur wer ihn sehr gut kannte, wie Goethe, der bemerkte, dass der Herzog sehr still geworden war in diesen Tagen und Wochen zu Beginn des Jahres 1797.

Auch Luise bemerkte es, zog aber den falschen Schluss.

„Der Herzog gefällt mir eben gar nicht", bekannte sie ihren Damen, „ er sitzt tatenlos da, blickt ziellos umher, sein Atem geht zuweilen schwer, und neulich sah ich seine Hand zittern…"

„Durchlaucht sollten mit Doktor Hufeland reden", wagte Gräfin Wedel vorzuschlagen, „nicht, dass Seine Hoheit am Ende gar der Schlagfluss…"

„Um Gottes willen, Wöllwarth", wehrte Luise sofort, „so malen Sie doch nicht den Teufel an die Wand."

Doch Fräulein von Imhoff, die Neue unter den Damen, schürte das Feuer noch.

„Schlagfluss, auch Hirnschlag genannt, das kommt schon mal vor bei älteren Herren", meinte sie vorlaut.

„Liebes Kind", entrüstete sich Luise, „der Herzog feierte eben seinen Vierzigsten! Und falls du das alt nennst, du Grünschnabel, bedenke, der Herzog und ich kamen im gleichen Jahr auf die Welt, er sogar sieben Monate später als ich."

Nein, die Damen fanden nicht heraus, was Herzog Carl August widerfahren war. Und es musste noch ganz anderes geschehen, ehe es dann jedermann gewahr wurde.

Frankreich hatte mit Europa seinen Frieden gemacht, zuerst in Basel mit Preußen und der Schweiz, in Campo Formio mit Österreich und endlich gegen Erhalt enormer Summen in bar auch mit England.

Auf Preußens Thron saß nicht mehr Luises Schwager, sondern ihr Neffe, denn Friedrich Wilhelm II. war im November am Erbübel der Hohenzollern, der Brustwassersucht, verstorben. Der neue König Friedrich Wilhelm III. vertrat in seiner Politik zwar weitgehende Neutralität, suchte Waffengewalt zu umgehen, wollte aber auf seinen Generallieutnant Herzog von Sachsen-Weimar nicht verzichten. So suchte Carl August bei Luise Verständnis dafür, dass er nach zwei Jahren militärischer Enthaltsamkeit nun doch wieder dem Ruf des Königs zurück in preußische Dienste folgen würde.

„Weißt du, es geht nicht mehr darum, Frankreich zur Ordnung zu rufen, sondern die Grenzen unseres Landes mit Preußens Hilfe zu schützen."

Luise wusste aber auch ihrerseits, sich ein Bild von der politischen Lage zu machen und diese zu beurteilen. Frankreich würde auch weiterhin gezwungen sein, seine innere Unfähigkeit durch Kriege nach außen zu kompensieren. Schon marschierte ein kleiner Leutnant, im Eilverfahren zum General avanciert, durch Italien und gar Ägypten und trug die Trikolore mit sich. Das konnten weder Österreich noch England sich lange gefallen lassen, eine neue Koalition gegen Frankreich lag in der Luft. Im Schulterschluss mit Preußen für alle Eventualitäten gewappnet zu sein, das leuchtete Herzogin Luise sehr wohl ein.

Andererseits, so zog Luise seufzend den Schluss, bedeutete es auch wieder, die Rolle der regierenden Herzogin zu spielen, die ihr ein fast nicht zu bewältigendes Maß an Öffentlichkeit zumutete. Weder würde sie sich scheue Zurückgezogenheit leisten noch Halt an ihres Gatten Gegenwart finden können, beides Opfer, die nach Luises Geschmack die des Mannes in seiner Rolle als ruhmvoller Krieger weit überwogen.

„Nun gut, mein Lieber, suchen wir also deinen Generalsrock wieder hervor und putzen wir die Knöpfe blank."

„Das wird nichts nützen, meine Liebe", lachte Carl August erleichtert über seine praktisch denkende Frau, „ich muss einen neuen Rock machen lassen. Dein Neffe wünscht eine Menge Änderungen im Uniformwesen."

Das war wohl wahr. Der Kragen war jetzt höher als vordem, dafür weniger steif, die Knöpfe nicht mehr durchgängig zuzuknöpfen, sondern dienten ab dem Magen abwärts nur noch zur Zierde, hatten also auch kaum mehr Knopflöcher. Dafür sah die Weste weit mehr hervor, und statt Schulterstücken gab es ein Geflecht aus Kordel. Vor allem aber veränderte sich der Hut: der ohnehin schon abgeflachte Dreispitz wurde jetzt vollends zum übergroßen Zweispitz.

Neue Uniformen wurden also angefertigt, für den täglichen Dienst sowohl als für Galazwecke, und die Marschroute lautete vorerst Berlin, um sich bei Seiner Majestät zu melden.

Nennt man es Zufall oder Schicksal, jedenfalls hatte Caroline Jagemann nach weiteren beifallsbrausenden Aufführungen auf der Weimarer Bühne – *Piccolomini, Maria*

Stuart, Tasso und Mozarts *Entführung aus dem Serail* – sich zu einem Gastspiel nach Berlin verpflichtet.

Herzog Carl August besuchte das Theater, anfangs einfach um seine Landsmännin zu ehren, den nächsten Tag aber besuchte er es wieder wie auch den übernächsten und jeden Abend, den die Jagemann auftrat. Er ließ sich in ihrer Garderobe melden, einen Strauß Rosen in der Hand, er bat sie zum Diner, die Jagemann war geschmeichelt. Eine Kollegin vom Theater lud in ihre Wohnung ein, man speiste dort zu dritt, bald aber nur noch zu zweit, und das Abend für Abend, wenn auch zu züchtiger Zeit eine Kutsche vorfuhr, den Herzog in sein Quartier abzuholen.

Ehe Carl August dann endgültig sein Kommando anzutreten hatte, kam er noch einmal nach Weimar zurück.

„Da bin ich wieder, liebste Luise!" rief er mit aufgesetzter Fröhlichkeit und schloss sie fast übermütig in die Arme. Die Damen ihrer Begleitung begrüßte er mit ungewohntem Handkuss und einem strahlenden Lächeln. „Sie, schöne Gräfin, und Sie, mein Fräulein, müssen Ihren alten Herzog noch ein wenig ertragen, ehe er erneut zu Felde zieht", lachte er polternd. Kurz, er war wie ausgewechselt. Seine Bewegungen wirkten lebhaft und kraftvoll wie in jüngeren Jahren, aber er schien unter der Spannung einer Stahlfeder zu stehen. Was war mit ihm geschehen? Jedermann rätselte, zählte, im Gedanken an das Gastspiel der Jagemann, eins und eins zusammen, kam aber nicht so recht zu einen Resultat. Auch Luise rätselte, doch auf den Gedanken, ihn einfach zu fragen, kam sie nicht. Das fiel nur Goethe ein.

„Nun, mein Alter, was hat dich aufgezogen wie eine Spieluhr und lässt dich kreiseln wie ein Tanzbär? Was quält deine Seele, heraus damit, alter Freund!"

Aller Glanz in des Herzogs Gesicht erlosch.

„Ach, Goethe…" seufzte er, „es ist die Liebe…"

„Die Liebe?" lachte Goethe, „wenn es weiter nichts ist. An der Krankheit hast du schon tausendmal gelitten und bist jedesmal im Handumdrehen davon kuriert gewesen."

„Nein, nein, Goethe, diesmal ist es anders..."

„Wie soll es anders sein? Du nimmst ein Frauenzimmer, und das Blut kühlt sich ab. Du kennst das doch..."

„Nein, nein, diesmal ist es mehr. Es ist Liebe, große Liebe..."

„Große Liebe, Carl August? Willst du mich glauben machen, dass es die doch gibt?"

„Du selbst erlebst sie ja eben mit deiner Vulpius, verzeih, mit Christiane..."

„Das ist etwas anderes", riegelte Goethe sofort ab, „das ist wie essen und trinken, wie atmen... einfach leben ... "

„Siehst du, lieber Freund, und genau das will ich auch mit Caroline."

„Mit der Jagemann? Also doch. Du hast ihr das Engagement in Berlin verschafft, um sie zu deiner Geliebten zu machen. Das hättest du billiger haben können."

„Mit dem Engagement habe ich nichts zu tun", stellte Carl August richtig, „und zu meiner Geliebten habe ich sie auch nicht gemacht." Die letzte Bemerkung Goethes überhörte er geflissentlich.

„Du meinst... du hast nicht?" staunte dieser nicht schlecht, „du willst sagen, sie erwidert deine Neigung nicht? Das wär das erste Mal, dass eine Frau deinem Charme und deiner Stellung mit all ihren Möglichkeiten widersteht. Und schon gar die Jagemann, der man nachsagt..." Im letzten Moment schluckte er lieber hinunter, was man der Jagemann nachsagte, denn es war nicht durchweg ‚edel und gut', wie es Goethe eigentlich für das Menschengeschlecht forderte. Aber die Argumentation des Freundes setzte ihn dann doch in äußerste Verwunderung.

„Caroline fühlt für mich wie ich für sie", erklärte Carl August nicht ohne Stolz, „aber sie will Luise nicht verletzen: Sie wünscht eine gewisse Legitimation, ehe sie mir angehört, und sie besteht darauf, dass Luise einwilligt..."

Wenn es um Luise ging, war Goethe streitbar auf dem Plan.

„Meinst du etwa Scheidung?" fuhr er auf.

„Nein, nein, nicht Scheidung", beschwichtigte der Herzog, schlug dann aber nicht weniger heikel vor: „Ich spreche von Heirat, einer Ehe zur linken Hand. Friedrich Wilhelm heiratete zweimal zur Linken, wie du weißt, und Luise nahm das Schicksal ihrer Schwester gelassen hin, ohne sich moralisch zu exaltieren."

„Das sind zwei Paar Schuh, mein Lieber", dozierte Goethe mit erhobenem Zeigefinger und ging erregt im Zimmer auf und ab. Seine Gestalt war seit Christianes guter Küche etwas massig geworden, der lange Gehrock spannte über der Brust. „Luises Schwester Friederike blieb Königin von Preußen, das Einzige, das sie von ihrer Ehe noch erwartete, aber..."

„Luise bleibt selbstverständlich Herzogin von Weimar", verteidigte sich Carl August schwach, „sie bleibt es mit all ihren Ehren und Rechten."

„Das nenne ich das Mindeste, das du ihr schuldig bist", fuhr Goethe gereizt fort, „aber was ich sagen wollte ist, Luise..." Plötzlich stockte er in seiner Beweisführung. Sich als Anwalt zu verwenden, wo der einen Partei zwar seine unverbrüchliche Freundschaft, der anderen aber sein ganzes Mitgefühl, wenn nicht gar ein gut Stück seines Herzens gehörte, das fiel ihm nicht leicht. „Luise liebt dich, verdammt nochmal", polterte er darum los, „sie liebt dich von ganzer Seele und hofft auf Gegenliebe von deiner Seite. Bist du nach so viel Jahren noch immer blind für diesen großen Schatz, dieses Juwel, das unverdient dein eigen ist?" Goethe war kurzatmig stehen geblieben und schüttelte den Freund am Arm. „Begreifst du nicht, du Herzog von Gottes Gnaden, was du eintauschst gegen die erkauften Liebkosungen einer Schaustellerin?" Jetzt war er nicht mehr unparteiisch, der Goethe, er war im Gegenteil ganz Partei, und zwar für Luise und gegen die Jagemann. Und er sollte es ein Leben lang bleiben.

Es gab kein Zurück mehr. Herzog Carl August beichtete Luise, was es zu beichten gab. Er bat sie, nicht nur Carolinens Rückruf nach Weimar, sondern auch der Eheschließung zur linken Hand zuzustimmen.

„Es ist der letzte Versuch, mein Glück zu finden, dort, wo du und ich es uns einander nicht geben können."

Luise erstarrte unter seinen Worten. Irgendwie hatte sie gewusst, dass es eines Tages so kommen würde, und nun, da er so offen und ehrlich mit ihr sprach, konnte sie weder Auflehnung noch Zorn gegen ihn verspüren. Sprachlos und mit leerem Blick sah sie zu ihm auf, und dies eine Mal blieb sogar ihr Auge trocken. So war er es, der weitersprach.

„Du bist die Mutter meiner Kinder. Mein Respekt und meine Hochachtung werden immer dir gehören, Luise, aber wenn du jetzt Verständnis zeigst, fügst du ihnen meine tiefste Dankbarkeit hinzu, solange ich lebe."

Es gibt Momente, in denen man Entscheidungen herbeiführt, indem man einfach keine trifft. Man überlässt es den Dingen, sich selbst zu ordnen, duckt sich vor ihnen, um in aller Stille gegen sie zu meutern. Nicht so Herzogin Luise. Das war nicht ihre Art. Noch sprach sie nicht. Sie fand keine Worte, sich gegen eine Lawine hereinbrechenden Kummers zur Wehr zu setzen. Sie gedachte der Tage in Wilhelmsthal, der gemeinsamen Wochen in Pyrmont, all der kostbaren Augenblicke, die sie für Glück gehalten hatte. Aber, so sagte ihr unbestechlich gerechter Sinn, vielleicht war es nur ihre Art von Glück gewesen, nicht das Glück, das ein Mann sucht, Nächte voller Leidenschaft, voll lodernder Begierde. Vielleicht hatte er sich, obwohl an ihrer Seite, weit fort geträumt, hatte stets nach anderem gehungert, während sie, Luise, sich der Harmonie Händchen haltender Zweisamkeit hingegeben hatte. Und plötzlich waren da doch Worte, Worte wie Hammerschläge. Sie wusste nicht, wer sie je gesagt oder aufgeschrieben hatte, aber sie dröhnten in ihrem Kopf: *Wer wahrlich liebt, der gewinnt nicht die Krone, er beugt das Knie.* Luises Augen wurden ganz groß und füllten sich nun doch mit Tränen.

„Nun, was ist?" drängte Carl August voller Ungeduld, „was sagst du? Wirst du dein Einverständnis geben?"

„Ja", sagte sie leise, „ja, ich werde mein Einverständnis geben." Das war die Entscheidung, und sie hatte sie aus dem tiefsten Inneren ihres Herzens gefällt.

Carl August bot Caroline Jagemann einen festen Vertrag als ‚Hofsängerin' an den Weimarer Bühnen an, für 2000 Taler jährlich und einer Pension im Alter. Sie nahm das Angebot an und kehrte nach Weimar zurück.

Dort stellte ihr Herzog Carl August das so genannte Deutschritterhaus, einen schönen, mit Giebeln bestückten Renaissancebau, zur Verfügung, während er selbst längst einsam Quartier im Römischen Haus bezogen hatte. Und dann geschah das Unvorstellbare: Caroline Jagemann schenkte den leidenschaftlichen Werbungen Carl Augusts weiterhin kein Ohr.

„Ich bin für ein solches Leben nicht gemacht", argumentierte sie und erntete weiterhin Beifallsstürme auf den Brettern, die wohl auch ihr die Welt bedeuteten.

„Sie ist ohne Konsequenz und Plan", urteilte Goethe hämisch, „sie will lediglich eine Rolle spielen, leben und genießen."

Der Herzog aber gibt nicht auf, belagert die Jagemann mit seinen Anträgen und auf deren wiederholtes ‚Nein, nein, nein!' klagt er derjenigen, die ihm im Grunde doch die Nächste ist, vehement sein Leid:

„Mein Wesen ist ganz und gar aus den Fugen! Ich kann so nicht weitermachen, nicht einen einzigen Tag!" Und dann wird die Klage zur Drohung: „Da mir der Himmel das einzige Glück, das mir meine Existenz noch wert macht, missgönnt, werde ich Weimar verlassen und in russische Dienste gehen. Du wirst das Land regieren, meine Luise, wirst ihm Wohlstand bringen, während ich in der Ferne Erlösung von einem Leben finde, das mir unerträglich geworden ist." Das war nichts als Erpressung eines verwöhnten Kindes, dem etwas nicht nach seinem Willen geht. Aber es versetzte nicht nur Luise in Sorge. Goethe erschien bei der Jagemann, setzte seine liebenswürdigste Miene auf.

„Haben Sie denn gar kein Herz für den Herzog?" fragt er gradheraus.

„Man weiß doch", gibt die Jagemann schnippisch zur Antwort, „dass der Herzog in puncto Weiber kein Gewissen hat. Er nimmt sie und wirft sie dann beiseite wie eine ausgepresste Zitrone!"

Sogar die Herren des Geheimen Rats machen im Deutschritterhaus ihre Aufwartung, den eben in Mode gekommenen hohen, schwarzen Zylinder in der Hand. Von Rücksichtnahme auf des Herzogs angegriffene Gesundheit sprechen sie und von Dankbarkeit für des Herzogs großzügige Versorgung.

„Großzügig?" lacht die Jagemann, „Wien bietet mir ein Dreifaches an Gage, Berlin und Prag noch mehr! Was der Herzog mir gibt, sind kaum zwanzig Prozent seiner Privatschatulle und saugt wahrhaftig nicht das Mark des Landes aus!"

Wieder bleibt nur eine, die das Zünglein an der Waage spielen kann, und so schreitet sie denn entschlossen zur Tat.

Die Jagemann hat zur Soiree geladen. Es kommt, wer in Weimar einen Namen hat und wer sich mit dem Herzog gut stellen will. Die Jagemann steht in der Halle des Deutschritterhauses und empfängt ihre Gäste. Ihr Kleid ist ein Traum. Cremefarbene Seide, eng um den kleinen Busen gerüscht, fällt locker bis auf die Füße und endet in einer kurzen Schleppe. Im roten Wuschelhaar glitzert eine Brillantagraffe, die der herzoglichen Privatschatulle weitere zehn Prozent gekostet hat.

Goethe stapft herein, Herder, alt und zerbrechlich, Schiller, blass und durchsichtig, Bertuch, Görtz, Knebel, Fritsch und wie sie alle heißen, mit ihnen natürlich auch ihre Damen. Carl August, schon anwesend, macht den Hausherrn. Man reicht Champagner, Musik klingt auf, man bittet die Jagemann um ihren Gesang. Ihre Stimme füllt Raum und Haus mit dem reinen, klaren Klang eines Liedes bis zum letzten, vibrierend ausklingende Schluchzer. Noch horcht alles, wagt nicht zu applaudieren. Niemand hat bemerkt, dass leise noch ein Gast eingetreten ist. Doch jetzt, ehe eine Hand sich rührt, tritt Herzogin Luise aus dem Kreis hervor und geht auf die Sängerin zu.

„Wundervoll, meine Liebe", sagt sie in die Stille, „ganz wundervoll! Ihr Gesang gleicht dem einer Nachtigall, und ich hoffe, ihn noch oft zu hören, hier bei Ihnen, bei Hofe oder im Kreis der Familie..."

Jedermann hatte verstanden, auch die Jagemann. Sie sank in einen tiefen Hofknicks und küsste der Landesherrin die Hand.

Am 10. Dezember 1801 wurde Henriette Caroline Jagemann dem Herzog von Sachsen-Weimar zur Linken angetraut und erhielt wenige Jahre später die Nobilitierung zu einer Frau von Heygendorf samt gleichnamigem Rittergut nahe Allstedt.

Pläne für den Erbprinzen

*Das Jahrhundert ist im Sturm geschieden,
Und das neue öffnet sich mit Mord.*

dichtete Friedrich Schiller ahnungsvoll, und richtig hatten sich die Perspektiven bedrohlich verschoben. Nachdem berechtigte Empörung über Missstände sich Luft gemacht hatten, wie brodelndes Magma zum Ausbruch eines Vulkans führt, so war jetzt die Lava erkaltet und ging es unter einigen wenigen Köpfen an das Wettrennen um die Macht.

Längst war es nun auch für Erbprinz Carl Friedrich mit seinen neunzehn Jahren an der Zeit, auf Kavalierstour zu gehen. Man plante also, ihn nach Paris zu schicken. Was war das aber für ein Paris, was für ein Frankreich, das der Erbprinz von Weimar, anders als sein Vater vor siebenundzwanzig Jahren, vorfinden würde?

Nach dem Sturm auf die Bastille schien eine neue Gesellschaft erblüht zu sein, kaum weniger dekadent und morbid als die vorige, und sie erwies sich folgerichtig als Scheinblüte. Das Volk sehnte sich nach Führung, nicht jenem Vorüberschwanken von Konvent und Direktorium, sondern nach einer starken Hand, einem klugen Kopf. Es sehnte sich nach Sicherheit, nach Frieden, und vor allem nach Brot, das auch die Revolution ihnen nicht gebracht. Aber auch jene, die bisher die Macht untereinander geteilt, sie sich im Wechsel einander zugeschanzt und auch wieder missgönnt hatten, hielten jetzt nach einem solchen Mann Ausschau. Und ihr Auge war auf den kleinen Korsen gefallen, der, so schnell zum General avanciert, siegreich Italien und Ägypten durchschritten hatte, um dann bei Marengo die ‚Grande Armee' aus der Taufe zu heben: Napoleon Bonaparte. Als Erster Konsul eingesetzt, sorgte er alsbald dafür, dass dies Amt ihm auf Lebenszeit zugesprochen wird.

Paris atmete auf, die Geselligkeit gewann wieder an kulturellen Inhalten, die Theater wurden wieder be-

spielt, die Stadt öffnete sich erneut für Fremde, und als die Königin der Salons dieser Jahre, die der Herzog von Broglie die *besten und edelsten in den Annalen Frankreichs* nennt, regierte unbeneidet die ebenso schöne wie junge Madame Recamier. Eine allgemeine Beruhigung war eingetreten, ein fruchtbarer Stillstand. Wer jetzt Maß hielt, der konnte Frankreich endgültig aus dem Chaos retten. Darauf setzte jedermann, außer Napoleon. Die Melodie des Ruhms klang ihm bereits zu lockend in den Ohren...
Es war also nicht mehr das verspielte, leichtsinnige, oftmals kurzsichtige Paris des Rokoko, sondern ein neues, ein verändertes Paris als jenes zu Zeiten des jungen Carl August. Anderes dagegen sollte sich wie eine Wiederholung der Ereignisse von vor siebenundzwanzig Jahren abspielen. Auch Carl Friedrich wurde von seiner Mutter vor der Abreise beiseite genommen.

„Du wirst sehen, mein Sohn, sie wird dir gefallen..." begann Luise ganz ähnlich wie damals Anna Amalia, wenngleich weitaus schüchterner, und versuchte, dem Erbprinzen klarzumachen, dass man ihm eine Braut ausgesucht hatte. „Sie ist..." Und schon stockte erneut die mütterliche Überredungskunst, denn Luise wusste wenig über Maria Pawlowna, die dritte Tochter Pauls I. von Russland, zu sagen, außer dass sie eine enorm reiche Partie sein würde, wenn denn die Verhandlungen, die seit über einem Jahr mit dem Zarenhof liefen, zu einer ehelichen Verbindung führen würden. Aber plötzlich im März 1801 stockten die Verhandlungen. Eine Clique verräterischer, wenn auch vaterländisch gesinnter Offiziere hatte beschlossen, Russland vom unruhigen, wechselvoll sich steigernden Irrsinn seines kranken Zaren zu befreien. Sie drangen ins Schlafgemach seines Stadtpalais, und gemeinsam erstachen sie, Dolchstoß für Dolchstoß, den hinter einen Vorhang geflüchteten Zaren, nicht unähnlich dem Mord an Julius Cäsar.

Und mit der Tochter dieses Mannes, dem Luise seit ihrer damaligen Reise nach Petersburg noch immer in

Freundschaft angehangen, sollte Carl Friedrich sich jetzt verloben. Hatte jemand jemals sich Gedanken gemacht, ob die geistige Labilität Pauls I. sich in seinem Blut vererben könne? Nein. Eine Million Taler Mitgift und eine in ihren Ausmaßen ungeahnte Aussteuer sollten eine zu deutliche Sprache sprechen, als dass nicht auch Luise sich ihr gebeugt hätte.

„Warum, liebste Mama", protestierte Carl Friedrich, noch ehe Luise weitere Worte fand, „warum soll ich denn überhaupt schon ans Heiraten denken? Ich bin doch noch viel zu jung."

„Dein Vater war zwei Jahre jünger, als er sich mit mir verlobte", erinnerte Luise ihren Sohn und mahnte gleichzeitig, die Sicherstellung des Hauses Sachsen-Weimar zu bedenken. „Du solltest einen Sohn haben, ehe..." wieder konnte sie nicht zu Ende führen, was ihr durch den Kopf ging. War es vielleicht die schlechte gesundheitliche Verfassung Carl Augusts, die sie seit geraumer Zeit beunruhigte? Die Ärzte, unter ihnen nicht mehr Hufeland, der nach Berlin gegangen war, nannten den Herzog als ihren Patienten ‚zur Apoplexie neigend', besser ausgedrückt ‚Schlagfluss gefährdet'. Er pflegte übermäßig zu essen, gegenüber früherer Unrast sich wenig zu bewegen und bei scharfem tätigem Verstand gelegentlich an Nervenschwäche zu leiden.

„Nun gut, liebste Mama", lenkte Carl Friedrich ein, zu träge, um nachhaltig Widerstand zu leisten, „du willst mir im Angedenken deines alten Freundes Paul die Großfürstin Maria Pawlowna schmackhaft machen, aber ist das auch Vaters Wunsch?" Die Frage war zur Tür hin gerichtet, wo in diesem Augenblick Carl August eintrat. Er ging etwas gebeugt, die Dielen knarrten unter seinem Schritt. Er war korpulent geworden, der Herzog, sein Haar, auf dem er längst keine Perücke mehr trug, war grau meliert.

„Ja, mein Junge, es ist auch mein Wunsch, du mögest die Wahl, die deine Mutter und ich gemeinsam getroffen haben, akzeptieren", sagte er und holte schwer Atem,

„in diesen Zeiten kann es nicht von Nachteil sein, sich Schwager Zar Alexanders I. von Russland heißen zu können."

„Alexander I. von Russland", wiederholte Carl Friedrich, als müsse er sich besinnen, „ja, ja natürlich, sie sind ja Geschwister, der Zar und meine künftige Braut, aber..."

„Da gibt es kein Aber, mein lieber Carl", suchte Carl August mit Nachdruck jedem Widerspruch zuvorzukommen, „eine bessere Verbindung kannst du in ganz Europa nicht finden."

„Ja, ja" stammelte der Prinz denn doch etwas überrumpelt, „aber wisst ihr denn nichts weiter über sie? Wie ist sie, wie sieht sie aus?" Voller Schrecken stand ihm vor Augen, dass Hässlichkeit oder gar Bosheit der Braut bei derlei Eheschließungen keineswegs immer ein Hindernis waren.

„Nun, zwei Arme wird sie haben, zwei Beine und alles sonst, was nötig ist", beruhigte der Herzog auf seine Weise seinen Sohn, während Luise abzumildern suchte.

„Sobald du von Frankreich zurück bist, Carl, wirst du nach Petersburg fahren. Ihr werdet euch kennen lernen und werdet euch prüfen, ob eure Seelen zueinander finden..."

„Seelen", murmelte Herzog Carl August bärbeißig, „ein wenig mehr wird schon nötig sein..."

Aber Luise ließ sich nicht beirren.

„Niemand wird dich zwingen, mein Carl, das verspreche ich dir, aber die Pflicht und die Tradition deinem Stand gegenüber, die solltest du dir immer vor Augen halten."

„Ja, Mutter, ja", schloss dann Carl Friedrich die Debatte ab, der weder mit der mütterlichen noch mit der väterlichen Version viel anfangen konnte. „ich werde mir alle Mühe geben."

„Erst, mein Junge, schicken wir dich ja auf Reisen", meldete sich der Vater nochmals zu Wort, „lass dir in diesem verdammten Paris nochmal ordentlich den

Wind um die Nase wehen! Das kann dir nicht schaden und dich manches lehren, was du fürs Leben brauchst..." Wohl in Erinnerung an eigene Jugendtage holte er ein großes Sacktuch hervor und schneuzte sich laut. „...und für die Ehe ebenfalls", setzte er unter Trompeten hinzu und warf einen herausfordernden Blick auf Luise. Er wusste genau, dass er einen Punkt berührte, an dem seine Ehe gescheitert war.

„Dein Vater hat Recht", sagte Luise wider Erwarten in sanftem Ton, „ein Mann soll sich umsehen, ehe er heiratet, aber dann, mein Carl, dann soll er behutsam sein und darauf achten, nicht zu fordern und zu erstürmen, was in Geduld und Liebe ihm aus freien Stücken gewährt werden würde."

Dass er soeben Zeuge einer späten Abrechnung zwischen seinen Eltern geworden war, das begriff der Erbprinz nicht. Verständnislos blickte er von einem zum anderen, verwundert über das Lächeln, das auf beider Gesichter ganz plötzlich aufbrach wie die Sonne nach einem Gewitter.

„Also wann", fragte er ungeduldig, „wann fahre ich denn nun nach Paris?"

„Bald, mein Sohn, sehr bald", sagte sein Vater und legte ganz langsam einen Arm um die Schulter der Mutter.

Aber erst im Mai 1802 brach der Prinz mit entsprechender Equipage nach Paris auf und kehrte erst zehn Monate später wieder nach Weimar zurück.

Madame de Staël

Im Dezember 1803 erhielt Weimar den Besuch einer Dame, die die Zustände in Frankreich ganz besonders kritisch beobachtete und aufs Beste informiert davon zu berichten wusste: Madame de Staël, Tochter Jacques Neckers, des ehemaligen Finanzministers Frankreichs. Mit allem Überschwang ihres südlichen Temperaments platzte sie ins winterlich stille Weimar, ohne irgendwelche Einschränkung durch höfisches Zeremoniell zu beachten. Laut, wo der Ton sonst gedämpft zu sein hatte, leidenschaftlich, wo zumindest die Gastgeberin ihr eher kühl zurückhaltend entgegenkam, gab sie sogleich ihrer Meinung Ausdruck:

„Dieser kleine crétin aus Ajaccio", schimpfte sie los, und es war klar, dass sie von Napoleon Bonaparte sprach, „wird keine Ruhe geben, bis er nicht die oberste Spitze eingenommen hat, und das längst wieder schläfrig gewordene Paris wird ihm noch den Steigbügel halten!"

Dass ihre Ablehnung auf Gegenseitigkeit beruhte, war stadtbekannt. Als ‚tout Paris' dem aufstrebenden General schmeichelte, tat dies auch Germaine de Staël. „Der Korse mit dem Stahlblick" nannte sie ihn nicht weniger fasziniert als andere Damen der Gesellschaft. Und wagemutig stellte sie eines Abends im Salon Talleyrands die Frage:

„Welcher Frau, mon général, würden Sie vor aller Welt den Vorzug geben?"

„Madame", gab Bonaparte kurz angebunden zurück, „derjenigen würde ich den Lorbeer reichen, die die meisten Kinder geboren hat."

Die Antwort war zutiefst schockierend. Germaine de Staël, Ehefrau eines schwedischen Diplomaten, hatte selber zwei Kinder geboren, mochte aber wohl eher auf ein Kompliment ihrer hohen geistigen Gaben gehofft haben. Dass aber die Worte des Generals die Frau schlechthin auf die Ebene einer Gebärmaschine herabwürdigten, das war denn doch infam. Von Stund an hatte Napoleon in Madame de Staël eine zähe Gegnerin, deren spitze Zunge wie Feder nachhaltig gegen ihn Stellung nahmen. In ihrem Salon, den sie in der schwedischen Botschaft eingerichtet hatte, kritisierte sie laut jeden Schritt, den der Erste Konsul von nun an unternahm.

„Jetzt will er auch noch die Pressefreiheit beschneiden", wetterte sie, „über sechzig Zeitungen hat er ganz verboten und den ‚Moniteur' zum offiziellen Organ der Regierung gemacht, womit auch er zum Schweigen gebracht ist."

„Ich hasse politisierende Weiber", quittierte Napoleon und sprach die offizielle Verbannung der Frau von Staël aus ihrem französischen Vaterland aus. Sie gehorchte notgedrungen und begab sich auf Reisen. Auf ihrem Weg nach Berlin, kehrte sie in Weimar ein. Dort gewann sie durch ihre erfrischende Art und Weise, durch ihren Intellekt sowie ihre umfassende Bildung, nicht zuletzt aber durch ihre warme Herzlichkeit vor allem das Herzogspaar im Sturm.

„Das ist eine Frau, die mutig ihre Stimme erhebt", fasste Luise ihren ersten Eindruck zusammen und mutmaßte ganz richtig: „Die Welt wird noch viel von ihr zu hören bekommen."

Und Carl August, wegen einer Krankheit noch immer beurlaubt, war das erste Mal von einer Frau nicht allein ihres Geschlechtes wegen beeindruckt.

„Unglaublich", staunte er, „sie hat über Kant die gleiche Auffassung wie ich. Sie denkt wie ein Mann."

In ihrem Äußeren allerdings, vor allem in ihrer Kleidung, glich die Baronin eher einer Marketenderin denn einer Dame, die sich nach Pariser Mode gibt. In viel zu weiten Gewändern, zu denen sie gern eine Art Turban trug, wirkte sie weit älter als ihre tatsächlichen siebenunddreißig Jahre. Ihr Gesicht war nicht schön, eine lange Nase über einem kleinen aufgeworfenen Mund, doch ihre Augen, aus denen der wache Geist blitzte, machten alles wieder wett. Da sie aber pausenlos redete, wenn auch ohne jemals etwas Banales oder Albernes zu sagen, ging sie den bisher gefeierten Geistesgrößen ziemlich auf die Nerven.

„Das wirklich Lästige an ihr ist die ganz ungewöhnliche Fertigkeit ihrer Zunge", monierte Schiller, „man muss ganz und gar Hörorgan sein, um ihr folgen zu können."

Und Goethe kommentiert einen Besuch der Baronin in seinem Hause:

„Es war eine äußerst interessante Stunde, aber ich kam nicht ein einziges Mal zu Wort."

Dennoch bescheinigen beide, dass Madame de Staël nach ihrer Abreise eine spürbar gähnende Leere hinterließ.

Über Weimar, als dessen Gast sie sich drei Monate lang offenbar sehr wohl befand, schreibt Germaine im Nachhinein:

An sich hat mich der Aufenthalt in kleinen Städten immer sehr gelangweilt. Man lebt so nahe beieinander, daß man sich durch seinesgleichen bedrängt meint. Je unabhängiger man veranlagt ist, desto weniger kann man innerhalb eines solchen Käfigs atmen. Doch nicht so in Weimar! Von allen deutschen Fürstentümern macht keines besser als Weimar die Vorzüge eines kleinen Landes fühlbar, dessen Oberhaupt ein Mann von Geist ist und der, ohne daß dadurch der Gehorsam litte, seinen Untertanen auch zu gefallen sucht.

Tatsächlich war von der Necker-Tochter noch viel zu hören und zu lesen. Sie schrieb Romane im Geschmack der Zeit wie *‚Corinne'* und *‚Delphine'*, setzte aber vor allem in ihrem Werk *‚Über die Deutschen'* dem Land der Dichter und Denker ein liebenswürdiges Denkmal, das die öffentliche Meinung in Frankreich so positiv wie nachhaltig beeinflusste. Ihre Eindrücke in Weimar werden in hohem Maße dazu beigetragen haben.

In Luise hatte Germaine de Staël Horizonte eröffnet und sie gelehrt, sich biegsamer zu zeigen. Vor allem fühlte sie sich durch die neue Freundin bestätigt, als diese trotz ihres intellektuellen Geistes dem Gefühl grundsätzlich den höheren Rang einräumte.

„Wissen ist nur ein Element der Einsicht", sagte Germaine im Gespräch mit der Herzogin und schlussfolgerte weiter: „Die andere, gültige Hälfte ist das Gefühl. Sensibilität der Seele steht gegen Stumpfheit physischer Empfindungen. Nur wenn die Seele in das Leben anderer Lebewesen eindringt, teilt sie ihr Staunen und Leiden, fühlt sie im Fleisch Gott hinter der materiellen Welt."

Noch niemals hatte jemand so deutlich ausgedrückt, was Luises ganzes Wesen ausmachte.

Carl August hingegen gewann durch die neue Freundin der Familie ein ganz neues Frauenbild. Beide, Herzog und Herzogin, korrespondierten noch über Jahre hinweg mit Madame de Staël, und man nahm gegenseitig innigen Anteil am weiteren Lebensweg.

Gewitterwolken

In Petersburg hatte sich alles nach Wunsch entwickelt. Die Hochzeit des Erbprinzen mit der Zarenschwester Maria Pawlowna hatte stattgefunden, und nun wartete man in Weimar auf den feierlichen Einzug des Paares. Da hatte man es jetzt natürlich eilig, den Wiederaufbau des alten Schlosses voranzutreiben. Mit Feuereifer und einem endlich gewährten Kredit Friedrich Wilhelms III. von Preußen über 60 000 Taler, dem allerdings von den Weimarer Landständen erpresste 68 000 Taler bereits vorausgegangen waren, stand man kurz vor der Fertigstellung des ausgebrannten Gebäudes, nun eher klassizistisch zu nennen als in den schweren barocken Formen wie seinerzeit. Schon mehrfach war das Gebäude ausgebrannt und immer wieder neu errichtet worden. Nach dem letzten großen Feuer von 1774, das man dem Blitz zuschrieb, hatte der Wiederaufbau, unterbrochen von Geldmangel, fast drei Jahrzehnte gedauert. Am 1. August 1803 war dann endlich das Weimarer Schloss, nun unter dem Namen ‚Carlsburg‘, für seine fürstlichen Bewohner bereit.

Zu ihnen gehörte allen voran Herzogin Luise, ihr zur Seite, wenn auch mehr oder weniger der Form halber, der Herzog, der aber, so oft es seine Pflicht erlaubte, die Zweisamkeit im Deutschen Ritterhaus vorzog oder in letzter Zeit immer öfter die Einsamkeit des Römischen Hauses suchte. Neben den herzoglichen Eltern bezogen die jüngeren Kinder des Herzogspaares, jeder mit eigenem Hofstaat, je eine Zimmerflucht, deren schönste aber dem neu vermählten Erbprinzenpaar vorbehalten blieb. Natürlich hatte man diese Räume noch einzurichten, was wiederum Zeit kostete, da Carl August sich mit einem Mal als Kunstkenner beweisen wollte und überall ein Wort mitredete. Bis ins kleinste Detail meldete er Wünsche an, die nicht nur dem Rat der Fachleute entgegenstanden, sondern auch das Budget sprengten. So kam es vor, dass ein Salon, in gelber Seide tapeziert und kostbar in Mahagoni möbliert, wieder ausgeräumt werden musste, weil Serenissimo es befahl.

„Ach, das ist mir viel zu bieder", schimpfte er dann, „ich will eine Streifentapete und goldene Löwenköpfe an den Armlehnen!" Natürlich wollte er nur das Beste für die Luxus gewohnte russische Schwiegertochter, konnte sich dabei aber nicht vom Schönheitsideal seiner eigenen Jugend trennen.

Zum Glück hatte man keine Eile, denn Petersburg entließ seine Großherzogin noch nicht so schnell. Ein Fest nach dem anderen wurde dem jungen Paar gegeben, bis man es endlich im Spätsommer 1804 in einer schwerfälligen Prunkkutsche, die das Reisen nicht gerade komfortabler machte, gefolgt von achtzig Planwagen mit der großfürstlichen Aussteuer, auf den Weg schickte. Und das konnte abermals dauern, zumal es nur langsam vorwärts ging und man auch mehrere Aufenthalte und Besuche einplante.

In Weimar wartete man also in Geduld. Luise kam das entgegen, da sie sich ihrerseits mit dem neuen Quartier, den hohen, hellen Räumen nicht so schnell befreunden konnte. Sie hatte das Fürstenhaus mit Bedauern verlassen. Wenn ihr in Weimar etwas zur Heimat geworden war, dann dieses alte Haus, das Carl August seinerzeit so verächtlich einen ‚alten Kasten' genannt, in dessen Beletage sie sich aber so oft vor dem Trubel draußen zurückgezogen und einigermaßen behütet gefühlt hatte. Hier waren die Tapeten nach alter Weise gestreift oder geblümt und um die vielen Bilder im Goldrahmen herum unterdessen ausgeblichen. Als die meisten Möbel schon ausgeräumt und die Teppiche zusammengerollt waren, ging Luise noch einmal von Raum zu Raum. Obwohl gar nicht mehr gut zu Fuß folgte ihr schwerfällig die alte Jette, das eisengraue Haar unter einer altmodischen Leinenhaube versteckt.

„Ach weißt du noch hier, Jette?" und „Ach weißt du noch dort, Jette?" hieß es dann allemal, begleitet von einem wehmütigen Lächeln.

„Ach, wie hab' ich mich gefürchtet damals, als er hereinkam und mit ihm die Hunde... ach, Jette, so recht hat er bis heut nicht begriffen, wie sehr er mich damit gedemütigt hat..."

Luise bückte sich nach einem Buch, das man vergessen hatte, in Korb oder Kiste zu verpacken. Sie blätterte darin und überflog ein paar Zeilen. *Diese Lücke, diese entsetzliche Lücke, die ich in meinem Busen fühle!* Und: *Ich soll nicht zu mir selbst kommen, – wo immer ich hintrete, begegnet mir, was mich aus der Fassung bringt...* Die Leiden des Werther. Auch ein Relikt aus der Vergangenheit, eines, dem Luise im Grunde noch wehmütig anhing. Aber ihre Gedanken waren bei Carl August.

„Er ist ein guter Kerl, das weiß ich unterdessen, Jette, aber wir sind verschieden wie Mond und Sonne..."

„Das mag schon stimmen", meinte Jette in ihrer trockenen Art, „schließlich stehen Sonne und Mond selten gemeinsam am Himmel und sind doch eines, ohne das andere nicht zu denken."

„Aber Jette", kam es erstaunt zurück, „du bist ja eine noch größere Philosophin, als ich es bin!" Und spontan, wie es nur selten geschah, schloss die Herzogin die Getreue in die Arme, die ihr so viele Jahre gedient, aber viel mehr Mutterstelle vertreten hatte. Doch, sich noch einmal umblickend, klang Luise wieder gefasst.

„Was diese Wände gesehen, das ist Vergangenheit. Sie hatte ihr Gutes und ihr Schweres, aber sie ist abgeschlossen." Und plötzlich stahl sich ein kleiner Kobold in ihre Züge, und mit einem Augenzwinkern fuhr sie fort: „Lass uns hinübergehen ins neue Schloss, Jette, fort von diesen knarrenden Dielen hinüber auf glänzendes Parkett! Drüben in all der Pracht, Spiegelsaal und Marmorsäulen, werden wir wohl ein Eckchen finden, uns ein Nest zu bauen, wenn auch nicht mehr so geschützt wie unter diesem alten Dach." Ihr feiner Spott ließ durchblicken, dass ihr der Prunk des neuen Schlosses denn doch ein wenig kopflastig erschien, gemessen am kleinen, verschuldeten Weimar. Aber der Seufzer, mit dem sie die Türen hinter sich schloss, klang ganz ergeben in Erfordernisse, die ihr wieder einmal von außen diktiert worden waren.

Während man sich also im neuen Schloss zu Weimar einrichtete und die Zeit bis zur Ankunft der jungen Schwiegertochter abwartete, trafen aus Frankreich erneut alarmierende Nachrichten ein. Hatte unter der Konsularregierung das systematische Abschlachten von Menschen zwar aufgehört, so war jetzt doch wieder ein Mord geschehen, der jeden recht denkenden Menschen aufhorchen ließ. Der Herzog von Enghien, Prinz von Conde', als solcher ein letzter Verwandter des Königshauses, lebte als Emigrant im rechtsrheinischen Städtchen Ettenheim. Ein aus dem Nichts entstandenes Gerücht verdächtigte ihn, gegen das Leben des Ersten Konsuls ein Komplott geschmiedet zu haben. Beweise gab es nicht. Dennoch setzte am 14. März 1804, also mitten im Frieden, eine Abteilung französischer Dragoner auf Befehl des Konsuls über den Rhein, stürmte Ettenheim und verhaftete den Herzog. Als Gefangener wurde er widerrechtlich über Straßburg nach Vincennes geführt, nach kurzer Anhörung vor einem improvisierten Kriegsgericht zum Tode verurteilt und zur gleichen Stunde erschossen. Das war illegal. Das war Mord, eine verspätete Rache des Korsen an den Bourbonen. Eine Art Domino-Effekt als Reaktion konnte nicht ausbleiben.

„Welch ein Affront", begehrte Herzog Carl August auf. „Will er den Krieg, dieser Bonaparte?"

„Das mag schon sein", ließ Goethe sich, sehr nachdenklich geworden, zu dieser Vermutung hören, „es waren seine Siege, die Bonaparte den Glorienschein verliehen, für den das Volk ihn auf der Schulter trug. Nun muss er zusehen, durch weitere Siege dessen Glanz zu erhalten."

Der Reaktion des Fürsten und des Poeten fügte Luise die der Frau hinzu.

„Louis-Antoine de Bourbon", nannte sie seufzend seinen Familiennamen, „er war doch noch so jung, kaum zweiunddreißig Jahre alt, und von großer Schönheit, wie man sagt... die Damen werden ihn betrauern... wenngleich auch ihre Tränen nichts bewirken werden, nichts gegen die Empörung der Männer."

Die Empörung fand ihr erstes Echo in einem Notenwechsel zwischen Petersburg und Paris. In brüskem Ton forderte Zar Alexander Aufklärung über den Mord am Herzog, und Napoleon antwortete so höflich wie hochmütig, man habe ihm ja auch keine Aufklärung über den Mord an Paul I. zukommen lassen. Diesen Schachzug also, und noch dazu in eleganter Manier, hatte Napoleon gewonnnen, nicht ahnend, dass er damit den Brand langsam schwelender Feindschaft gelegt und sich letztendlich seine bitterste Niederlage eingehandelt hatte. Noch triumphierte er und zeigte es der Welt, indem er sich acht Wochen später zum Kaiser der Franzosen ausrufen ließ. Am 2. Dezember sollte er sich dann in Notre-Dame im Beisein des Papstes Pius VII. eigenhändig die Kaiserkrone aufs Haupt setzen. Von da an sollte sein Ehrgeiz die Welt nicht mehr zur Ruhe kommen lassen. Wie gut, dass Weimar durch die Eheschließung seines Erbprinzen sich beizeiten auf die richtige Seite geschlagen hatte. Aber lange sollte es daran noch Zweifel geben und lange hatte es teuer zu zahlen für diese Entscheidung.

Die Schwiegertochter

Die politischen Wogen gingen im Jahr 1804 also hoch, während man sich im neuen Schloss eingewöhnte und auf die Ankunft des Erbprinzenpaares wartete. Man führte große Reden über Macht und Recht, diskutierte die Frage, wann besagte Wogen wohl über einem zusammenschlagen würden, vergaß derweilen aber nicht, Kunst und Kultur seinen Zoll zu entrichten. Man wohnte geduldig der Erstaufführung des ‚Wilhelm Tell' bei, murrte denn aber doch der fünfstündigen Spieldauer wegen, wenn auch nur hinter vorgehaltener Hand, denn jedermann wusste, wie krank, vielleicht dem Ende nahe, der Autor sich dahinschleppte. Die Ärzte haben Friedrich Schiller längst eine chronische Entzündung des Rippenfells bescheinigt und dem weiter wie gehetzt Schaffenden Schonung verordnet.

Dieses Jahr 1804 ist ein Jahr der Anspannung und Erwartung, der Mutmaßung und der Vorzeichen und all das, obwohl es im Fürstentum Weimar noch recht ruhig blieb. Und doch war etwas fast unbeachtet am Rande geschehen, das das Herzogspaar, jeden auf seine Weise, sehr beschäftigte.

Caroline Jagemann hatte einen Sohn zur Welt gebracht, der kurz nach der Geburt wieder starb. Carl August zeigte Freude und gleich drauf folgend Trauer in ungekünstelter Weise, aber tröstete sich und die Jagemann auf die übliche Art.

Maria Pawlowna

„Ah, Sie werden sehen, mon coeur, wir werden wieder ein Kind haben." Damit küsste er die Wöchnerin und begab sich ins Römische Haus.

Luise aber war tief bewegt von dem Ereignis. Sie suchte die Jagemann auf und hielt am Wochenbett ihre Hand.

„Verzagen Sie nicht, meine Liebe! Niemand weiß besser als ich, was Sie jetzt fühlen. Es ist die Natur, die unvollkommen handelt, die nach eigenen Gesetzen gibt und nimmt. Wir Frauen sind nicht schuld, wir brauchen uns keinerlei Vorwurf zu machen. Fassen Sie Mut, meine Liebe! Gott wird Ihnen weitere Kinder schenken."

Das waren genau die Worte, die jemand an ihrem eigenen Wochenbett gesprochen oder besser hätte sprechen sollen. Sie fühlte sich zurückversetzt in Augenblicke tiefster Verzweiflung und wollte den Trost geben, den sie damals so bitter vermisst hatte, wollte dem Gefühl des Versagens und der Schuld vorbeugen, das sie damals am meisten bedrängt hatte. So waren auch die Tränen, die wieder einmal ihre Worte begleiteten, sichtbare Zeichen ihrer aufrichtigen Anteilnahme. Derlei war die Jagemann, von Natur ein Querkopf, stets auf Abwehr bedacht, nicht gewohnt.

„Euer Hoheit haben sich also persönlich bemüht, sich von meinem Pech zu überzeugen", konterte sie mit ungewohnt rauer Stimme, „ist also nichts geworden mit einem herzoglichen Bastard! In meinen Augen, Hoheit, werden Sie keine Tränen sehen, die hebe ich mir für die Bühne auf. Mit einer Geste der Ungeduld raffte sie ihr spitzengesäumtes Hemd überm Busen zusammen, und ihrem zornigen Ausbruch zum Trotz perlte der Kummer auch aus ihren Augen und strafte sie lügen.

Luise wusste, dass der Schmerz viele Gewänder hat. Und wo er ganz tief sitzt, ist sein Stachel besonders spitz, aber er kann nicht verletzen. Wortlos breitete Luise die Arme aus und zog die Widerstrebende an sich.

„Weinen Sie, weinen Sie nur. Es wird Ihnen helfen. Tränen sind oftmals ein Segen. Weinen Sie, meine Liebe, weinen Sie…" Luise sprach einlullend wie zu einem Kind, und da gab die Jagemann nach. Aufschluchzend warf auch sie ihre Arme um die Herzogin und ließ ihren Tränen freien Lauf. Ein Friede war geschlossen, weit über die Grenzen starrer Konvention hinweg.

Meldereiter hielten Verbindung mit dem Reisezug des Erbprinzenpaares. Alle paar Tage erschien einer auf dem Schlosshof und erstattete Bericht.

„Man hat Orscha passiert. Ihre kaiserliche Hoheit und der Prinz sind wohlauf", meldete einer der ersten.

„Man nähert sich Warschau", lautete die nächste Meldung „daselbst ist eine Woche Aufenthalt geplant."

„Zwei Tage von hier verließ ich den Zug", keuchte einer der Reiter und sank erschöpft vom Pferd, „bei dem Regen ist kaum ein Weiterkommen! Die Straßen sind grundlos tief."

Und wieder einer: „Ich komme von Schwiebus. Man hat deutschen Boden betreten und fährt auf Frankfurt zu."

Und endlich ein Letzter: „Man wird morgen die Oder erreichen, in Frankfurt ist letzte Rast vor Berlin."

„Hörst du das, Luischen?" freute sich Herzog Carl August. „Ich werde ihnen entgegenreiten! Vielleicht erwische ich sie noch in Frankfurt und begleite sie nach Berlin. Dort ist ein längerer Aufenthalt geplant. Du, Luise, bereitest derweilen hier alles zum Empfang des Paares vor. Scheue keine Kosten! Putz unser Weimar recht ordentlich heraus!" Sein Vorhaben schien ihn verjüngt zu haben. Ganz Soldat in Ton und Haltung kommandierte er: „Meine Husaren sollen zu meiner Begleitung antreten! In Galauniform!"

Mit einer Bedeckung von sechzehn Mann Weimarer Husaren, einem kümmerlichen Haufe, aber äußerst dekorativ in Dolman und Flügelmütze, brach der Herzog dann tatsächlich auf und ließ Luise wieder einmal allein mit genau der Aufgabe, die ihrem Wesen so sehr zuwider war. Sie stellte sich vor, wie sich alle in Orden und

Ehren versammelten, der gesamte Hofstaat, steif und feierlich in der neuen, mit Säulen bestückten Halle, gravitätisch die Alten, die Jungen in eitlem Schmuck, einander den Vorrang neidend. Sie stellte sich vor, wie sie geschmeichelt ins Knie sanken vor der kaiserlichen Erbprinzessin. Und weiter stellte Luise sich vor, wie sie vor aller Augen ihrer neuen Schwiegertochter entgegentreten und sie empfangen sollte, begafft und begutachtet vom Oberhofmeister bis zum letzten Lakai. Wie sollte sie sie begrüßen, die Frau ihres Sohnes? Zärtlich oder zeremoniell? Überlegen oder unterwürfig ihrem Rang entsprechend? Nein, weder das eine noch das andere wollte sie. Sie wollte sie in die Arme nehmen wie eine Tochter, und das ganz ohne Zeugen.

„Ich werde dem Paar ebenfalls entgegenfahren", teilte sie den erstaunten Hofbeamten mit. „Sorgen Sie für den Empfang hier. Ich reise nach Naumburg, sobald es soweit ist."

So lernten sich die Herzogin von Sachsen-Weimar und Großfürstin Maria Pawlowna ganz zwanglos unter vier Augen kennen. In der Mansarde eines Gasthofs in Naumburg an der Saale erwartete Luise allein, ohne auch nur eine ihrer Damen bei sich zu haben, die Schwiegertochter, die ebenfalls zugesagt hatte, ohne jede Begleitung drei Treppen hoch, ganz oben unterm Dach, der Schwiegermutter entgegenzutreten. Noch allein im kleinen Stübchen überkamen Luise dann doch Bedenken, sich dieser Begegnung so ohne den Schutz von Etikette und Zeremoniell auszusetzen. Wie würde sie sein, die Zarenschwester und Zarentochter? Wie würde sie auftreten? Im Rahmen höfischer Regeln wäre es leichter gewesen, Scheu und Unsicherheit zu verbergen, wie Luise wusste, aber wären auch menschliche Wärme und mütterliche Bereitschaft allzu leicht verdorrt und verspielt. Luise klopfte ein wenig das Herz, als die Klinke der niederen Tür gedrückt wurde und diese sich knarrend öffnete. Aber dann stand plötzlich ein hoch gewachsenes junges Mädchen vor ihr, ein unbefangenes Lachen auf den Lippen, ein strahlender Glanz in großen, dunklen Augen.

„Je me jette a vos pieds, Madame, je suis votre obéissante fille." Der Versicherung, sich der Schwiegermutter zu Füßen zu werfen – nicht mehr als eine geläufige Höflichkeitsformel –, kam sie zwar nicht nach, sondern warf sich sogleich Luise an die Brust. Als sie dann ins Deutsche überging, hatte es einen leichten schwäbischen Anklang, wie ihn ihre Mutter, Prinzessin Dorothee von Württemberg, auch zärtlich ‚Dörte' genannt, vor Zeiten an den Zarenhof mitgebracht hatte.

„Was freu ich mich, endlich Carls liebe Mama kennen zu lernen, von der er mir so viel schon erzählt hat."

Luise, überwältigt vom stürmischen Auftakt, zeigte sich gegen ihren Willen doch ein wenig steif.

„Sei mir willkommen, meine Tochter", sagte sie, aber es klang wie artig aufgesagt. Dann aber ließ sie sich von russischer Herzlichkeit und natürlicher Vertrautheit dieser gerade erst Achtzehnjährigen mitreißen. Wozu sonst hatte sie das Treffen nicht auf offener Bühne, sondern gewissermaßen hinter den Kulissen und, um beim Vergleich mit dem Theater zu bleiben, ohne eingelernten und soufflierten Text arrangiert? Nein, auch sie öffnete die Arme für die Schwiegertochter und zog sie an sich. Dann aber, die junge Frau noch einmal in Augenschein zu nehmen, hielt sie sie ein Stück entfernt von sich und blickte ihr ins Gesicht.

„Du bist schön, Maria", sagte sie, und tatsächlich gefielen ihr die hohen Wangenknochen, der geschwungene, sehr rote Mund, die schmale Stirn unter einem Wust hoch gesteckter dunkler Locken. „Du und ich, Maria, wir werden uns die Liebe meines Sohnes teilen müssen…" Luise stockte. Genau das hatte sie eigentlich nicht sagen wollen. Um wieder gutzumachen, flüchtete sie sich ins Scherzhafte. „Natürlich ist die Liebe kein Kuchen, aber wäre sie es, solltest du natürlich das weit größere Stück für dich haben!"

Maria lachte gradheraus.

„Carl ist, das weißt du doch, Mama, ein so überaus liebevoller Mann, er hat Liebe genug für uns beide!"

Dann lachten sie, Maria unbekümmert fröhlich, Luise für den Augenblick befreit von Angst und Zweifel. Der Bund zwischen Schwiegermutter und Schwiegertochter war geschlossen, noch ehe beide unten in der geräumigen Gaststube auf die übrigen Fürstlichkeiten und Hofleute stießen und wieder zu Herzogin und Erbprinzessin wurden.

Tief erschüttert war Luise dann, als in Jahresfrist ein Prinz zur Welt kam, der wie so viele seines Blutes nur wenige Stunden lebte. Lag denn doch ein Fluch über den Vätern Sachsen-Weimar, ein Fluch, für den Luise anfangs ihrer Ehe so bitter sich selbst die Schuld gegeben?

Die Lage wird ernst

Der neue Kaiser der Franzosen lässt weiter seine Muskeln spielen. Gegen Österreich und Russland sucht er seine Kraft zu messen und bleibt bei Austerlitz, wo die drei Kaiser einander gegenüberstehen, schon fast gewohnheitsmäßig Sieger. Doch noch lange ist er nicht gesättigt. Seine Armeen marschieren quer durch Europa, annektieren hier Grafschaft, dort Fürstentum.

In Weimar ist man nicht beunruhigt. Man ist mit Preußen verbündet, der Herzog ein preußischer General, und Preußen verhält sich neutral. So denkt man sich, wie Goethe im Faust gedichtet:

Was kümmert's mich, wenn hinten, weit in der Türkei, die Völker aufeinander schlagen?

Doch der Klang von Gleichschritt und Trommelwirbel, von Hufschlag und dem Rollen der Lafetten wird immer deutlicher, kommt immer näher. Was ist passiert?

Nimmersatt, wie der Franzose ist, hat er auch die vierte Macht im restlichen Reich herausgefordert. Seine Truppen marschieren durch Ansbach-Bayreuth. Und Ansbach-Bayreuth ist preußisch. So erklärt auch Preußen ihm den Krieg und fordert seinen Weimarer General an.

„Es wird ernst, Luise", sagt Carl August beim Abschied, und sein Gesicht spiegelt tiefste Sorge, „wenn wir nicht ganz großes Glück haben, sind wir wohl längste Zeit Herzog und Herzogin von Weimar gewesen." Und ehe er abreitet, um sich befehlsgemäß als Kommandeur der Avantgarde in den Raum Ilmenau zu begeben, meint er, bedächtig den Kopf schüttelnd: „Du solltest Weimar verlassen, Luise, dich und die Kinder in Sicherheit bringen..." Sogleich aber verzieht sich sein Gesicht in schmerzlichem Zweifel. „Andererseits... Weimar sich selbst überlassen... die Herren im Rat sind alt geworden, Freund Goethe recht krank... da ist nur der junge Rat Müller, von Hause aus Jurist..." Carl August war ganz in Gedanken an sein nun bedrohtes Fürstentum versunken, „...er war mir in einem Vormundschaftsprozess einmal von großem Nutzen, aber sonst..." Carl August hat den Einstieg in eine militärische Karriere wohl niemals so sehr bedauert wie in diesem Augenblick. Ratlos blickt er durch eines der hohen Fenster hinaus über die Straßen und Gassen seines geliebten Weimar. Fast schien es, als habe er Luises Gegenwart ganz vergessen. Doch sie machte sich auf das Deutlichste bemerkbar.

„Ich bleibe, Carl August", versprach Luise und sah in aller Ruhe zu ihrem Mann auf, „sorge dich nicht, ich bleibe in Weimar."

Zu denken, dass Luise von Weimar jemals ein Versprechen, das sie gegeben, nicht einhalten würde, war jetzt und in Zukunft schwer vorstellbar. Des Herzogs Blick kehrte zurück und umfasste sie voll staunender Bewunderung.

„Ich danke dir, Luise, ich danke dir... du hier in Weimar, dann wird alles gut."

Zu einem ersten Gegenüber der feindlichen Armeen kam es dann im Oktober 1806 bei Saalfeld, keine sechs preußischen Meilen von Weimar entfernt. Am 11. Oktober waren die ersten Soldaten im Weimarer Stadtbild zu sehen. Es waren Preußen. Und sie befanden sich auf der Flucht. In ihren Gesichtern, rußgeschwärzt vom Bedienen der Kanonen, die sie in Panik verlassen, steht die blanke Angst. Wo sie Unterschlupf finden, zerren sie die Uniform vom Leib, um in bürgerlichem Zivil unterzutauchen. Nur eine Handvoll sammelt sich, um sich erneut unter die Fahne der Verbündeten zu stellen.

Der König und die Königin von Preußen waren bereits im September von Berlin aufgebrochen, um den Truppen gewissermaßen den Rücken zu stärken. Aber man ließ sich Zeit, nahm im Naumburger Schloss Quartier und vergnügte sich mit Ausflügen und Einladungen. Das königliche Paar, Friedrich Wilhelm III. und Königin Luise, in seiner Liebe zueinander schier unzertrennlich, wurde in freundlichem Spott das ‚klassische Königspaar' genannt. Auch Herzogin Luise, keineswegs immer mit der Politik des neuen Preußenkönigs einverstanden, schrieb an ihren Bruder in Darmstadt:

Ce roi classique läßt die Franzosen bis in die Mitte Deutschlands, das sich soeben noch des sanftesten Friedens erfreut, vordringen, und bald genug werden sie ihm auf der Nase herumtanzen!

Der König plante die Errichtung seines Hauptquartiers in Erfurt und erlaubte der Königin in vollkommen falscher Einschätzung der Lage, ihn dorthin zu begleiten.

In Erfurt erfährt der König vom Desaster von Saalfeld, vom Tod seines Bruders, des Prinzen Louis Ferdinand, und der kopflosen Flucht seiner Regimenter. Die Franzosen sind weiter auf dem Vormarsch, Erfurt scheint nicht mehr sicher. Das Hauptquartier soll nach Blankenhain, keine zwei Meilen südlich Weimar, verlegt werden. Mehrere Stimmen flehen die Königin an, umzukehren und nicht etwa mit nach Blankenhain zu gehen.

„Mein Platz ist an der Seite des Königs", hört man ihre Antwort, ich verlasse ihn erst, wenn er selbst mich zurückschickt."

Als man in Weimar eintraf, der König nicht zu Pferd wie seinerzeit sein Vater, noch seinen Soldaten voranreitend, sondern neben der Königin in bequemer Equipage, trug ihr Erscheinen eher den Charakter eines Familienbesuches. In aller Hast ließ man ein paar Zimmer im neuen Schloss herrichten und war kaum damit fertig, als die Wagen schon in den Hof einfuhren.

„Majestät, welche Ehre..." begrüßte die Herzogin atemlos den hohen Gast und gleichermaßen, als die Königin der Kutsche entstieg: „Majestät, ich bin erfreut..."

„Nicht Majestät, liebe Luise", wehrten beide ab, und die Königin, in herzlicher Umarmung, lachte: „Wir sind ja nicht nur Namensschwestern, sondern obendrein auch noch nah verwandt."*

Der familiäre Umgangston ließ sich dann aber nicht so unbeschwert durchhalten, wie er angestimmt worden war. Zur abendlichen Tafel hatten sich durchziehende preußische Offiziere eingefunden, die über die Lage das Neueste zu berichten wussten.

„Kaiser Napoleon ist bereits in Würzburg eingetroffen", meldete einer, während Bonaparte zu diesem Zeitpunkt längst auf Coburg marschierte, „er reitet seiner Armee voran, zweihunderttausend Mann unter den begeisterten Rufen ‚Vive l'empereur!'"

---

*Die Verwandtschaft der Herzogin und der Königin, beide gleichen Vornamens, wurzelt in der Tatsache, dass der Großvater der Königin der jüngere Bruder des Vaters der Herzogin war. Das vertraute Verhältnis beider Luisen ergab sich aber daraus, dass die Königin Luise bei den Großeltern in Darmstadt aufgewachsen war. Noch näher verwandt war Friedrich Wilhelm III. als Sohn von Königin Friederike, der soeben verstorbenen Schwester Herzogin Luises.

„Ach was", wusste es ein anderer besser, „er hat höchstens siebzigtausend Mann bei sich, ein knappes Drittel seiner Armee!"

„Siebzigtausend", fragte Friedrich Wilhelm und ließ sich bei dem Gedanken, dass er im Raume Jena unter dem Kommando des Fürsten Hohenlohe fast 60 000 und bei Auerstedt unter dem Oberbefehl des Herzogs von Braunschweig noch einmal so viel bereitgestellt hatte, erleichtert gegen die Stuhllehne sinken. Dass der Braunschweiger unterdessen um weitere vierzehn Jahre gealtert, nicht mehr auf einen solchen Posten gehörte, darüber machte sich Friedrich Wilhelm keine Gedanken. Aber anhand der Situation wurde ihm langsam klar, dass eine Frau nicht in das von Kriegshandlungen bedrohte Gebiet gehörte. Er allein hatte sich als König und Feldherr der Gefahr zu stellen.

„Es braut sich etwas zusammen, Luise", begann er, sobald sie ohne Zeugen waren, „ich möchte, dass du nach Berlin zurückkehrst, gleich morgen früh."

„Und du, mein Liebster, was ist mit dir?" reagierte Luise theatralisch, „ich lasse dich so ungern allein!"

„Diesmal muss es sein, Luise, ich kann für deine Sicherheit nicht mehr einstehen. Ich gebe dir eine Eskorte mit."

Am nächsten Morgen um sechs Uhr stand das ganze Schloss bereit, die Gäste zu verabschieden.

„Adieu, Luise, hab Dank für deine Gastfreundschaft!"

„Adieu, Luise, eine gute Reise und grüß mir Berlin!"

„Das will ich tun, liebste Tante, und Gott schütze Weimar!"

Dann stumm und voller Wehmut der Abschied zwischen den Eheleuten. Endlich stieg Friedrich Wilhelm zu Pferd, wie es sich von nun an auch für ihn gehörte, und die Königin nahm im Reisewagen Platz. Unter Winken und üblichem Hüh und Hott verließ man zur einen wie zur anderen Seite den Schlossplatz von Weimar.

Doch wie erstaunt war Herzogin Luise, als die Wagen der Königin wenige Stunden später erneut auf dem Hof einfuhren. Sie waren bis hoch über die Räder mit Kot beschmutzt, die Pferde zitterten vor Erschöpfung. Noch ehe jemand vom Gefolge oder den Schlossbewohnern dazu kam, war die Herzogin an den Wagenschlag getreten.

„Um Gottes willen, Majestät... Luise, was ist geschehen?"

„Ach, ma chère tante..." kam ein tiefer Seufzer aus dem Wageninneren. „Hilf mir aus diesem Kasten, und ich werde dir alles erzählen..." Die Königin schien am Ende ihrer Kräfte. Aber erst als Tante und Nichte die aufgeregt herbeigelaufene Dienerschaft wie der Königin eigene Begleitung abgeschüttelt und sich in die herzoglichen Räume zurückgezogen hatten, begann die Königin ihren Bericht.

„Ich ließ die direkte Strecke einschlagen, um heute noch bis Merseburg zu kommen", sagte sie mit leiser Stimme, als müsse sie sich mühsam erinnern. „Am Anfang ging auch alles gut, obwohl es anfing, stark zu regnen. Wir folgten der Ilm und ließen Apolda hinter uns. Da sah ich schon von weitem..." Ein Weinkrampf schüttelte die Königin, es fiel ihr schwer, weiterzusprechen.

„Was sahst du, Luise, was?"

„Soldaten, überall Soldaten! Unsere Soldaten! Immer mehr, immer dichter umringten sie meine Wagen. Wir steckten alsbald fest inmitten von Kavallerie auf erschöpften Pferden, Infanterie, fußlahm und frierend in ihren dünnen Leinenhosen, dem Tross, den Kanonen, die nicht fortkamen auf grundloser Straße und dann..."

„Und dann?"

„Eine Gruppe Offiziere preschte heran, schon von fern hörte ich sie schimpfen und fluchen, was meine Wagen dort zu suchen hätten! Ich lehnte mich aus dem Fenster, mich zu erkennen gebend, und tatsächlich war es ausgerechnet der Herzog von Braunschweig, der mich zur Rede stellte. ‚Majestät', rief er in äußerst barschem Ton,

‚was in aller Welt machen Sie hier?' Ich erklärte ihm mein Vorhaben, möglichst rasch nach Berlin durchzukommen, er aber sprach weiter zu mir wie zu seinem letzten Grenadier! ‚Sehen Sie das Schloss dort am Horizont, Majestät? Schloss Eckartsberga? Dort sitzen bereits die Franzosen, Majestät!' Damit wies er nicht etwa nach Süden, sondern vor sich nach Nordwest. ‚Sie haben uns überholt', erklärte er, ‚wir sitzen in der Falle! Sie müssen zurück nach Weimar und von dort sehen, wie Sie einen Bogen schlagen.' Und da bin ich, Luise..." Nun ließen denn doch ihre Nerven nach, und schluchzend sank die Königin von Preußen ihrer herzoglichen Tante an die Brust.

„Du brauchst erst einmal Ruhe", tröstete die eine Luise die andere, überschlafe die nächste Nacht hier in Sicherheit, und wir finden eine neue Reiseroute für dich, über die du doch noch sicher nach Berlin zurückkehren kannst."

Ehe Königin Luise, dankbar für den Trost, eine weitere Nacht im Schloss Weimar zubrachte, schrieb sie, die fleißigste Briefschreiberin ihrer Zeit, an den König:

Lieber, teurer Freund! Gott segne dich und laß es Dir gut ergehen, denn Du bist der bravste Mann auf der Welt! Da die Franzosen so weit vorgedrungen sind, wird es zur Schlacht kommen. Ich wünsche Dir einen tüchtigen Sieg über sie! Ich bete für Dich. Adieu.

Am nächsten Tag brach die Königin von Weimar aus nach Westen auf, um auf großem Umweg über Erfurt, Langensalza, Mühlhausen, Dingelstadt und Heiligenstadt doch noch sicher nach Berlin zu kommen. Es war der 14. Oktober 1806.

Der Donner von Jena

Unmittelbar nach der Abreise der Königin setzte der große Auszug der Kinder Israel ein. Der Hof von Weimar zerstob in alle vier Himmelsrichtungen. Als Erstes erschien Anna Amalia bei Luise. Schon von weitem war ihr energischer Schritt auf dem blanken Parkett zu hören, begleitet vom hinkenden Trippeln des unvermeidlichen Fräuleins von Göchhausen. Ohne sich anmelden zu lassen, betrat die alte Dame Luises Salon.

„Luise, die Franzosen!" rief sie so erregt, als sei die Stadt bereits eingenommen, „ich reise ab! Nach Braunschweig! Dort sind wir sicher. Und wohin wirst du dich begeben?"

„Ich bleibe hier. Carl August meint..."

„Aber Luise", fiel die Herzoginmutter ihr ins Wort, „du kannst unmöglich hier bleiben. Denk an die Kinder."

Auch Carl August hatte von den Kindern gesprochen, aber Prinzessin Caroline war längst ein erwachsenes junges Mädchen. Luise stellte ihr frei, die Großmutter nach Braunschweig zu begleiten, und so wurde es dann auch abgemacht.

Prinz Bernhard hingegen hatte sich mit seinen vierzehn Jahren bereits als Freiwilliger gemeldet und unter das Kommando des Fürsten von Hohenlohe gestellt. Carl Friedrich hingegen, nun wirklich nicht mehr Kind zu nennen, bewies in diesen Tagen nicht eben die stärkste Seite seines Charakters. Ganz unter dem Einfluss seiner Frau Maria Pawlowna stehend und sich dem Argument beugend, er habe sich für die Zukunft Weimars zu bewahren, folgte er ihr nach Schleswig, wo sie bei Verwandten Zuflucht suchte.

Auch sonst ließ sich eiligst der eine oder andere vom Hofdienst beurlauben oder verschwand gar ohne jeden Abschied. Von Luises Hofdamen hatte sich die Imhoff mit Familienangelegenheiten entschuldigt, die Waldner, nicht mehr die Jüngste, war Prinzessin Caroline zur

Betreuung mit auf die Reise gegeben. So blieb noch die Wöllwarth, eigentlich Gräfin Wedel, die jetzt den Rang einer Oberhofmeisterin inne hatte, eine Gräfin Henckel, die sich als dezent und angenehm erwies, und nicht zu vergessen Jette, Luises Schatten und guter Geist. Und dennoch umgab das riesenhaft große, noch so seelenlos neue Schloss Luise in gespenstischer Stille. Das aber sollte nicht lange so bleiben.

Die Königin der Preußen hatte ihrem Mann, dem König, einen *tüchtigen Sieg* über die Franzosen gewünscht, doch dieser Wunsch ging nicht in Erfüllung. Zu einer Schlacht, wie sie vermutet hatte, kam es. Aber sie wurde für Preußen zur bittersten Niederlage seit Kunersdorf und begrub den Ruhm der friederizianischen Armee endgültig.

Napoleon verbrachte die Nacht zum 14. Oktober in einer Strohhütte dicht am Saaleufer und nahe der Stadt Jena. Um vier Uhr morgens saß er bereits zu Pferd und hielt seinen Divisionen eine flammende Rede:

„Soldaten! Die Preußen kämpfen im Rückzug. Fürchtet sie nicht, setzt ihnen geschlossene Karrees und eure Bajonette entgegen!"

Um fünf Uhr ließ er zum Angriff blasen. Zu diesem Zeitpunkt lagen der preußische König und sein Feldmarschall noch in tiefem Schlaf. Das Verhör eines französischen Gefangenen am Vortag hatte ergeben, dass keinerlei Angriff zu erwarten sei. Auch General Fürst von Hohenlohe, der etwa die Hälfte der Truppen unter seinem Kommando hatte, frühstückte völlig sorglos. Dann platzten Meldereiter eben noch rechtzeitig in die eine wie die andere Kommandostelle und berichteten über Bewegungen der Franzosen. Als dann die Nebel über dem Saaletal sich langsam hoben, standen auch die Preußen zur Schlacht bereit, Hohenlohe bei Jena, Braunschweig bei Auerstedt, wo auch der König stand. Zum Auftakt des Tages wurde das Pferd des Königs in die Brust geschossen, und er musste mit dem nächstbesten Klepper vorlieb nehmen. Im gleichen Augenblick traf den Herzog von Braunschweig eine Kugel in den Kopf, die ihm beide Augäpfel durchschlug. Man trug ihn ohnmächtig vom Platz, das Heer war praktisch ohne Führung. Dennoch entwickelte sich der Angriff auf beiden Schauplätzen mit klingendem Spiel und frischem Mut, nur noch übertroffen vom hartnäckigen Widerstand der Franzosen. Die Reihen wogten hin und her, nahmen hier ein Dorf oder verloren es wieder. Kavallerie preschte übers Feld oder zog sich an einen Waldrand zurück, um erneut hervorzustürmen, wachsend die Zahl der Gefallenen, die sie auf ihrer Spur hinterließen, wachsend aber auch Kampfeswille und Todesverachtung. Feuern, laden, feuern, laden, Gewehre gleichermaßen wie Geschütze! Wo morgens der Nebel noch die Sicht genommen, nahmen sie jetzt Qualm und Rauch. Pferde stürzten, Männer schrien, Kanonen barsten, Blut tränkte den Boden. So ging es Stunde um Stunde, die Preußen willig und gehorsam, aber hungrig und frierend, ohne Zuspruch. Gigantisch dagegen die Unerschrockenheit der Franzosen, ihre Standhaftigkeit dem preußischen Feuer gegenüber, ihre Ausdauer und ihr Glaube an den kleinen Korsen, der solches zu vermitteln wohl im Stande war. Und so verwundert es nicht, wenn sogar ein Georg Friedrich Hegel noch am Vortag schrieb:

Den Kaiser, diese Weltenseele, sah ich gestern zum Rekognoszieren durch die Stadt reiten! Welch wunderbare Empfindung, Zeuge zu sein, wie er hier in Jena auf den Punkt konzentriert nach der Welt greift, um sie zu beherrschen! Ich wünsche ihm alles Glück, das auch nicht fehlen kann!

Das Glück, das der Philosoph und Professor an der Universität Jena dem Kaiser wünschte, wurde diesem wieder einmal reichlich zuteil. Stunde für Stunde verging, wölbte sich ein blutiger Mittag in einen ermatteten Abend, ohne dass das Feuer der Franzosen erlahmte. Irgendwann wandte ein Preuße dem Feind den Rücken, dann ein zweiter, eine Handvoll, eine Kompanie.

„Kameraden, wir sind verloren! Rette sich, wer kann!"
Die Flucht war nicht mehr aufzuhalten, gestaltete sich kopflos, einer stürzte über den anderen, während feindliche Kugeln weiter Ernte unter ihnen hielten. Wie blanker Hohn klang der endlich vom König erlassene Befehl zum Rückzug.

Das Debakel von Jena und Auerstedt in Zahlen zu belegen, ist fast unmöglich. Die Statistiken sprechen allein auf französischer Seite von 12 000 Toten und auf preußisch-sächsischer Seite von einem Viertel aller eingesetzten Männer, also weit über 100 000 Gefallenen, von Zehntausenden von Gefangenen ganz zu schweigen.

Aber was sagen Zahlen aus über das einzelne Schicksal der so sinnlos hingemähten Söhne, Brüder, Väter, die zu Hause eine unersetzliche Lücke hinterließen? Was litten Verwundete, die unter Schmerzen hilflos stundenlang auf meist nur zufällige, jedenfalls aber mangelhafte medizinische Versorgung warteten? Was litten Gefangene, fortgetrieben unter Hohn, wochenlang im Ungewissen, Wind und Wetter ebenso schutzlos ausgesetzt wie Hunger und Ungeziefer? All das ist nur zu ahnen und addiert sich zum Schicksal der Bevölkerung, den Bedürfnissen erschöpft Fliehender ebenso ausgeliefert wie den Forderungen und der Willkür der nachdrängenden Sieger. Wie unzulänglich klingen da die Verse Goethes, die eher lakonisch feststellen:

Mitten in unsere Reihen
Stürmet der Krieg herein...

Er stürmte auch nach Weimar herein, und zwar nach offizieller Einnahme der Stadt mit allen dazugehörigen Nebenerscheinungen in der Person des französischen Generals Murat noch am gleichen Abend. Aber hören wir zuerst, was Herzogin Luise, ganz und gar sich selbst überlassen, an diesem Tag an ihren Bruder schreibt:

Dieser 14. Oktober hat uns alle unglücklich gemacht. Die Tage zuvor hatten Stadt und Land schon sehr unter den preu-

ßischen Soldaten gelitten, die übermüdet und ausgehungert von Saalfeld bei uns Zuflucht suchten. Am Tag des Schreckens hörten wie bereits seit Morgengrauen Kanonenlärm. Was wir an Nachrichten zugetragen bekamen, verschlechterte sich von Stunde zu Stunde. Ganze Haufen Flüchtiger aus benachbarten Dörfern strömten in die Stadt und riefen uns zu, die Franzosen kommen, die Franzosen sind vor dem Tor! Dann waren sie plötzlich da, tausende, trieben flüchtende Preußen vor sich her, und wo diese noch suchten, sich zu verschanzen, hatten wir Schießereien mitten in der Stadt, sogar eine Kanone brachten sie in Stellung. Wir hatten das Schloß längst voller Flüchtlinge, als plötzlich General Murat erschien. Ich bat ihn, Stadt und Schloß zu verschonen, was er auch versprach. Dennoch setzten am Abend Plünderungen im großen Stil ein, jeder nahm sich, was ihm gefiel, zerschlug und zündete an, was ihm nicht gefiel. Schlimmer als das wogen die Exzesse, die sich die Franzosen in den Bürgerhäusern erlaubten und vor denen sie zu schützen wir machtlos waren. Ganze Häuserreihen gerieten in Brand, Vieh wurde fortgetrieben oder auf der Stelle geschlachtet.

Man hat uns aller Pferde beraubt, so daß ich das Haus nicht verlassen kann, was allerdings derzeit ohnehin nicht empfehlenswert wäre. Die Franzosen hausen ringsum ohne Sinn und Verstand. Besonders unser schöner Park hat unten ihnen gelitten, da sie einfach Bäume bis hinunter zum Römischen Haus fällen, das im übrigen auch innen sehr gelitten hat. Diese sogenannte Grande Nation ist ein Grand Génie der Zerstörung, und das einfach aus Freude am Zerstören. Ich versuche sehr, mich nicht entmutigen zu lassen, aber wir haben viel zu fürchten und wenig zu hoffen.

Murat, dessen Auftreten Luise als so weit höflich und korrekt bezeichnet, war es dann auch, der ihr die Ankunft des Kaisers für den nächsten Tag ankündigte, allerdings schon im Befehlston.

„Seine Majestät wünscht angemessenes Logis hier im Schloss für sich und seine Offiziere. Die Küche hat ausschließlich ihm zur Verfügung zu stehen."

„Ich werde den Kaiser gern in meinem Haus willkommen heißen", korrigierte Luise nicht weniger eisig und verwies den General damit auf seinen Platz, „die Wünsche Seiner Majestät liegen mir, wie bei jedem anderen Gast, am Herzen, und ich werde sie nach Kräften erfüllen."

Ein wenig bang war ihr dann doch zu Mute, wie das Aufeinandertreffen mit diesem Parvenu, als den sie ihn selbstverständlich empfand, wohl verlaufen würde. Ihrer ganzen Natur nach hätte sie sich am liebsten in ihren persönlichen Räumen verschanzt, nach guter Vogel-Strauß-Manier den Kopf in den Sand gesteckt und ihn schalten und walten lassen, wie ihm beliebte. Die Tür zu ihr hätte er wohl nicht aufbrechen lassen und wäre dann irgendwann weitergezogen und hätte das kleine Weimar vergessen. Aber genau so sollte es nicht kommen.

Ich werde Ihren Mann vernichten!

Die lange Nacht zum 15. Oktober verbrachte Luise schlaflos. Stunde um Stunde grübelte sie, wie wohl der kommende Tag zu bestehen sei. Im Schloss so gut wie allein, fast ohne Bedienstete und ohne jeden militärischen Schutz, war sie ganz und gar auf sich gestellt. Die Ungewissheit, einer Situation schutzlos ausgeliefert zu sein, das war nicht ihre Sache. Hätte Carl August nicht bei ihr bleiben können? Er war der Herzog, er hätte sein kleines Land jetzt nicht verlassen sollen. Oder wenigstens Carl Friedrich hätte bleiben sollen, als Erbprinz seinen Posten behaupten. Aber beide waren fort, alle waren sie fort... alle... Luise barg das Gesicht in den Kissen und nässte sie mit ihren mutlosen Tränen. Plötzlich aber hob sie den Kopf. Ein Vogel hatte mit seinem jubilierenden Ruf den neuen Morgen begrüßt, der sich vor den hohen Fenstern langsam erhellte. Sein Ruf schien in Luise überzugehen, sie mit ganz neuem Mut zu erfüllen. Und wieder, diesmal lang anhaltend der Jubelschrei aus kleiner gefiederter Brust. Sich aufsetzend, den Blick dorthin gerichtet, wo rosenrot und silberhell der Tag begann, sprach sie laut:

„Ich bin die Herzogin! Ich kenne mein Recht und meine Pflicht. Und beides wird niemand mir nehmen, weder Kaiser noch Gott."

Leise öffnete sich die Tür, und Jette kam herein mit dem morgendlichen Tablett.

„Nun, mein liebes Kind..." begann sie noch zärtlicher als sonst, „haben Sie ein wenig schlafen können? Eine Tasse Tee wird Ihnen jetzt guttun."

Den ganzen Vormittag über blieb es ruhig. Die Weimeraner verbargen sich in ihren Häusern, und wer keines mehr hatte, kam bei Nachbarn unter. Der Lärm in den Straßen war verebbt, hier und da noch ein einzelner Flintenschuss in die Stille hinein, der Schrei einer Frau, das Gegacker gejagter Hühner, ehe sie in einem Kochtopf der Brigaden verschwanden.

Luise ließ sich von Jette sorgfältig ankleiden und wartete. Sie fühlte in ihrem Inneren jene große Ruhe, aus der die Kraft wächst, ähnlich der Weite des unbewegten Ozeans, der endlich Woge und Brandung gebiert.

Gegen Mittag dann von fern das Rollen von Rädern, knarrend und scheppernd das leichter Feldartillerie, ächzend schwere Kanonen, dazu der Tritt marschierender Kolonnen, wie auch der Takt tausender Pferdehufe. Der Lärm schwoll an und ergoss sich unaufhaltsam in die Stadt. Es klang, als würde die Hälfte der ‚Grande Armée' durch Weimar getrieben. Rufe, Stimmen, Befehle und Flüche, und, o Wunder, hier und da ein Lied: *Allons enfants de la patrie...* Die Melodie, die das neue Frankreich zusammenschweißte und die der Sieger so vieler Schlachten gern anstimmen ließ, um Müdigkeit und Erschöpfung seiner Soldaten zu übertönen.

Am frühen Abend fuhren Wagen auch auf den Hof des Schlosses ein und preschten Reiter durchs Portal. Der Hof füllte sich in einem unbeschreiblichen Durcheinander, Offiziere jeder Charge standen ratlos umher. Endlich hielt eine unscheinbare schwarze Kutsche, und ihr entstieg ein kleiner Mann im langen grauen Militärmantel, einen riesigen schwarzen Zweispitz auf dem

Herzogin Luise von Sachsen-Weimar, Gemahlin Carl Augusts, im Alter von 53 Jahren.

Kopf. Man salutierte dem Kaiser von Frankreich. Dieser dankte wortlos und, die Arme auf dem Rücken verschränkt, betrat er das Schloss. Nur zwei oder drei seiner Offiziere begleiteten ihn, ihre schlecht geputzten Stiefel dröhnten in der pompösen Halle, hinterließen Spuren auf kunstvoll gelegtem Fliesenmuster. Der Dienst habende Majordomus, einzig verblieben vom Hauspersonal, verbeugte sich in mühevoller Würde, brachte aber kein Wort hervor.

Der Kaiser beachtete ihn gar nicht, sondern schritt auf die überaus prachtvolle Treppe zu, die sich von einer oberen Galerie aus in die Halle hinabschwang. Entschlossen nahm der Kaiser die ersten acht oder zehn Stufen, hielt auf dem ersten Absatz an und blickte nach oben.

Dort auf der Galerie stand Luise.

„Sire, soyez le bienvenue!"

War Napoleon Bonaparte auf alles gefasst, so doch nicht auf diese kleine Person, die ihn völlig allein, mit hoch gerecktem Kinn und in vollkommener Gelassenheit begrüßte. In den Farben zartgrün und gelb war sie ganz unerwartet nach letzter Pariser Mode gekleidet, wirkte in den fließenden Linien des Empire ungeheuer elegant, und das blitzende Diadem in ihrem Haar verriet ihm, mit wem er es zu tun hatte. Mit betont langsamer Bewegung seiner Hand zog er den Hut und grüßte die Herrin des Hauses.

„Je vous plains, Madame", gab der Kaiser zur Antwort, und sein Blick hing gebannt an der Erscheinung oben auf der Galerie. Als wolle er beweisen, wer das Sagen hat, wurde sein Ton mit einem Mal barsch: „Wo ist Ihr Mann, Madame?"

Luise schien um einen Zoll gewachsen, und das Lichtblau ihrer Augen verdunkelte sich.

„Der Herzog, Sire, befindet sich dort, wo ihn seine Pflicht als preußischer General hinbefohlen hat."

Als Antwort hörte man den Kaiser geräuschvoll Atem holen.

„Als preußischer General", schnaubte er verächtlich, als habe sich der Herzog von Weimar als Lakai verdingt, „nennen Sie mir seinen Standort, Madame", forderte er dann.

Tatsächlich wusste niemand genau, wo Herzog Carl August sich befand. Selbst Luise konnte seinen derzeitigen Standort nur vermuten. Der General Herzog von Weimar war vom Generalstab abkommandiert, den von Süden kommenden Franzosen in die Flanke zu fallen, während diese längst nördlich durchgebrochen waren. Ihn auf diese Weise im Raume Schmalkalden-Meiningen festzuhalten, erwies sich als einer der grundlegenden Fehler der Kriegsführung des Herzogs von Braunschweig. Immerhin wurden ihm dadurch am Tage der Schlacht notwendige zehn Bataillone Linieninfanterie, 3000 Mann leichte Infanterie, 4500 Mann Kavallerie und 50 Kanonen vorenthalten, die er dringend im Raum Jena-Auerstedt gebraucht hätte. Sein späterer Befehl an den Weimarer Herzog, doch noch mit seinen Kräften herbeizueilen, erreichte diesen erst am Abend des 10. Oktober, also bei weitem zu spät, um mit seinem Korps über den Kamm des Thüringer Waldes noch pünktlich einzutreffen.

Für diesmal blieb Luise dem Kaiser also die Antwort schuldig.

„Der Herzog von Weimar... ein preußischer General..." wiederholte dieser, und es klang, als kaue er jedes Wort einzeln, „das gefällt mir nicht... ganz und gar nicht..." Und dann noch einmal streng wie ein Schullehrer: „Ich hatte Ihren Mann hier erwartet, hier in Weimar, um mich gebührend zu empfangen!"

„Ich bedaure, Sire, dass Sie mit mir vorlieb nehmen müssen", kam es etwas spitz zurück, und um ein Haar sah es aus, als glänze ein Lächeln auf der starren Maske des Kaisers.

„Nun, Madame, für diesmal begnüge ich mich gern. Jetzt aber bitte ich Sie, mir meine Unterkunft zu zeigen. Ich habe eine Schlacht geschlagen. Ich bin müde."

„Selbstverständlich, Majestät, mein Majordomus wird Sie führen. Ich wünsche eine gute Nacht."

Kurz angebunden erwiderte Napoleon den Gruß zur Nacht, hatte dazu aber seinen Hut schon wieder auf dem Kopf.

Natürlich war es nicht einfach eine Unterkunft, die Luise für den Kaiser vorgesehen hatte, sondern die gesamte herzogliche Suite außer zwei ihrer eigenen Stuben, in die sie sich jetzt wieder flüchtete. Im Vorzimmer erwartete Jette sie. Am Ende ihrer Kraft fiel Luise der getreuen Dienerin in die Arme.

„Ach, Jette, was für ein schrecklicher Mann", schluchzte sie.

Noch einmal öffnete sich die Tür, und wie ein verschrecktes Huhn schlüpfte die Waldner herein, die einzig Verbliebene unter den Hofdamen.

„Oh, Hoheit, Sie waren wundervoll, einfach wundervoll", begann sie im Flüsterton als könne der ungebetene Gast sie hören, „verzeihen Sie, Hoheit, wenn ich…" Verwirrt brach sie ab. Es stand ihr nicht zu, der Herzogin Lob und Tadel zuzuordnen. Luise, erleichtert, die Situation soweit gemeistert zu haben, lachte unter Tränen.

„Nein, nein, liebe Waldner, ich freue mich ja über Ihre Anerkennung. Mehr noch, ich hab' sie bitter nötig." Während sie noch sprach, ließ sie sich von Jette das Diadem vom Kopf nehmen, und davon befreit fuhr sie sich mit beiden Händen durchs Haar. „So und jetzt habe ich einen gesunden Hunger! Wir werden wohl hier auf dem Zimmer speisen müssen. Waldner, schauen Sie zu, dass der Koch uns etwas Leckeres heraufschickt! Kalten Braten, denke ich, etwas Pastete und…"

„Hoheit, ich fürchte …"

„Was ist, Waldner? Was fürchten Sie?"

„Es wird nichts zu essen geben, Durchlaucht, ich habe selbst schon versucht…" Dieser weitere Einwand kam nicht von der Waldner, sondern von einer weiteren Person, die den Raum betreten hatte. Eleonore Maximiliane

Ottilie Gräfin Henckel zu Donnersmarck, eine stattliche Erscheinung, sechsundfünfzig Jahre alt, war eigentlich die Oberhofmeisterin Maria Pawlownas, hatte sich aber geweigert, mit ihr zusammen Weimar zu verlassen, und stattdessen vorgezogen, Dienst bei Herzogin Luise zu tun.

„Nichts zu essen, Gräfin? Was soll das heißen?"

„Das heißt, Durchlaucht, wir dürfen die Küche nicht betreten, unseren Koch hat man weggejagt, am Herd steht der chef de cuisine Seiner Majestät des Kaisers der Franzosen!" Ein gut Stück Ironie, vor allem aber Ärger war ihrer Stimme anzuhören.

„Das muss ein Irrtum sein", glaubte Luise sicher zu sein, „ich werde sofort beim Kaiser..." Selbst die Tatsache, dass ihr Gast sich zur Nachtruhe zurückgezogen hatte, sollte sie nicht davon abhalten, sich sofort darüber zu beschweren, wie man sie in ihrem eigenen Hause behandelte! Luise trat an die Tür, die zum Korridor führte, und riss sie auf. Zu ihrem größten Erstaunen stand eine französische Wache davor. Der Mann salutierte zwar, stellte sich aber gegenüber Luises Beschwerden taub und akzeptierte keinerlei Anweisung oder Befehl aus ihrem Munde.

An diesem Abend und den ganzen nächsten Tag über blieben Herzogin Luise und ihre Damen hungrig. Erst gegen Abend ließ Napoleon Luise wissen, Madame möge sich pünktlich zu der ihr angegebenen Stunde in seinen Räumen einfinden. Das war nicht ganz die Art und Weise, die Luise für angemessen befand, aber was blieb ihr anderes übrig, sie fügte sich und erschien ‚pünktlich zur angegebenen Stunde', wurde auch dort von einer Türwache angemeldet und trat ein.

Der Kaiser saß vor mehreren aufgetragenen Schüsseln zu Tisch und machte weder Anstalten, sich zu erheben noch Platz anzubieten. Sein Gruß beschränkte sich auf ein leichtes Kopfnicken. Luise, gestärkt durch berechtigten Zorn und um nicht wie eine Angeklagte dazustehen, entschloss sich, sogleich selbst Klage zu führen.

„Sire, meine Damen und ich haben seit gestern nicht einen..." Der Kaiser hörte ihr überhaupt nicht zu.

„Madame", begann er seinerseits, „ich habe diese Nacht nachgedacht und bin zu einem Entschluss gekommen." Er griff nach einem Stück Pastete und schob es sich in den Mund. Luise knurrte der Magen. „Madame", begann der Kaiser noch einmal, nachdem er gekaut und geschluckt hatte, „Madame, j'écraserai votre mari!"

Luise blieb der Mund offen stehen. Ihr Hunger war vergessen. Noch ehe sie die Drohung des Kaisers richtig begriffen hatte, wiederholte dieser:

„Ich werde Ihren Mann vernichten! Ich werde ihm dieses lächerlich kleine Fürstentum nehmen und es Westfalen zuordnen, das ich meinem Bruder Jérôme als Königreich zu geben beabsichtige. Ihrem Mann wird nichts mehr bleiben, als mir künftig die Stiefel zu putzen!"

Luise wusste, dieser Mann, wo immer er Vernichtung beschlossen, war nicht gewohnt, Widerstand zu finden. Mit dem Wort wie mit dem Schwert von Sieg zu Sieg schreitend, war mit seinen Siegen die Verachtung vor dem Besiegten einhergegangen. An fruchtloser Gegenwehr oder ohnmächtigem Gefühlsausbruch hätte er sich nur geweidet. Was ihm einzig Achtung abringen konnte, waren furchtloser Gleichmut und greifbare Argumente. In aller Ruhe rückte sie einen Stuhl zurecht und setzte sich ihm gegenüber an den Tisch. Zu gern hätte sie bei einer der duftenden Schüsseln und Platten zugegriffen, aber Luise wäre nicht Luise gewesen, hätte sie einer solchen Regung nachgegeben.

„Majestät werden sich nicht nachsagen lassen, eine Stadt wie Weimar zu zerstören, in der Dichter und Denker das Wort haben. In unseren Mauern wohnt ein Goethe, der die ‚Leiden des Werther' geschrieben hat!"

Tatsächlich horchte Napoleon auf.

„Goethe?" rief er plötzlich interessiert, „ich habe die französische Übersetzung des Werther gelesen." Und fast ein wenig verschämt setzte er hinzu: „Nicht einmal habe ich ihn gelesen, nicht zweimal, nein, fast einhundertmal. Ich habe mit ihm geweint und gelitten…"

Der Sieg kam Luise fast zu schnell. Sie hatte eine Breitseite gelandet, ohne zu ahnen, dass der Korse an dieser Stelle verwundbar war. Ehe die Wirkung ihres Pfeils verebbte, stieß sie nach.

„Wenn der Kaiser von Frankreich seine Politik fortführt wie bisher, wird er den Weg über Preußen nach Russland einschlagen…" Es klang absichtlich obenhin, als stelle sie eben erst nur Überlegungen an. „…da könnte ihm ein Mann wie der Herzog von Weimar von Nutzen sein…"

„Von Nutzen? Mir nutzt niemand außer ich mir selbst."

„Der Herzog hat großen Einfluss auf den König von Preußen, der im Übrigen mein Schwestersohn ist." Wieder schienen es nur Überlegungen zu sein, aber gerade diese, eher als Ratschläge, fanden Eingang in des Kaisers Gedanken. Doch noch sträubte er sich, sie sich zu eigen zu machen.

„Preußen…" schnaubte er, „das habe ich bereits geschlagen. In einer Woche bin ich in Berlin."

„Gewiss, Sire", wandte Luise sich jetzt wieder direkt an ihn, „gewiss, aber der Weg dorthin könnte noch viel Blut kosten, das auf diplomatischem Wege zu sparen ist. Eine Allianz mit Preußen gegen Russland … ?"

Nein, so rasch ließ sich Napoleon Bonaparte nicht fangen.

„Gegen Russland, Madame? Das können Sie nicht meinen. Der Zar ist Ihr Schwiegersohn."

„Nun gut, sagen wir eine Triple-Allianz? Weimar könnte ein Grundstein dazu sein."

Der Kaiser schwieg. Luise aber wusste, wann sie sich zurückzuziehen hatte. Ein weiterer Schritt vorwärts konnte alles verderben.

„Sie erlauben, Sire?" Luise erhob sich und wandte sich zur Tür. „Ich will Euer Majestät nicht länger von Wichtigerem abhalten."

Napoleon sah auf.

„Ach, Madame...ich werde ein Diner auf Ihrem Zimmer servieren lassen."

„Ja, bitte. Für vier Personen."

„Mais certainement! Für vier Personen."

War da etwa ein Lächeln über die Züge des Kaisers gehuscht?

Kaiser Napoleon hielt sich nur wenige Tage in Weimar auf. Es drängte ihn, so schnell wie möglich über Erfurt, dessen Festung bedingungslos kapituliert hatte, nach Berlin zu gelangen in der Hoffnung, es möge sich ihm ebenfalls kampflos ergeben.

Zum Abschied gewährte er seiner Gastgeberin noch einmal eine Audienz. Er schien ausgesprochen aufgeräumt, betrug sich aufmerksam, fast galant.

„Madame", begann er, „ich habe mir das Wohl und Wehe Weimars zu Herzen genommen und den Befehl zu Ruhe und einiger Wiedergutmachung in der Stadt gegeben. Darüber hinaus, Madame, will ich um Ihretwillen Ihr Land und Ihr Fürstentum verschonen." Er steckte zwei Finger unter die Knopfreihe seines Rocks und ging mit großen Schritten im Zimmer auf und ab. „Auf einer Bedingung jedoch werde ich unnachsichtig bestehen müssen!" Noch einmal wurde sein Gesicht drohend und unnahbar. „Ihr Mann hat per sofort den preußischen Dienst zu quittieren und sich hierher nach Weimar zu begeben!"

Luise blieb nichts anderes übrig, als der Bedingung zuzustimmen und zu versprechen, ihren Mann so rasch als möglich davon in Kenntnis zu setzen. Dass das Verlangen des Kaisers sich zu großen Teilen mit ihren eigenen Wünschen deckte, das behielt sie lieber für sich.

Kaum hatte Napoleon Bonaparte dann wirklich Weimar den Rücken gekehrt, beauftragte Luise den jungen Rat Müller, sich auf Carl Augusts Fährte zu setzen, von der man nur ahnen konnte, wo entlang sie verlief. Er fand ihn endlich im Raume Langensalza, und neben der Überbringung des kaiserlichen Ultimatums schilderte er ihm den Ablauf und die Vorkommnisse der letzten, so schweren Tage.

„Euer Hoheit können sich nicht vorstellen, was die Frau Herzogin auf sich hat nehmen müssen!" In geradezu schwärmerischem Ton hatte sich Carl August die Darstellung des Mutes, der Kaltblütigkeit und des diplomatischen Geschicks seiner Frau anzuhören. Welch eine Wandlung, dachte er bei sich nicht ohne Stolz, und jeder Vorwand, heimzukehren und sie recht bald in die Arme zu schließen, kam ihm gelegen. Ohnehin verbittert darüber, dass er weder bei Jena noch bei Auerstedt zum Einsatz gekommen, stattdessen vergleichsweise kaltgestellt worden war, bat er Friedrich Wilhelm III. umgehend um seine Entlassung, die ihm auch zum 28. Oktober 1806 gewährt wurde.

Müller erhielt dann gleichermaßen den Auftrag, dem Kaiser den Vollzug seiner Forderung zu melden. Müller traf ihn in Berlin, erhielt tatsächlich auch gnädig Audienz und berichtete später voller Stolz in Weimar, was der Kaiser ihm gegenüber geäußert habe.

„Sie kommen von Weimar?" begrüßte mich Seine Majestät, „was macht die Herzogin?" Er stand da, die Hände auf dem Rücken verschränkt, und maß mich in aller Freundlichkeit von oben bis unten. „Wir haben in der Tat der Herzogin viel Lärm und Unruhe in ihrem Schloss gemacht", fuhr er fort, „das tut mir Leid, aber im Kriege geht es nicht anders. Ihre Herzogin hat sich sehr standhaft bewiesen, sie hat meine ganze Achtung gewonnen. Ich begreife, dass unsere rasche Ankunft in Weimar sie in große Bedrängnis setzte. Der Krieg ist ein hässliches Handwerk, ein barbarisches, vandalisches, aber was kann ich dafür? Man zwingt mich dazu wider meinen Willen."

Müllers wörtliche Wiedergabe, so schmeichelhaft sie für Herzogin Luise auch war, konnte nicht über gewisse

Klischees hinwegtäuschen, die kriegslüsterne Despoten in der Geschichte immer wieder benutzten, um sich als Unschuldslämmer hinzustellen.

Nichtsdestotrotz muss Luise Napoleons ganzes Herz gewonnen haben, denn am 8. November traf in Weimar ein kaiserliches Schreiben ein, das seltsamerweise mit der Anrede *ma Cousine la Grande Duchesse* beginnt, womit Napoleon entweder der Herzogin schmeicheln oder das Vorhaben, Weimar zum Großherzogtum zu erheben, vorwegnehmen wollte.

Machen Sie Ihrem Herzog klar, heißt es da unter anderem, *daß ich ihn billig der Regierung seines Landes entsetzen könnte. Wenn ich gleichwohl dies bis jetzt noch nicht getan, so liegt die Ursache bloß in meinem Wohlwollen Ihnen gegenüber und darin, daß ich, gastlich in Ihrem Schloß aufgenommen, einer Fürstin, die schon so viel gelitten, gerne noch größere Schmerzen ersparen will.*

Luise, die scheue, zurückhaltende, oftmals ängstliche Luise, hatte in einer Metamorphose ihres gesamten Wesens dem Wettiner Zweig Sachsen-Weimar ihr angestammtes Fürstentum erhalten.

Dagegen verschwindet fast ein Ereignis, das sich am Rande der Schreckenstage von Weimar noch während Mordio und Wehgeschrei in aller Stille vollzog. In der Sakristei der alten Hofkirche Sankt Jakob, die Mauern vom Brand geschwärzt, die Fenster vom Kanonendonner geborsten, nahm der Hofprediger Wilhelm Christoph Günther die Trauung des Geheimrats Johann Wolfgang von Goethe mit der Demoiselle Christiane Vulpius vor. Die Gesellschaft Weimars würde von nun an mit einer Geheimrätin von Goethe rechnen müssen. Man tat sich noch lange schwer damit, sie zu sich einzuladen, bis Johanna Schopenhauer mit gutem Beispiel voranging:

„Wenn Goethe der Vulpius seinen Namen gibt, dann werden wir ihr doch eine Tasse Tee geben können!"

Die Hasenjagd

So bald kam Weimar über die Woche der Franzosenbesetzung nicht hinweg. Dem einen lag das Haus in Schutt und Asche, dem anderen war das Vieh weggetrieben, nirgends gab es mehr Vorräte für den kommenden Winter, und manch einem Mädchen wurde die Last, die es zu tragen hatte, erst in neun Monaten abgenommen. Luise, sobald sie nur das Schloss verlassen konnte, besuchte Familien, die zu Schaden gekommen waren, bot Hilfe an und spendete Worte des Trostes. Manch Weimeraner staunte: Er hatte noch niemals seine Fürstin von Angesicht zu Angesicht zu sehen bekommen. Wie sie da zu Fuß von Haus zu Haus ging, nur begleitet von zwei ihrer Hofdamen, war sie umgeben von Raunen und Flüstern. Die Fama ihres heldenhaften Auftretens, wie sie sich so mutig dem Imperator entgegengestellt und seine Demütigungen hingenommen habe, erhöht oder beschönigt, war immerhin geeignet, ihr Erscheinen unter den Bürgersleuten als Offenbarung anzusehen. Niemand jedoch konnte die wahre Leistung ahnen und einschätzen, die Luise in diesen wenigen Tagen vollbrachte. Sie hatte die innere Fessel der Scheu und Schüchternheit gesprengt, Zweifel und Ängste bezwungen. Einzig Goethe wusste wohl, welch dornenreichen Weg sie zu beschreiten hatte, als er ihr vor langer Zeit zugerufen: *Allen Gewalten zum Trutz...* Sie hatte ihnen *getrutzt*, aber mehr noch als den Gewalten des Äußeren jenen ihres Inneren.

Langsam kehrten auch jene zurück, die rechtzeitig der drohenden Gefahr ausgewichen und sich irgendwo fernab in Sicherheit gebracht hatten: die Herren und Damen des Hofes, die Räte, die wohlhabenderen Bürger der Stadt und natürlich Erbprinz Carl Friedrich mit Maria Pawlowna, wie auch Prinzessin Caroline mit der Großmutter Anna Amalia. Letztere allerdings konnte angesichts der Zerstörungen in ihrem geliebten Weimar keinen Frieden mehr finden. Sie verzehrte sich in Erinnerung an das geistvoll poetische Zentrum, das sie mit aufgebaut und das so friedlich und ungestört den Musen hatte leben können. Zurückgekommen war sie in eine Stadt, die, belegt mit einer Kriegskontribution von 2,2 Millionen französischen Franc, am Rande der tiefsten Armut dahinvegetierte. Eine Stadt, in der eine Charlotte von Stein ihrem Freund Goethe einen Hilferuf zukommen lässt: *Ich sitze seit Wochen nur zu Haus, weil ich keine Schuhe habe!*

Anna Amalia verstarb am 10. April 1807, betrauert von jedermann, beigesetzt in der Stadtkirche zu Sankt Peter und Paul, in der ehemals Herder predigte, der nun auch nicht mehr unter die Lebenden zählte.

Der Weg der Politik verlief in diesem Jahr vollkommen unübersichtlich, man könnte sagen im Zick-Zack. Blanke Eroberungslust einerseits wie zögerliche Unentschlossenheit andererseits standen sich gegenüber, und man gewinnt den Eindruck, dass Napoleon, der zielsicher Krieg suchte, Friedensangebote jedweder Art nur als Hindernis zu seinem eigentlichen Vorhaben betrachtete. Frau von Staël fasst es so in Worte:

Napoleon ist ein leidenschaftlicher Schachspieler, der das gesamte Menschengeschlecht, Partie für Partie mattsetzen möchte.

Aber auch ein Schachspieler muss Atem schöpfen. So kommt es zum Frieden zwischen Napoleon, Preußen und Russland, einer Dreierkonstellation, wie sie hellseherisch im Salon des Weimarer Schlosses zur Sprache gekommen war. Um diese zu dokumentieren, lädt Napoleon zu einem festlichen Treffen nach Erfurt ein. Besorgt schreibt Luise darüber an ihren Bruder:

Was soll ich angesichts eines solchen Ereignisses, das so nah in unserer Nachbarschaft geplant ist, sagen? Man erwartet den Kaiser am 25. September, und es heißt, daß er in Begleitung der Kaiserin sein wird. Sie können sich vorstellen, daß ich alles tun werde, nicht nach Erfurt gehen zu müssen! Unser Haus, das wir in Erfurt besitzen und wo der Herzog wohnen wird, liegt gleich neben der Stadtverwaltung, die den Kaiser beherbergen soll. Und tatsächlich hat man begonnen, unsere Fenster, die nach dorthin gehen, zuzumauern! Was sagen Sie dazu? Es wird so einiges auf uns zukommen, denn immerhin zählen unter die Geladenen Sachsen, Bayern, Württemberg und Westphalen. Welch ein Auftritt!

Der so genannte ‚Fürstentag von Erfurt' begann dann auch mit einer gehörigen Peinlichkeit für Herzog Carl August. Napoleon, der von Westen aus anreiste, befahl dem Herzog, nicht anders als man einem Lakai befiehlt:

„Ich erwarte Sie zu meiner Begrüßung am 26. September gegen Mittag in Eisenach. Seien Sie pünktlich!"

Zähneknirschend fügte sich Carl August und wählte, unterdessen gichtgeplagt und auch nicht mehr der Jüngste, statt des Sattels einen bequemen Wagen. Rechtzeitig vor Tau und Tage brach er auf. Statt der gewohnten Uniform, deren Anblick dem Kaiser verhasst sein würde, trug er seinen besten Rock, seidene Eskarpins und Lackschuh.

Bis auf die Höhe von Gotha ging alles gut, legten die Pferde ein flottes Tempo vor, pfiff der Kutscher auf dem Bock sich ein Liedchen, in das der Groom neben ihm mit einstimmte. Das Liedchen verging den beiden, als heftiger Regen einsetzte und statt ihrer der Wind sein Liedchen pfiff. Hinter Sättelstedt und Kälberfeld führte die Straße steil an, aber man lag noch gut in der Zeit. Doch kurz hinter Schönau warf der Kutscher um. Die Deichsel war gebrochen, ein Rad entzwei. Aus dem Wageninnern drang das gotteslästerlichste Fluchen.

„In drei Teufels Namen, Kutscher, hol mich hier raus!"

So leicht war das dann nicht. Der Wagen lag auf der Seite, die Tür, nun nach oberwärts gekehrt, klemmte. Auch mussten zuerst die Pferde ausgespannt werden, ehe sie in ihrer Panik den Rest des Wagens zerschlugen.

Endlich wurde dem Herzog durch ein Fenster herausgeholfen, er aber stattdessen schutzlos dem Regen ausgesetzt.

„Pest und Höllenbrand!" schimpfte er, „schick den Groom ins nächste Dorf, Kutscher, er soll Schmied oder Stellmacher holen!"

Der Groom trollte sich, Kutscher und Herzog warteten. Stunde um Stunde. Zu zweit den Wagen aufzurichten, gelang nicht. Carl August suchte Schutz unter einer Baumgruppe, aber die Seide seines Fracks wurde dunkel vor Nässe, die Lackschuh weichten langsam auf.

Und dann nahm das Unglück seinen Lauf. Am Horizont erschien, Reiter voran, der Wagen des Kaisers. Es war ein leichter schneller Reisewagen. Napoleon streckte seinen Kopf heraus und ließ anhalten.

„Parbleu, Herzog, ich habe auf Sie in Eisenach gewartet."

Carl August trat an den Schlag und verbeugte sich gemessen.

„Vergebung, Sire, aber sehen Sie selbst..."

„Ich sehe", quittierte der Kaiser unwirsch, „los, steigen Sie ein."

Carl August gehorchte und nahm, nass wie er war, dem Kaiser gegenüber Platz. Die Mienen beider Männer blickten finster, der eine über seine jämmerliche Situation, der andere nur knapp seine Schadenfreude verbergend.

„Ich bin wirklich untröstlich, Sire", bemerkte Carl August mit Blick auf eine feuchte Pfütze, die sich zu ihren Füßen bildete.

„Sie haben Glück, dass die Kaiserin abgesagt hat", räumte Napoleon ein, „sie ist noch ungeduldiger als ich, was das Einhalten von Terminen angeht."

„Termine, Sire? Ich hoffe, Sie haben nicht meinetwegen...?"

„Ich erwarte Zar Alexander, wie Sie wissen, und will ihn mit einer Parade empfangen. Morgen Früh. Ich hoffe, wir sind vor Dunkelwerden in Erfurt."

Aber noch lagen ein paar Meilen gemeinsamer Fahrt und ein paar Stunden des Sich-Kennenlernens vor ihnen, was sie nicht zu Freunden machte, aber sie lehrte, sich gegenseitig besser einzuschätzen und voreinander in Acht zu nehmen.

Der Erfurter Fürstentag nahm dann doch noch unter großem Gepränge seinen Gang. Die martialische Parade vor Alexander I. gelang sogar bei Sonnenschein, der sich auf den Grenadierhelmen brach und die Bajonette aufblitzen ließ. Der Zar schien beeindruckt, und Napoleon triumphierte. Weniger gefiel ihm die ebenso herzliche wie verwandtschaftliche Art, mit der Alexander den Herzog von Weimar begrüßte.

„Sei umarmt, lieber Onkel, wo hast du denn deine liebe Frau versteckt?"

Luise hatte ihre Absicht wahrgemacht, nicht nach Erfurt zu kommen, wo sich Fürsten und Könige zuhauf tummelten, vor allem solche, die ihre Kronen erst seit kurzem und von Napoleons Gnaden trugen. Zwei Wochen waren geplant für eine ununterbrochene Folge von festlichen Empfängen, Bällen, Schauspielen, Gastmählern und Konzerten. Der Gouverneur von Erfurt, General Oudinot, hatte für diese Zeit alles in allem für vierunddreißig Fürstlichkeiten, darunter vier Könige mitsamt ihren Begleitungen an Diplomaten, Generälen, Ministern, Kammerherren und Bediensteten, kurz Tausenden von Gästen Unterkunft zu stellen. Erfurt platzte aus allen Nähten. Häuserfronten waren in aller Eile renoviert, Ehrengarden ausgerüstet, Spruchbänder angebracht, des Kaisers persönliche Räume neu möbliert, mit Kronleuchtern und teurem Porzellan ausgestattet worden. Allein die eilig an den Wänden aufgehängten Gobelins hatten einen Wert von mehr als vierzigtausend Franc.

Der eigentliche Sinn dieser Tage sollte nach Napoleons Plan jener sein, Österreich und Russland durch den sichtbaren Beweis von Freundschaft und Gnade noch eine Weile zum Stillhalten zu nötigen, ehe er das eigentliche Ziel seiner Politik angehen würde, das er selbst so formulierte: *Aus allen Völkern Europas will ich ein Volk machen!* Dass dieses Volk dann unter seiner Herrschaft stehen sollte, verstand sich von selbst. Zar Alexander schien, angelockt vom Versprechen großer Landabschnitte im Donaudelta, Napoleons Freundschaftsbezeugungen zu teilen. Arm in Arm sah man die beiden Potentaten spazieren gehen, zusammen lachen und bis spät in die Nacht beim Wein sitzen. Österreich hingegen zeigte sich widerspenstig, hatte als Vertretung der Krone nur einen ‚gewöhnlichen' General geschickt. Habsburg gegenüber, so plante der Kaiser bereits in diesen Tagen, würde er andere Saiten aufziehen müssen, beispielsweise sich durch Heirat einer Erzherzogin dem Kaiserhaus verwandt zu machen.

Ganz ungeschoren kam Luise dann doch nicht davon. Das Erfurter Treffen ging schon fast zu Ende, als Napoleon verkündete, ihr noch seine Aufwartung machen zu wollen.

„Ein oder zwei Tage im gastlichen Schloss von Weimar, das wäre ein krönender Abschluss", so meinte er und nahm den Gastgebern jede Planung vorweg: „Eine Jagd in der Umgebung Weimars, das wünsche ich mir, eine Jagd auf Hasen!"

Er war bereits im Jagdanzug, als er Luise begrüßte und ihre Einladung zu einem Frühstück in großem Kreis annahm. Seine Treiber hatte er längst vorausgeschickt, und, wie sich vermuten ließ, nach dem Brauch solcher Herrenjagden auch eine Unmenge Hasen aus Gehegen an passender Stelle aussetzen lassen. Carl August als echter Waidmann hatte wenig Lust, eine solche Jagdveranstaltung mitzumachen, aber als Gastgeber blieb ihm nichts anderes übrig. Nach reichlich Pastete, Wein und Likör in dem ihm ja nun schon bekannten Salon brach der Kaiser mit gut zwanzig Herren zur Jagd auf. Eine lange Wagenkette bewegte sich aus der Stadt hinaus, offenbar zuvor mit Zielvorgabe und Planquadrat versehen eine gute Stunde nach Osten. Carl August fragte sich, warum man die Jagdgesellschaft mit solch langem Stillsitzen in hart gefederten Jagdwagen quälte, wenn nahe Weimar, etwa um Ettersburg oder Tiefurt, das beste Revier zur Verfügung stand? Ihm selbst war das nahe Beieinander ohnehin zuwider, er hatte sich diesmal, wie einige andere Herren auch, für den Sattel entschieden und einen dunkelbraunen Hengst aus eigener Zucht gewählt. Jetzt ritt er zu Seiten des ersten Wagens, in dem der Kaiser mit seinem Bruder, dem König von Westfalen, nebst einem Adjutanten saß. Der Miene des Kaisers nach verbot sich jede Nachfrage nach dem gesteckten Ziel sowie seiner Absicht von selbst. Man passierte Umpferstedt, Kapellendorf und Groß Romstedt, ehe man auf einem weiten, mit Heidekraut bestandenem Feld Halt machte. Der Kaiser schien bei bester Laune, und, kaum den Wagen entstiegen, schien es auch allerorts von Hasen nur so zu wimmeln.

„Jagd frei, messieurs, und viel Vergnügen!"

Carl August saß ab, übergab den Hengst seinem Burschen, ließ seine Flinte aber ungeladen am Sattelblatt stecken. Irgendetwas war ihm nicht recht geheuer. Aber schon standen die Herren im weiten Bogen, und die Knallerei auf hundertfach Meister Lampe begann. Die Tiere liefen hin und dawider, völlig direktionslos, da bisher nur den engen Käfig gewöhnt. Ihr Schicksal war rasch besiegelt und hatte mit Jägerglück wenig zu tun. Ein Hase von links, einer von rechts, vielfacher Schuss das Nachladen besorgten die Jagdgehilfen. Carl August schien zu träumen. Hörte er wirklich hellen Flintenschuss? Hörte er nicht vielmehr schweres Gewehr? Das Grollen von Kanonen? Sah er statt der Nachmittagssonne nicht Pulverdampf? Statt der Schützenkette nicht Soldaten im Anschlag, ihr Mündungsfeuer aufblitzend? Sah er statt der Hasen, die in vollem Lauf getroffen sich hoch in der Luft überschlugen, nicht fliehende Preußen und Sachsen, auch Weimeraner, die Arme hochgereckt, der Mund offen zum Schrei, im eigenen Blut zusammenbrechend? Carl August war bei der Schlacht am 14. Oktober vor zwei Jahren nicht dabei gewesen, aber die Scheune dort hinten gehörte zu Krippendorf, das wusste er, und in seinem Rücken streckte sich das Weichbild von Jena. Dieses Feld war vom Blut Zehntausender tapferer Männer getränkt, die nichts getan, als was man ihnen als ihre Pflicht benannt hatte. Viele von ihnen, an Ort und Stelle verscharrt, ruhten unter dieser Erde, auf der man sich soeben mit der Hasenjagd vergnügte. Kaiser Napoleon Bonaparte hatte sich einen makabren Scherz geleistet, um der Vernichtung des preußischen Heeres durch ihn zu gedenken. Und ihm, Carl August, hatte er die Rolle des Jagdherrn und Gastgebers zugeschanzt.

„Blochberg, mein Pferd!" befahl Carl August seinem alten Reitknecht, der wortlos gehorchte. Er saß auf und beruhigte den Hengst, der sich wegen der Schießerei nervös im Kreis drehte. „Blochberg! Ich reite allein. Du siehst zu, dass du den Adjutanten Seiner Majestät findest. Du meldest ihm, der Herzog von Weimar lässt sich entschuldigen. Er ist krank."

Eine weitere Demütigung Weimars fügte sich an diesem Abend noch an. Das kurz zuvor eingereichte Protokoll beinhaltete den Wunsch des Kaisers, auch einer Theateraufführung beiwohnen zu wollen. Das hatte im ersten Augenblick den Anschein ganz besonderer Gunst, vor allem auch Goethe gegenüber, den der Kaiser bereits mit einer persönlichen Audienz ausgezeichnet hatte. In politischer Hinsicht war zwischen Carl August und Goethe seit geraumer Zeit Schweigen eingetreten, da der Dichter für den Imperator schwärmte, der Fürst aber, weit kühler vorausesehend, sich bis zur Gefährdung seiner Person bedeckt hielt. Nun aber, da die Kunst gefragt war, erwärmte sich Carl August schon im Interesse seiner zur Linken angetrauten Gemahlin. Die Jagemann war Feuer und Flamme, vor dem Kaiser der Franzosen auf der Bühne agieren zu dürfen. Selbstverständlich wurde ein Stück in französischer Sprache ausgewählt, in aller Eile einstudiert und geprobt. Alles war bereit, die Schauspieler fieberten der Ehre entgegen, sich vor dem Idol ihrer etwas abgehobenen Weltsicht zu produzieren, und das im erst kürzlich umgebauten und neu eröffneten herzoglichen Hoftheater unter der Leitung des Geheimrats von Goethe. Da aber kam in letzter Minute das Veto des Reisemarschalls Seiner Majestät, Erster Kammerherr von Rémusat: Nicht das Weimarer Ensemble wolle der Kaiser sehen, sondern seine eigene Truppe, die er von Paris mitgebracht und für diesen Abend von Erfurt herüberkommen ließe. Das war ein Schlag ins Gesicht. Aber man hatte sich zu fügen. Das Haus füllte sich pünktlich, und der Vorhang hob sich zu Voltaires ‚La mort de César', die Rolle des Brutus besetzt vom berühmtesten Mimen der Comédie Francaise, Francois Joseph Talma, während die Jagemann schweren Herzens im Parkett Platz nehmen musste, allerdings mitten unter Kaisern und Königen.

Verrat und Gesinnung

Das ganze Fürstentreffen war eigentlich nichts anderes als ebenfalls eine Theateraufführung. Napoleon glänzte als Hauptdarsteller, agierte, demonstrierte, dokumentierte, und auf versteckte Weise drohte er. Der Vergleich hält auch dann stand, wenn man einmal beleuchtet, was sich, vom Publikum unbemerkt, hinter den Kulissen abspielte.

Napoleons engster Berater und seinerzeit Außenminister Talleyrand, Fürst von Benevent, behielt als Einziger in diesen Tagen den Durchblick. Tag für Tag mit dem Kaiser beisammen, kannte er dessen Ziele und Wünsche ganz genau, vor allem aber die krankhafte Gier seines kaiserlichen Herrn nach Weltherrschaft. Bei Gelegenheit der vielen Erfurter Konferenzen und Zusammenkünfte war es Talleyrand ein Leichtes, den Zaren von Russland beiseite zu nehmen und in ein Gespräch unter vier Augen zu verwickeln, das im weiteren Verlauf der Geschichte zu Napoleons Untergang beitragen sollte.

„Warum sind Sie nach Erfurt gekommen, Sire, trauen Sie etwa den freundschaftlichen Avancen des Kaisers?" fragte er direkt und ohne Umschweife und war dann selbst erstaunt über die Antwort des Zaren.

„Ich traue der Freundschaft des Korsen in keiner Weise und bin nach Erfurt gekommen, um Zeit zu gewinnen."

„Zeit wofür, Majestät?" forschte Talleyrand weiter, entzückt einen wachen und entschlossenen Geist vor sich zu haben. „Majestät sind sich bewusst, dass nur Sie Europa retten können, und auch das nur, wenn Sie Napoleon in allen Stücken widersprechen."

„Widersprechen?" lachte Alexander verhalten, „genau das werde ich nicht tun, und Sie, Talleyrand, werden schriftlich in Worte fassen, was ich zu unterschreiben gedenke, ohne es jemals zu halten."

Das war die Sprache, die der Fuchs Talleyrand verstand. Tatsächlich wurde in Erfurt ein Vertrag zwischen Russland und Frankreich geschlossen, der allem entgegenstand, was sich in der Folge der Zeit ereignete.

Gegner Talleyrands nannten es später Verrat, was die beiden da gemeinsam schmiedeten, aber für Alexander war es einfach die Wahrung der Interessen seines Riesenreiches, und Talleyrand war der geborene Diplomat, der es verstand, anstatt gegen Mauern zu rennen, leise durch Türen zu gehen, auch wenn es manchmal eben nur eine versteckte kleine Tapetentür war.

Zu weiteren geheimen Gesprächen zog Talleyrand dann mit sicherem diplomatischem Gespür den Herzog von Weimar hinzu, und Carl August, nun als ‚Dritter im Bunde', atmete auf. Endlich konnte er seiner politischen Überzeugung nach tätig werden. Gemeinsam setzten sie die geheimen Gespräche im Salon der Fürstin von Thurn und Taxis, einer Schwester der Königin Luise, weiter fort und schmiedeten, den Schimmer des Kaminfeuers im Glas funkelnden Rotweins, Pläne, das drohende Joch des Weltbezwingers abzuschütteln. Jeder von ihnen setzte damit sein Leben aufs Spiel, und was den Herzog anbetrifft, tröstet darüber Goethes Ausspruch:

Über ihn sei man unbesorgt, er gehört zu den Urdämonen, deren granitner Charakter sich niemals beugt und die gleichwohl niemals untergehen.

Und Luise? Die politische Übereinstimmung zwischen Herzog und Herzogin führte nun die Eheleute wieder näher zueinander. Hatte Luise auch die eigentliche Rolle als Frau an die Jagemann abgegeben und sich mit dem Pro-Forma-Status abgefunden, so erfüllte die bestimmte und mutige Haltung Carl Augusts sie nicht nur mit Stolz, sondern sie empfand ihn wieder ganz als Partner an ihrer Seite. Den beiden gilt in dieser Zeit: Wer in Deutschland im Geheimen mit der Erhebung gegen Napoleons Okkupation liebäugelte, der war in Weimar willkommen.

Natürlich war Napoleon nicht ganz ohne Verdacht. Er befahl seinem General Davout, in aller Eile zum Herzog von Auerstedt ernannt, auf das Herzogtum Weimar – wohlgemerkt nicht Großherzogtum Weimar – ein Auge zu halten. Unter dessen Spitzelmaßnahmen war dann die Briefzensur noch das geringste Übel. Einquartierungen und Truppendurchzüge hielten weiter an und waren eine viel größere Geißel für die Stadt. Auf das Schmerzlichste verwundbar aber war das Herzogspaar noch an ganz anderer Stelle.

„Der Kaiser zeigt offen, dass er uns misstraut", sorgte sich Luise, als Carl August wieder einmal einen Abend im Schloss statt im Römischen Haus oder gar dem

Deutschritterhaus zubrachte, „er wird doch nicht eines Tages das Pfand gegen uns ausspielen, das er in seiner Hand hält?"

„Was meinst du, Luise?" stellte Carl August sich dumm, da er ihre Sorge teilte, sie aber tief in seinem Bewusstsein vergraben hatte.

„Du weißt recht gut, was ich meine", wies Luise ihn milde zurecht, „Bernhard, unser Sohn... der Kaiser kann ihn jederzeit..." Luise hatte noch nicht ausgesprochen, wie Napoleon jederzeit über Prinz Bernhard verfügen könne, da ging Carl Augusts explosive Natur schon mit ihm durch.

„Unterstehen soll er sich, unseren Sohn auch nur anzurühren!" donnerte er los, „dann würde ich..."

„Nichts würdest du, Carl August", seufzte Luise aus tiefster Brust, „du weißt, wie machtlos wir sind! Absolut machtlos."

„Das wird sich ändern", grollte der Herzog und ballte unwillkürlich eine Faust, „und wenn es noch Jahre dauert, vielleicht sogar blutige Jahre, aber der Tag wird kommen, an dem wir, dem französischen Diktat entflohen, wieder den Kopf heben können!" Kurzatmig schnaufte er auf und zog an seiner neuerdings geliebten Pfeife. Korpulent war er geworden, der Herzog von Weimar, und die Jahre, einundfünfzig waren es jetzt, hatten sein Gesicht gezeichnet.

„Bis es aber soweit ist", sagte Luise leise und blickte von einer Handarbeit auf, „möge der Herrgott unseren Buben schützen..."

Was aber war es, das den Prinzen Bernhard dem Machtbereich des Kaisers von Frankreich so nahe brachte, dass die Eltern um ihn fürchten mussten? Er hatte die militärische Laufbahn zu seinem Beruf gemacht und sie vor zwei Jahren unter Hohenlohe als kurfürstlich-sächsischer Grenadier begonnen. Unterdessen als Kapitän hochgedient, war er nach Sachsens Bündnis mit Frankreich und der Rangerhöhung zum Königreich automatisch königlich-sächsischer Offizier, und sein oberster Kriegsherr hieß Kaiser Napoleon I. Als eben Siebzehnjähriger war Bernhard für diesen auch mit jugendlicher Begeisterung erfüllt, bewunderte in ihm den unbesiegten Kriegshelden und stimmte von Herzen mit in den Ruf der Kameraden ein: ‚vive l'empéreur!' Zu einem kritischen Überblick über politische Konsequenzen war er zu jung. Für ihn wie für hunderttausend andere galt vorläufig das Sprichwort: ‚Mitgefangen, mitgehangen!'

In der Folge aber zeichnete Napoleon gerade den Prinzen Bernhard von Weimar, vielleicht in Verehrung für die Herzogin, mit seinem ganz besonderen Wohlwollen aus und heftete ihm höchstpersönlich das Kreuz der Ehrenlegion an die Brust. Die Eltern konnten aufatmen.

Die Gäste hatten Erfurt verlassen, die Stadt baute Ehrenpforten ab, rollte Fahnen ein und kehrte die Straßen aus. Kaiser Napoleon wandte sich zu eiliger Strafexpedition gegen Spanien und versetzte ihm bei Saragossa einen Backenstreich. Gleich drauf kehrte er zurück, um Österreich dafür zu strafen, dass es ihm beim Fürstentag nicht genügend gehuldigt hatte. Er glaubte sich sicher, durch das Bündnis mit Russland den Rücken für sein Vorhaben frei zu haben. Bei Wagram siegte er dann überlegen, und Wien musste ihn willkommen heißen. Quartier bezog der Kaiser von Frankreich kein geringeres als Schloss Schönbrunn vor den Toren Wiens. Übers Jahr vermählte er sich mit der österreichischen Erzherzogin Marie Luise. Damit war der Secondeleutnant Bonaparte Habsburgs Schwiegersohn und Kaiser Napoleon I. auf der Höhe seiner Macht.

Russland zögert, Preußen stöhnt, und Weimar seufzt. Luise gibt diesen Seufzern in einem Brief an ihren Bruder in Darmstadt Ausdruck:

Das Leben ist mir schon immer als eine sehr ernste Sache vorgekommen, aber nach allem, was wir jetzt erleben, kommt es mir mehr und mehr als eine traurige Sache vor.

Die andere Luise aber, die Königin in Berlin, schreibt in steiler und sauberer Handschrift in ihr Tagebuch Goethes Verse:

Wer nie sein Brot mit Tränen aß,
wer nie die kummervollen Nächte
auf seinem Bette weinend saß,
der kennt euch nicht, ihr himmlischen Mächte.

Das Weimarer Schloss nach dem Wiederaufbau

Elternsorgen, Großelternglück

Zu seufzen gab es auch im Familienleben der Herzogin genügend Anlass. Dass man sie dennoch immer ausgeglichen und mit freundlicher Miene antraf, sobald sie sich in der Öffentlichkeit zeigte, das lag an ihrer ureigensten Lebensmaxime.

„Es ist rücksichtslos, sich Äußerungen schlechter Laune hinzugeben", war ihr immer wiederholter Lehrsatz, „denn wohin soll es führen, wenn jedermann sich für berechtigt hält, anderen seine Missstimmung aufzuhalsen?"

Entsprechend reagierte Luise, als sie im Laufe der Zeit immer öfter einen mürrischen Ausdruck im Gesicht der Großfürstin Maria Pawlowna beobachtete. Wo war die fröhlich, heitere Art geblieben, die sie von Beginn an so sehr für die Schwiegertochter eingenommen hatte? Längst hatte diese sie unterdessen zur Großmutter gemacht und, noch viel wichtiger, Carl August zum zärtlichsten aller Großväter. Woher also die Trübsal, die immer offensichtlicher aus Marias ganzem Wesen sprach? Luise war entschlossen, das herauszufinden und dem seltsamen Umschwung im Betragen der Erbprinzessin – oder auch Großfürstin, die sie immer noch war – nachzugehen.

Der erste Sommer, in dem wieder ein Aufenthalt im geliebten Wilhelmsthal geplant war, gab dazu Gelegenheit, denn Maria und die zweijährige Marie sollten die Großmutter dahin begleiten. Das Unglück wollte es, dass Luise sich gleich bei einem ersten Spaziergang den Fuß brach. Still gebettet, auch am Tage auf sonniger Terrasse, leistete Maria ihr artig Gesellschaft.

„Darf ich dir eine Tasse Tee einschenken, liebe Mama?" fragte sie brav, da Luise Bedienung und Damen fortgeschickt hatte. Im Gegensatz zu ihren Worten klang Marias Stimme brüchig, wirkte sie trübsinnig und niedergeschlagen. Ihre Augen schienen geschwollen von heimlich geweinten Tränen, die Lippen, früher stets zu einem Lachen aufgelegt, waren fest zusammengepresst.

„Was hast du, Maria?" eröffnete Luise die Partie. „Sag es mir, meine Tochter! Ich beobachte dich seit langem…"

„Oh, nichts, Mama", fuhr ihr Maria fast unhöflich dazwischen, „gar nichts!"

„Du kannst dich mir anvertrauen, liebes Kind. Ist vielleicht deine Ehe…? Ich meine, ist Carl nicht gut zu dir?"

„Carl ist ein Engel", protestierte Maria und presste die Lippen noch fester aufeinander. „Er kann nichts dafür."

„Wofür, Maria? Was ist mit dir? Bist du krank? Brauchst du einen Arzt?"

„Ein Arzt kann mir nicht helfen… ein Arzt ganz bestimmt nicht!" Mit einer zornigen Bewegung ihrer Hand wischte sie eine erste Träne fort.

Derweilen erschien unerwartet und eiligen Schritts Carl Friedrich auf den Stufen zur Terrasse, der herbeigeeilt war, nach seiner verunglückten Mutter zu schauen. Da er die letzte Frage sowie die verzagte Antwort seiner Frau noch gehört, war ihm klar, was zwischen den beiden Frauen diskutiert wurde. Und er war entschlossen, das Kind endlich beim Namen zu nennen.

„Ja", rief er fast überlaut, ehe er nähertrat, die Mutter mit Wangenkuss begrüßte und Maria einen Arm um die Schulter legte, „ja, du vermutest recht, Mama! Maria ist krank. Und ihre Krankheit heißt Heimweh."

„Heimweh sagst du, Carl?" staunte Luise ebenso über sein plötzliches Erscheinen wie über die verblüffende Lösung des Problems.

„Ja, Mama, Heimweh. Seit wir von Schleswig zurück sind, versucht Maria es zu verbergen, dass sie sich in Weimar nicht heimisch fühlt." Carl Friedrich gab sich ganz als Anwalt seiner Frau, die in seinem Arm leise schluchzte. „Dann die Tage von Erfurt, das Wiedersehen mit ihrem Bruder Alexander, das war zu viel für Maria.

Seitdem weint sie die Nächte hindurch und hat nur noch eines im Sinn, ihr geliebtes Russland!"

„Nun", meinte Luise, die für Gefühle tiefer Art immer Verständnis aufbrachte, „nun, liebe Maria, wie wär es dann, wenn du ganz schnell ein paar Koffer packen lässt und dich auf Reisen begibst? Zwei, drei Wochen Petersburg und du kommst gestärkt an Leib und Seele wieder zurück! Großvater und ich werden derweilen schon gut auf deine kleine Marie aufpassen!"

Luise war sicher, mit ihrem Vorschlag das Ei des Kolumbus getroffen zu haben. Aber es kam alles ganz anders.

Maria Pawlowna ließ nicht, wie ihr die Schwiegermutter geraten, ein paar Koffer packen, sondern ihr ganzes Hab und Gut, Kisten und Kasten aufladen, nahm die kleine Marie mit sich und blieb ganze zwei Jahre dem Weimarer Hof fern.

Kuriere galoppierten zwischen Weimar und Petersburg hin und her, doch die beschwörenden Briefe der herzoglichen Familie, die Erbprinzessin möge doch bitte an den Ort ihrer Verpflichtungen zurückkehren, nützten nichts. Die Schwiegereltern gaben sich größte Mühe, das Verhalten Maria Pawlownas einigermaßen zu rechtfertigen, doch deren andauernde Weigerung machte es ihnen nicht leicht. Carl August sprach bereits von den ‚Launen und Tollheiten der petite chèrie'.

Endlich machte Carl Friedrich sich selbst auf, in Petersburg das schlagendste Argument zur Heimkehr seiner Frau einzusetzen. Es wirkte ganz offensichtlich und fand seinen sichtbaren Niederschlag am 30. September 1811. Maria Pawlowna brachte an diesem Tag eine Tochter zur Welt, die auf die Namen Augusta Marie Luise Katharina getauft wurde. Den Erwartungen einer fürstlichen Dynastie entsprechend waren die Eltern ein wenig enttäuscht, dass es wieder nur eine Tochter war. Wie konnten sie auch wissen, dass Augusta einmal an der Seite Wilhelms I. als Kaiserin über das zweite Deutsche Reich herrschen sollte.

Die Großeltern jedenfalls waren überglücklich, wieder Kinderlachen im Weimarer Schloss zu hören.

„Ihr Plappern und Schwatzen klingt wie das Zwitschern eines ganzen Vogelschwarms", freute sich Luise.

„Und sieh nur, wie Marie ihr Schaukelpferd meistert", schwärmte der Großvater, „wäre sie ein Junge, sie brächte es einmal bis zum General!"

Und als könnten die beiden vom Thema nicht lassen, vergaß Carl August des Abends immer öfter, dass im Deutschritterhaus die Jagemann seiner wartete. Stattdessen stopfte er sich seine Pfeife in Luises Salon, während sie, ein wenig kurzsichtig geworden, an ihrer Petit-point-Arbeit stichelte.

„Glaubst du, der Herrgott wird uns noch weitere Enkel bescheren?" begann Luise erneut den ewigen Disput, und Carl August, hustend und paffend, da die Pfeife nicht brennen wollte, nahm ihn auf seine Weise auf.

„Nun, was Carl… ehm… und Maria anbetrifft… ehem… so denke ich… ehem… sie tun kräftig alles… hemm… was dazu nötig ist…"

„Aber Carl August", Luise ließ einen Augenblick ihre Stickerei sinken. Trotz ihres gesetzten Alters konnte sie über derlei pikante Andeutungen noch immer erröten wie ein junges Mädchen.

„Du hast Recht, Luischen", schmunzelte Carl August, amüsiert über Luises Verlegenheit, und gab seinen Gedanken nun, da die Pfeife endlich brannte, fließender Ausdruck, „wir haben immerhin noch zwei weitere Kinder. Wie ich Bernhard einschätze, wird er nicht daran denken, eine Familie zu gründen. Er ist durch und durch Soldat und…" ein tiefer Zug aus würzigem Tabak ließ ihn einhalten.

„Und? Was sonst könnte ihn aufhalten, eine Frau zu nehmen?" Luise liebte den Pfeifenqualm in ihrem Salon keineswegs, hütete sich aber, dagegen zu protestieren. Ihr schien die traute Zweisamkeit, die sich zwischen ihr und Carl August langsam wieder einstellte, eine späte Gnade, die sie um nichts in der Welt hätte stören wollen. „Immerhin ist Bernhard schon Kapitän und wenn sein Sold zu einem Hausstand nicht reicht, so könnten wir..."

„Er will nach Amerika", platzte Carl August wenig schonungsvoll in Luises Überlegungen.

„Amerika...?" Luise blieb fast der Mund offen stehen. Wenn auch die ‚Söhne der Freiheit' seit zwanzig Jahren sich als neue selbstständige Nation durchgesetzt hatten, erschienen ihr die Vereinigten Staaten immer noch als das ‚Land der Wilden'. „Um Himmels willen, Carl August, wer hat ihm diesen Floh ins Ohr gesetzt?"

„Mehr als ein Floh ist es wohl tatsächlich noch nicht, aber er meint, das Land habe in die Tat umgesetzt, was Frankreich vergeblich auf seine Fahnen schrieb: Freiheit, Gleichheit, Brüderlichkeit."

Ähnliches hatte Prinz Bernhard von Weimar tatsächlich erwartet, als er etliche Jahre später nach Amerika ging, um dort eine militärische Laufbahn einzuschlagen. Wie erstaunt aber war er, dass er keineswegs als Gleicher unter Gleichen galt, sondern begeistert als Sohn des Herzogs von Sachsen-Weimar begrüßt wurde, dem ersten deutschen Fürsten, der seinem Land eine Verfassung schenkte. Doch darüber zu berichten, hat noch ein wenig Zeit. Noch saß Carl August in Luises Salon, schlürfte einen dickflüssigen Tokajer und pfaffte seine langstielige Pfeife.

„Aber da ist ja noch Caroline", setzte er das Gespräch hoffnungsvoll fort.

„Ach, Caroline", kam es mutlos von Luise, „sie wird dieses Jahr fünfundzwanzig Jahre alt."

„Deswegen ist sie noch immer im heiratsfähigen Alter", verteidigte der Vater die Tochter, „obwohl ich zugeben muss, dass Prinzessinnen hier zu Lande gewöhnlich mit sechzehn oder siebzehn unter den in Frage kommenden Prinzen verschachert werden." Seinen faux pas bemerkend, beugte er sich zu Luise hin und küsste sie auf die Stirn. „Es gibt da gewisse Ausnahmen..." lachte er schalkhaft, war aber gleich wieder beim

Thema. „Ich weiß, du beurteilst Caroline recht kühl, hast nicht die rechte Neigung zu ihr gefunden..."

„Sie ist unsere Tochter, und ich liebe sie wie meine Söhne."

Carl August überging klug diesen Einwand, denn jedermann wusste, dass Luise und Caroline sich ein wenig fremd gegenüberstanden. Caroline, weder von großer Schönheit noch hervorragendem Geist, war nichtsdestotrotz ein liebenswerter Mensch, still und bescheiden im Hintergrund lebend, ohne Sehnsucht nach Bestätigung oder irgendwelchem Glanz. Waren sie sich vielleicht zu ähnlich, Mutter und Tochter, um einander zu verstehen? Aber wie dem auch sei, Enkel erwartete Luise nicht mehr von Caroline.

„Ich wüsste da...", begann Carl August, und wieder war es die Pfeife, die ihn weit mehr zu beschäftigen schien, „...der Erbprinz von Mecklenburg-Schwerin wurde soeben Witwer." Luise horchte auf.

„Hat er nicht zwei kleine Söhne?"

„Das ist richtig. Und er sucht wohl mehr eine Mutter für diese als eine Frau für sich."

Diese Art der Verwendung mochte wohl zweitklassig klingen, und das Wissen, wie viele so genannte arrangierte Ehen zum Leidenspfad für die erwählte Prinzessin werden, ließ Luise noch zögern.

„Ach", rief sie, plötzlich sehr besorgt um die Tochter, „Erbprinz Friedrich Ludwig ist doch viel zu alt für sie."

Wie auch immer, in der Folge wurde Caroline Erbprinzessin von Mecklenburg-Schwerin. Und dann die große Überraschung: Die Ehe wurde außerordentlich glücklich.

Ich bin entzückt von ihrer innerlichen Grazie schrieb der neue Schwiegersohn, nachdem er sich mit seiner Frau in Ludwigslust etabliert hatte, *und ich bin von Herzen dankbar, in der geliebten und angebeteten Caroline einen solchen Schatz gefunden zu haben.*

Der Ehe entsprangen zwei Söhne und eine Tochter, und wenn ihr Lachen auch nicht in den Räumen des

Weimarer Schlosses erklang, so erfüllte ihr Dasein doch der Großeltern Herz mit Stolz, vor allem nachdem sich bei Carl und Maria dann doch noch der ersehnte Erbprinz einstellte.

Mummenschanz

Mochte die Rolle der Großeltern den Herzog und die Herzogin einander wieder nähergebracht haben, so kühlte sich auf der anderen Seite seine Beziehung zur Jagemann merklich ab. Dazu verhalf vor allem deren schlechtes Verhältnis zu Goethe. Da mochte ein gut Teil Eifersucht vom einen zum anderen mitgespielt haben, da Goethe noch immer zwischen sich und dem Herzog keine Seele außer Luise dulden wollte, die Jagemann andererseits eben diese nachhaltige Freundschaft gern aus der Welt geschafft hätte.

Goethe, nach wie vor Direktor des Weimarer Hoftheaters und ebenso nach wie vor erfüllt vom Ehrgeiz, das Theater sei weder Geschäftsbude noch Vergnügungslokal, sondern ein Ort wahrer Schauspielkunst, hatte gleichzeitig mit immer notwendigerer Sparsamkeit zu kämpfen. Für manch alt übermalte Kulisse oder gestopftes Kostüm hatte er bereits den beißenden Spott der Jagemann anzuhören. Wie es also im Kochtopf lange Zeit brodeln kann, ohne dass der Inhalt überkocht, so ging es zwischen Goethe und Jagemann so einigermaßen gut, aber immer öfter gab es temperamentvolle Dispute, die im Textbuch nicht verzeichnet waren.

Eines Tages meldete sich der Tenor Otto Morhard krank. Er bedaure, aber er sei heiser und könne nicht singen. Die Jagemann machte dem Herzog gegenüber ein paar geeignete Bemerkungen, den Morhard in Verdacht zu bringen, er sei weder krank noch heiser, nur betrunken sei er gewesen. Carl August, den wiederholten Spitzen seiner Frau zur Linken ausgesetzt, verlor die Geduld und kündigte dem Sänger. Goethe aber hielt dem Mann die Stange.

„Das kannst du nicht machen, lieber Freund. Morhard ist redlich. Wenn du ihn fortschickst, verliert er sein Brot und das Weimarer Publikum einen großen Künstler."

Carl August tat, was ebenso gerecht wie unvermeidlich war, er nahm die Kündigung zurück. Die Szenen, die er dafür in seinen eigenen vier Wänden geboten bekam, standen auch in keinem Rollenbuch. Aber damit nicht genug. Der Jagemann war seit Jahren bekannt, wie sehr Goethe billigen Klamauk auf der Bühne hasste.

„Pöbel ist, wer nur zum Glotzen und Lachen ins Theater kommt!" war seine Maxime. Er wollte Tragödie, großes Schauspiel und wenn Posse, dann von geschliffenem Geist. Aber auf persönliche Empfehlung Caroline Jagemanns meldete sich eines Tages ein fahrender Schauspieler namens Karsten und bot der Schauspieldirektion sein Stück ‚Der Hund des Aubri' an.

„Ich kenne Karsten von Wien her", schwärmt die Jagemann, „er hat Witz und weiß zu amüsieren."

Das mag wohl sein, wenn man liest, was sein Programm beinhaltet:

In meinem Stück spielt Pudel Felix die Hauprolle, und er ist damit einem Schauspieler durchaus ebenbürtig. Der Pudel dreht sich, springt, schlägt Kobolz, geht mühelos auf den Hinterpfoten, weiß in verschiedenen Tonarten zu kläffen, und zeigt Variationen des Mimischen, die jedem Schauspieler zum Vorbild dienen können.

„Nicht an meinem Theater!" donnerte Goethe.

Der Herzog aber, von der Jagemann in die Enge getrieben, verlegte sich aufs Bitten.

„Ach, Goethe, Freund, dies eine Mal. Lass halt den Pudel seine Purzelbäume machen für ein paar Abende, und meine Caroline ist zufrieden."

Der Herr Geheimrat blieb unerbittlich. Und wenn es ums Offizielle ging, wurde auch seine Redeweise offiziell.

„Sollte Euer Gnaden darauf bestehen, derlei Popanz im herzoglich Weimarer Hoftheater zu dulden, sähe ich mich gezwungen, Euer Hoheit den Dienst als Direktor dieses Theaters aufzukündigen."

Carl August fühlte sich zwischen Baum und Borke, hi der berechtigte Zorn des Freundes, dort der bedrohte Friede am heimatlichen Herd.

„Noch einmal, lieber Freund! Zwei Wochen den Pudel auf den Brettern, und ich schwöre dir…"

„Dann darf ich Serenissimus bitten", unterbrach Goethe fast ungehörig, „mich ab sofort von den Pflichten der Theaterintendanz zu entbinden."

Ein tiefer Seufzer auf Seiten des Herzogs ließ ahnen, wie zuwider ihm die Aussprache war.

„Nun, Goethe, wenn du also meinst…" entschied er lauwarm, für Goethe jedoch unumkehrbar. Seine jahrelange, hingebungsvolle Tätigkeit für das Weimarer Theater war damit beendet. Die Jagemann aber triumphierte.

Der Goethe gibt auf! schreibt sie an eine Freundin, *Ich habe ihn mit Hilfe des Pudels vertrieben! Wenn man erfährt, daß ich den eigens zu diesem Zweck von der Leine gelassen habe, bindet man mich an den Schandpfahl!*

Ein, zwei Vorstellungen fanden statt, der Pudel mit roten Lackstiefelchen an den Pfoten, einem Zylinder auf dem Kopf, einem johlenden Publikum im Parkett. Am Ende pinkelte der Pudel auf die Bretter, auf denen einst Schillers ‚Wallenstein' Triumphe feierte. Aber der erlebte es zum Glück nicht mit, hatte er doch schon lange im so genannten Kassengewölbe der Sankt Jakobskirche seinen Frieden gefunden.

Der Herzog aber musste sich die helle Schadenfreude seiner zur Linken Angetrauten anhören.

„Endlich hast du dich mal durchgesetzt! Du bist doch Herzog hier und nicht dieser Goethe! Sei froh, dass du ihn los bist, diesen eitlen Fant! Vom Theater hat er keine Ahnung! Verse drechseln allein macht's halt nicht. Ich sag' ja immer, wer tief ausholt, langt auch kräftig hin."
So ging es weiter und weiter und ähnelte eher dem Disput unter Marktweibern als der Meinungsäußerung einer klassischen Diseuse.

Niemals hatte Carl August solch Töne in seiner hauptamtlichen Ehe gehört.

Ja, wenn ich es genau betrachte, dachte er kopfschüttelnd, gab es kein einziges böses Wort zwischen Luise und mir, nicht eines in all den langen Jahren... Sehr nachdenklich geworden nahm er seinen Hut und verließ das Deutschritterhaus, noch lange die gellende Stimme der Frau von Heygendorf im Ohr.

Ohne die ausdrückliche Protektion des Herzogs fand dann aber auch die Jagemann keinen rechten Boden mehr auf dem Weimarer Theater. Sie trat immer seltener auf, und das Publikum applaudierte nur noch, um es sich mit Serenissimo nicht zu verderben. Carl August ließ es zwar nicht zum Bruch kommen, aber aus einem schäumenden Wasserfall war ein seichtes Gewässer geworden.

Das Verhängnis von 1812

Es war abzusehen, wann Napoleon sich den letzten seiner Gegner vorknöpfen würde, und zwar Russland. Bevor er sich in dieses neue Vorhaben stürzte, ermahnte ihn sein Minister und Kampfgefährte Fouché:

„Sire, ich beschwöre Sie im Namen Frankreichs, stecken Sie den Degen wieder in die Scheide! Denken Sie an Karl XII."

Karl XII. war bekanntlich hundert Jahre zuvor bei Poltawa an den Weiten Russlands gescheitert. Napoleon wischte die Warnung, die so deutlich aus der Geschichte sprach, höhnisch beiseite.

„Nun, in sechs bis acht Monaten sollen Sie sehen, was ich alles ins Werk zu setzen im Stande bin. Ich brauche dazu 800 000 Mann, und die habe ich. Ich ziehe ganz Europa hinter mir her..."

Tatsächlich war die Grande Armée zu einer Stärke von über einer halben Million angewachsen, eine Zahl, die den Kaiser als unbesiegbar erscheinen ließ. Allerdings steckten in den französischen Uniformen nicht nur Franzosen, sondern zwangsrekrutiert 110 000 Mann Deutsche aus den Rheinbundländern, dazu 30 000 Österreicher, 20 000 Preußen, ebenso viele Italiener und 50 000 Polen. Auch in Weimar waren unter dem Klang der Werbetrommeln wieder die Söhne der Bürger und Bauern fortgeführt und dem endlos marschierenden Heerwurm eingegliedert worden. Am 23. Juni 1812 überschritt Napoleon die Grenze zum Zarenreich. Bei Wilna nahm er hoch zu Ross auf seinem Araberschimmel den Vorbeimarsch einer Voraustruppe ab, die einmal 225 000 Mann zählte, aber durch Krankheit, Entbehrung und Überanstrengung bereits ein Drittel seiner Leute verloren hatte. Anstatt diese Tatsache als zweite Warnung ernst zu nehmen, klang der Aufruf an seine Soldaten wieder einmal emphatisch:

„Russland steht am Abgrund seines Geschicks, sein Verhängnis muss sich jetzt erfüllen."

Im Juli und August marschiert die Grande Armée über hundert preußische Meilen nach Ost, 150 000 Reit- und Zugtiere sowie 1350 schwere Geschütze mit sich führend. Aber alles scheint gut zu gehen. Am 7. September kann der Kaiser der Franzosen bei Borodino sogar einen großen Sieg gegen den russischen General Kutusow verbuchen. Aber welch ein Blendwerk der Kriegskunst, dem die Russen bereits ihr erfolgreichstes Rezept entgegenzusetzen wussten, den Rückzug.

Tatsächlich erreicht Napoleon schon eine Woche später Moskau, zieht durch das Dorogomilow-Tor in die Stadt und nistet sich im Kreml ein. Doch Siegestaumel will sich nicht recht einstellen. Die Stadt ist leer. Fenster und Türen der Häuser, die meisten in Holz erbaut, stehen wie einladend offen. Kein Mensch ist zu sehen, nur ein paar Hunde streunen durch die Straßen. Ist das die dritte Warnung? Wenn ja, so vergeht sie ebenfalls ungehört. Der Kaiser legt sich zu Bett. Er ist bekannt dafür, dass er immer und jederzeit schlafen kann, aber nur wenig Schlaf braucht. Schon gegen vier Uhr morgens weckt ihn ein rosa-roter Schimmer vor den hohen Fenstern der Kremlburg. Noch hält er es für das Morgenrot des anbrechenden Tages, steht auf und will sich an die gewohnte, etwas flüchtige Morgentoilette machen. Da stürzt eine Ordonnanz ins Zimmer.

„Majestät, es brennt! Die ganze Stadt brennt!"

Tagelang brennt Moskau, jeder Versuch des Löschens ist vergeblich. In den Memoiren eines Augenzeugen, des Infanteristen Jakob Walter aus Württemberg, liest man: *Feuerwolken, roter Rauch, darin blitzten und schimmerten die großen vergoldeten Kirchturmskreuze! Die Stadt glich der Beschreibung nach der Stadt Jerusalem, worüber unser Heiland weinte.*

In dem Flammenmeer werden 7500 in Holz gebaute Häuser zu Asche, stürzen 4000 steinerne Gebäude ein. In notdürftig eingerichteten Lazaretten ersticken und verbrennen Tausende fußkranker oder sonst erkrankter

Soldaten, Lebensmittel, Vorräte, Zelte, Decken werden ein Raub der Flammen, und der Winter steht vor der Tür. Napoleon verharrt im Kreml, hinter dessen hohen weißen Mauern er sicher ist. Aber das Pfand, das er in seiner Hand zu halten glaubte, ist ihm buchstäblich verglüht.

„Wir haben vierhundert Brandstifter festgenommen, verhört und abgeurteilt", behauptet er später, aber in Wahrheit ist der Ursprung des Brandes niemals geklärt worden.

Einen ganzen Monat zögert Napoleon. Zar Alexander wird Truppen entsenden, seine Stadt zurückzuerobern, so denkt der Kaiser, es wird eine Schlacht geben, und Schlachten hat er immer gewonnen.

„Wo bleiben sie nur, diese Bojaren?" äußert er ungeduldig und lässt wertvolle Wochen, die ihn vom Winter trennen, verstreichen. Dann am 19. Oktober bricht er endlich auf, den ganzen weiten Weg nach Wilna zurück. Er soll ihn nur mit einem verschwindenden Teil seiner Armee erreichen. Am 3. November beginnt es zu schneien, sogleich setzen auch heftige, eisige Winde ein. Die Temperatur sinkt auf Minusgrade, wie Menschen aus Deutschland, geschweige denn Frankreich und Italien sie nicht gewöhnt sind. Da der Feldzug im Juni begann, tragen die Soldaten nur Sommeruniform, ein Fehler mangelnder Vorausberechnung der Zeitdauer des Feldzugs. In den Dörfern, die sie durchqueren gibt es nichts mehr zu requirieren, Magazine, auf dem Hinweg vorsorglich angelegt, sind geplündert. Die Soldaten hungern, löschen ihren Durst mit Schnee. Das Laufen wird ihnen schwer, sie sinken tief ein in meterdicke Schneewehen, Kavallerie ist längst abgesessen, die Tiere sind entkräftet oder werden am Wegesrand geschlachtet. Wo es noch Holz gibt, können ein paar Soldaten davon noch einmal einen halben Tag satt werden. Alles das wäre noch zu überwinden. Jetzt aber kamen die Russen. Kosaken in kleinen Trupps auf flinken, widerstandsfähigen, wohl gefütterten Pferdchen. Blitzschnell waren sie da, stachen zu, wo ermüdete, halb erfrorene Grenadiere längst ihre Gewehre fortgeworfen hatten oder ein Geschütz hoffnungslos steckengeblieben war. Nachts erschienen sie zu dritt und zu viert wie geisterhafte Schatten, überfielen jeden, der sich wo auch immer zu kurzem Schlaf in den Schnee gelegt hatte. Und fort waren sie wieder.

Immerhin ist jetzt die Armee auf dem Marsch nach West. Sie erreicht Mitte November den Fluss Beresina, den man auf dem Hinweg über mehrere Brücken in geordneter Formation ohne Verluste überquert hat. Jetzt gibt es nur noch zwei unzerstörte Brücken, und diese sind in wenigen Stunden nicht nur von Wagen, Geschützen und Menschen verstopft, sondern ebenso von Unmengen ergatterter Beute, die man auf Schlitten geladen, um sie mit dem Einsatz eigenen Lebens aus dem Verhängnis zu retten. Wer noch ein Pferd gefunden, führte Prachtkarossen aus fürstlichem Besitz mit sich, sie zu Haus zu verkaufen. Wurde das Pferd ausgespannt oder brach ein Rad, blieb die Karosse liegen und bildete ein neues Hindernis. Verwundete und Kranke schleppten sich auf Krücken und, wo sie nicht schnell genug waren, wurden sie von Nachdrängenden niedergestoßen oder in den Fluss geworfen. Menschliche Moral war gegen den Selbsterhaltungstrieb längst auf der Strecke geblieben. Flüche übertönten Hilfeschreie, und beide dämpfte dichter, wirbelnder Schnee aus schier unerschöpflichem grauem Himmel. Unzählige Tote, Niedergetrampelte, Erfrorene deckte er liebevoll zu, bereitete ihnen ein kühles, für immer verlorenes Grab.

Weitab von alledem, an geheimer Stelle, überquerte ein einzelner Schlitten den Fluss, nur der Kutscher auf dem Bock und ein einzelner Insasse im schweren Bärenpelz im Fond des Gefährts. Napoleon hatte seine Armee verlassen. In nur dreizehn Tagen durchquerte er Polen, Preußen, Sachsen, Thüringen, ganz Europa. Es gab

Menschen, die ihn gar in Weimar gesehen haben wollen, nun wieder in einer Kutsche, des Nachts ohne Aufenthalt durch die Stadt eilend, und zwar am 15. Dezember 1812. Am 18. Dezember erreicht er Paris und betritt hoch erhobenen Hauptes die Tuilerien. Ein von ihm selbst verfasstes Bulletin, das über den Zustand der Armee Auskunft geben sollte, endete mit dem Satz: *La santé de Sa Majesté n'a jamais été meilleure – Das Wohlbefinden Seiner Majestät des Kaisers ist niemals besser gewesen.*

Der Löwe hatte zwar schwere Wunden davongetragen, aber er war nicht tot. Er hatte noch Kraft und er war noch gefährlich. Man hüte sich vor ihm!

Die Armee, die mit Napoleon russischen Boden betreten hatte, kehrte nach Wilna und von dort in die verschiedenen Heimatorte zurück. Es waren noch 4050 Mann.

Der Wind dreht sich

Wo aber ist bei alledem der Herzog von Weimar? Er ist sechsundfünfzig Jahre alt und nicht bei bester Gesundheit. Seine politischen Äußerungen haben immer wieder Napoleons Misstrauen erweckt, seine Verwandtschaft mit Zar Alexander, einst seine beste Visitenkarte, macht ihn dem französischen Kaiser jetzt mehr als verdächtig. So wird Weimar nicht nur förmlich von einem französischen ‚Gesandten', dem Baron Saint Aignan, bewacht und jede verdächtige Regung nach Paris gemeldet, sondern auch sonst in jeder Weise drangsaliert. Das nahe Erfurt ist immer noch französische Festung, Teile seiner Besatzung liegen in Weimar einquartiert und machen den Bewohnern das Leben schwer. Zurückflutende

Truppenteile überrennen die Stadt und wollen ernährt und untergebracht sein. Was sie nicht kriegen, rauben sie, plündern und schleppen fort, was noch irgend Wert hat. Das Gefühl ständiger Unsicherheit ist latent. Ohnehin herrschen Trauer und Kummer in jedem Haus, wo Söhne, Brüder, Väter nicht mehr heimgekommen sind, ebenso wie dort, wo erschöpft, ausgemergelt, mit erfrorenen Gliedern, vom Grauen gezeichnet, der eine oder andere doch noch auftaucht. Die Not kann nicht größer sein.

Des Herzogs Gesundheit reagierte auf das Empfindlichste. Herzanfälle, Atemnot. Die Ärzte warnten, Luise sorgte sich von Herzen.

„Du solltest endlich eine Kur machen", schlug sie wiederholt vor, und zu ihrem Erstaunen ging er plötzlich darauf ein.

„Ja, du hast Recht, Luise, ich werde nach Töplitz gehen."

„Nach Töplitz? Warum nicht nach Pyrmont? Dort waren wir so..." Luise schluckte den Rest des Satzes schnell hinunter. Sie hatte daran erinnern wollen, wie glücklich sie beide doch in Pyrmont gewesen waren und dass sie die Hoffnung gehegt, dort gemeinsam mit ihm eine Wiederholung zu erleben. Doch das wäre wohl eben jetzt, da jedermann sein persönliches Glück hinter der allgemeinen Notlage zurückzustellen hatte, nicht passend gewesen.

„Töplitz liegt auf Habsburger Land", setzte Carl August zur näheren Erklärung an, „ich könnte mich unter dem Vorwand einer Kur leicht mit Kaiser Franz treffen, ohne besonderen Verdacht zu erregen. Luise begriff sofort, was es mit seiner Bereitwilligkeit, eine Kur anzutreten, auf sich hatte.

„Aber wieso sollte ein solches Treffen verdächtig sein? Ihr steht doch beide, wenn auch unfreiwillig, auf Seiten Frankreichs."

„Eben, unfreiwillig! Das ist es. Napoleon beargwöhnt uns beide, den Franz, obwohl er dessen Schwiegersohn ist – unfreiwillig auch das, und in mir wittert er lange schon den Abtrünnigen. Meine Verwandtschaft mit Zar Alexander…"

„Oh, ich verstehe", rief Luise entzückt über den weltklugen Gedankengang, „du könntest zwischen Kaiser Franz und Zar Alexander das Zünglein an der Waage sein!"

„Genau das schmeichle ich mir", lachte Carl August, da er durchschaut war, „sie brauchen einander und Preußen als Dritten im Bunde! Wenn ich am Rande noch meine Gesundheit kuriere, so soll es mir recht sein."

„Ach, mein Lieber, fahr du nur nach Töplitz und mach ein wenig Weltgeschichte", lachte jetzt auch Luise so befreit wie selten. „Ich werd' derweilen hier die Wacht halten über dein kleines, geschundenes Weimar!" Und dann wagte sie, was sie lange nicht mehr gewagt hatte. Sie küsste ihren Ehemann herzhaft auf beide Wangen.

Carl August reiste nach Töplitz und traf sich wie beiläufig im nahen Schloss Brandeis mit Kaiser Franz I. von Österreich. Ein Freundschaftsbesuch, mehr nicht. Und um dem letzten Anflug von Zeremoniell aus dem Weg zu gehen, begaben sie sich auf die Jagd, saßen gemeinsam auf dem Anstand, Diener und Jagdgehilfen außer Hörweite. Was sie dort oben sprachen, ohne das Wild auf der Lichtung auch nur zu beachten, das hörten nur die Bäume. Und da der Wind durch ihre Kronen fuhr, sah es aus, als ob sie dazu nickten.

Luise hielt derweilen zu Hause ‚die Wacht', wie sie es genannt hatte. Sie schickte Gespanne über Land, wo noch Lebensmittel aufzutreiben wären, verteilte diese ohne viel Aufhebens an Bedürftige, wollte von Dank nichts hören und wissen. Da ihr das Geld knapp wurde, verkaufte sie Schmuck, vor allem und das doch mit stillem Bedauern, aber ohne jedes Zögern, die Zarenperlen, die sie von ihrer Mutter geerbt hatte. Wieder war sie der helfende Engel wie schon einmal vor sieben Jahren. Aber diesmal war sie nicht allein. Auch Schwiegertochter Maria fühlte sich berufen, die gütige Landesmutter zu spielen. Aber wie anders klang es bei ihr:

„Mein Bruder, der Zar, hat die Franzosen besiegt", war jedes zweite Wort, und Rubel, die von Petersburg her ohne Mühe flossen, streute sie mit großer Geste unters Volk.

„Aber liebes Kind, Geld kann man nicht essen", machte die Schwiegermutter sie aufmerksam, „sie brauchen Lebensmittel und warmes Zeug, sich zu kleiden."

Auf diese Weise korrigiert, lud Maria Pawlowna die Bürger aufs Schloss veranstaltete große Schauessen und demonstrierte ihre ‚Demut', indem sie den Dienern die dampfenden Schüsseln aus der Hand nahm und eigenhändig servierte. Die Peinlichkeit für beide Seiten war unübersehbar. In ebenfalls falscher Auffassung räumte sie ihre Kleiderschränke, gab fort, was dort ohnehin zuhauf und überflüssig hing, und zitierte bei jedem Stück lauthals ihren siegreichen Bruder.

Manch brave Bürgerin, die ein derbes Kattunkleid gebraucht hätte oder einen wollenen Umhang, trug nun Seide und Zobel, und statt dankbar zu sein, schämte sie sich. Maria Pawlowna meinte es sicherlich gut, aber ihre Art der ‚Wohltaten mit Pauken und Trompeten', wie Luise es tadelnd nannte, war nicht der rechte Weg. Anstelle der Rolle einer schlichten Erbprinzessin von Weimar war sie nach ihrer Vorstellung noch immer die reiche Großfürstin und ihrem Bruder fühlte sie sich wohl weit mehr verbunden als dem getreuen Schildknappen an ihrer Seite, dem Erbprinzen Carl Friedrich. Das bewiesen auch ihre wiederholten, ausgedehnten Reisen in die Heimat Petersburg, von denen sie nur zögernd und widerwillig ins kleine Weimar zurückkehrte.

Wie anders dagegen Luise! Auch ihr war ein weiter Weg beschieden gewesen, aus innerlich bedrängter ängstlicher Natur ins sechste Jahrzehnt ihres Lebens zu reifen. Aber sie war ihn tapfer und mit großer Ernsthaftigkeit gegangen und war nun ihren Untertanen eine gute, ja die beste Fürstin geworden.

Charlotte von Stein lässt im Alter noch einmal ihre Stimme hören und hebt in einem Brief die weit bescheidenere und dennoch wirksamere Mildtätigkeit Luises gegenüber der Maria Pawlownas hervor.

Die Frau Herzogin, die im Gegensatz zu der so viel reisenden Schwiegertochter das Zuhausebleiben, das Sparen und das Helfen zur Linderung des Elends um sie her pflegte, hat viel Tränen getrocknet und Seufzer gestillt. Ihre Eigenart war es, über zahllos gespendete Wohltaten den dichten Schleier des Stillschweigens zu breiten, auch das ganz im Gegensatz zur Schwiegertochter. Einzig die Blätter ihres persönlichen Ausgabenbuches lassen ahnen, wie sie auf eigene Wünsche verzichtend, fremder Not zu steuern suchte.

Endlich wird der Bund zwischen Russland, Österreich und Preußen geschlossen. Herzog Carl August ist noch nicht dabei, denn ihm sitzt der Franzose fest im Nacken. Doch als die Verbündeten im Oktober 1813 bei Leipzig Napoleon endlich das Fürchten lehren, sieht auch Weimar die Morgenröte am Horizont. Carl August will nicht abseits stehen, doch was es heißt, den Befreiungstruppen beizutreten, bekommt er bald zu spüren. Er bietet 800 Soldaten und zu deren Unterhalt monatlich tausend Taler, fragt sich aber bereits, wie er seinem kleinen Land noch einmal eine solche Zahl an kampffähigen Männern abpressen kann und woher er eine so hohe Summe nehmen soll. Da kommt die Gegenforderung: 2000 Soldaten und die doppelte Summe Unterhalt in Naturalien.

Weimar stöhnt und seufzt, strebt aber dennoch die Zugehörigkeit zur neuen Koalition an.

Die Monate des Übergangs entwickeln sich denkbar unübersichtlich. Weimar, dessen Herzog die Triebkraft zum Bündnis gegen Napoleon ist, steht noch in französischem Dienst, während die Alliierten ihre Bewährungsprobe bei Leipzig bestehen. Auf dem Rückweg besetzen sie Weimar ‚feindlich'. Die Stadt ächzt unter den Preußen nicht weniger als unter den Franzosen. Und im Schloss üben Herzog und Herzogin diplomatisch Gastfreundschaft, als bei Tisch sich der Sohn des Hauses, Prinz Bernhard, und der Sohn des Feldmarschalls Blücher gegenübersitzen, der eine ein französischer Kapitän, das Kreuz der Ehrenlegion an der Brust, der andere ein preußischer Husar, geschmückt mit dem soeben gestifteten Eisernen Kreuz für besondere Tapferkeit vor dem Feind.

Ein ganzes Jahr lang dauerte das gegenseitige Blutvergießen noch. Ähnlich wie damals vor Valmy verschieben sich die Kräfte der Alliierten immer weiter gegen die französische Grenze, erstmals befindet Napoleon sich auf dem Rückzug. Im November liegen russische Truppen in Thüringen. Zar Alexander erscheint auf Privatbesuch in Weimar. Maria Pawlowna schwebt im siebenten Himmel.
„Mein Bruder, der Befreier Europas", schwärmt sie, aber der ist weit nüchterner eingestellt.
„Warten wir's ab, Schwesterchen, warten wir's ab. Noch steht die Partie unentschieden."
Zwischen Carl August und dem Zaren aber findet ein Gespräch unter Männern statt.
„Ich bin froh, lieber Freund, dass Sie nun mit auf unserer Seite stehen:"
„Es war längst meine Überzeugung, Majestät…"
„Nicht doch, lieber Freund. In Ihrem Hause bin ich weder Zar noch Majestät. Ihr Sohn ist mein Schwager, also sind wir Verwandte." Das Gespräch wurde wie üblich unter Potentaten auf Französisch geführt, daher blieb es beim etwas förmlicheren Sie. ‚Lassen Sie uns überlegen, wie es nun weitergeht. Ich hätte Sie gern wieder aktiv bei der Truppe, wenn es Ihre Gesundheit erlaubt…"
Fast zu schnell fiel Carl August ihm ins Wort.

„O ja, die Kur in Töplitz hat mich ganz und gar wiederhergestellt.

„Also abgemacht, mon général, aber diesmal tragen Sie eine russische Uniform! Ich übertrage Ihnen das Kommando über das dritte deutsche Armeekorps, in erster Linie Sachsen, Hessen und ein Teil auch Russen."

Der oberste Kriegsrat der Verbündeten bestätigte Herzog Carl August die Ernennung gleichzeitig mit dem Auftrag, die letzten noch französisch besetzten Gebiete der Niederlande zu räumen.

„Mutest du dir auch nicht zu viel zu, mein Lieber?" stellte Luise typisch weiblich genau die Frage, der weder ein Mann noch ein begeisterter Soldat jemals zustimmen würde.

„Du musst das doch verstehen, Luise", wehrte er sich wie einst, wenn sie ihn bei einer seiner jugendlichen Tollheiten erwischt hatte. „Ich möchte nicht zurückstehen, wenn…" Hilflos brach er ab. Würde man einer Frau jemals erklären können, wie es war, zum Klang von Trommeln, dem Knarren von Lederzeug und Klirren der Steigbügel, dem Tritt marschierender Kolonnen zu reiten, bereit über sich hinauszuwachsen für etwas, das unter Männern einmal den Namen Ehre tragen mochte? Wenn es das nicht mehr gab, dann war das Alter gekommen. Und wie konnte er ihr erklären, dass er sich davor fürchtete?

Doch einsichtig hatte Luise bereits kapituliert.

„Du hast Recht, Carl August, du bist genau wie jeder andere gefordert, das Joch der Fremdherrschaft endlich abzuschütteln."

Das klang zumindest poetischer als die schlichte Sorge einer Frau um ihren fast sechzigjährigen, übergewichtigen, asthmatischen Ehemann, und es klang auch ein wenig pathetisch. Aber es war genau der Ton, den man von einer Fürstin erwartete, deren Mann noch einmal in den Sattel stieg, um vom allgemeinen Lorbeer einen Zweig für sich und sein Land zu holen.

Im Januar 1814 brach der Herzog von Weimar mit einem Heer von 44 Bataillonen, 28 Schwadronen, drei Kosakenhaufen und 85 Geschützen auf, um über den Rhein zu setzen. Die Festungen Antwerpen, Maizêres und Montmedy ergeben sich nach kurzem, heftigem Kampf. Rechtzeitig begibt sich der Herzog nach Frankreich, wo sich Weltgeschichte vollzieht. Gemeinsam mit erstem Frühling ziehen die Alliierten in Paris ein.

Die Sonne scheint vom Himmel, als Zar Alexander auf seiner Araberstute ‚Eclipse', ein Geschenk Napoleons aus Erfurter Tagen, durch die Porte Saint-Denis reitet, ihm zur Seite Friedrich Wilhelm III. von Preußen und in Vertretung Österreichs Felix Fürst Schwarzenberg. Ihnen folgen rot uniformierte Kosakengarden und in blendendem Weiß preußisches Garde-du-corps. Winkende Menschen säumen die Straßen, die Herren im Zylinder, die Damen mit koketten Sonnenschirmchen, aber alle an Revers oder Hut die weiße Kokarde der Bourbonen.

„Vivent les Bourbons! Vive Louis XVIII!"

Vergessen ist das Kaiserreich. Vergessen ist Napoleon. Der sammelt in Fontainebleau die Reste seiner auseinander gelaufenen Armee und auf Drängen seiner Generale setzt er seine bedingungslose Abdankung auf:

Da die Verbündeten erklärt haben, daß das einzige Hindernis, den Frieden in Europa wiederherzustellen, Kaiser Napoleon ist, so erklärt Kaiser Napoleon getreu seinem Eid, daß er für sich und seine Nachkommen auf den Thron von Frankreich verzichtet. Er unterzeichnet mit seinem bekannten schwungvollen ‚N'.

Eine Farce beschließt den Akt. Die Verbündeten belassen Napoleon den Kaisertitel, gestehen ihm 600 Personen Hofhaltung samt Garde zu und versprechen ihm als Ausgleich zu unumschränkter Regierungsgewalt ein Fürstentum im Mittelmeerraum. Am 28. April 1814 geht der Kaiser im Hafen von St. Raphael an Bord der

Fregatte *Inconstant*. Sie lichtet Anker und nimmt Kurs auf sechzig Quadratmeilen neues napoleonisches Herrschergebiet: die Insel Elba.

Der Kongress tanzt...

Die Menschen können es noch nicht fassen, so friedlich ist der Sommer 1814. In Weimar ist die letzte Einquartierung abgezogen, es geht wieder gesittet zu, Handel und Wandel setzen wieder ein, eine neue Ernte reift der Sense entgegen. Man atmet auf. Und zu all dem spielt die Natur mit, schickt Regen und Sonne in fruchtbarem Reigen, so dass alles sprießt und gedeiht. Die Bäume im so genannten ‚Stern', vor fünfunddreißig Jahren gepflanzt, waren zu stattlichen Exemplaren emporgewachsen und spendeten breit gefächerten Schatten, in dem es sich auch bei großer Hitze angenehm spazieren ließ.

An einen Anblick mussten die Weimarer Bürger sich in diesem Sommer neu gewöhnen. Der offene Landauer mit den glänzenden Rappen davor war es nicht, den kannten sie schon, wenn Herzogin Luise, nicht mehr so flink auf den Beinen wie früher, über die Alleen am ‚Stern' spazieren fuhr. Nein, es war die Tatsache, dass, ins anregende Gespräch vertieft, Herzog Carl August neben ihr saß, und das Herzogspaar den Passanten ein Bild so seltener wie inniger Einigkeit bot. Und oftmals, das Bild aufs Schönste zu vervollständigen, saßen ihnen vis-à-vis die Prinzessinnen Marie und Auguste, sechs und drei Jahre alt, eifrig bemüht, es den Großeltern gleichzutun, wenn diese rechts und links winkend das Volk grüßten.

Wieder einmal schien die Sonne einladend hell am Himmel, als der Landauer in flottem Trab um die Ecke bog.

„Nicht so schnell, Konrad!" rief der Herzog und stupste dem Kutscher seinen Krückstock in den Rücken. „Halt die Rappen nur im Zaum. Es soll gemächlich gehen und nicht wie auf der Galoppbahn."

„Jawohl, halten zu Gnaden", brummelte der Kutscher in seinem Stolz gekränkt, suchte aber mit langgezogenem ‚Brrrr' die Rappen zu ruhigerer Gangart zu bringen.

„Du bist also nicht einverstanden, Luischen", nahm Carl August hinten im Fond des offenen Wagens das unterbrochene Gespräch wieder auf, „mit den Dingen, wie sie sich in Paris entwickelten?"

„Nein, ganz und gar nicht", erwiderte Luise in ungewohntem Eifer, „König Ludwig XVIII. klingt nach einem Schritt rückwärts im Verlauf der Geschichte. Diese Bourbonen, ich weiß nicht recht, aber irgendwie sind sie doch eine degenerierte Rasse. Sie haben sich überlebt. Ein Mann, wie ihr ihn jetzt wieder auf den Thron setzen wollt, ist kein würdiger Nachfolger eines Heinrich IV. oder gar Ludwig XIV. Es ist nicht mehr das gleiche Blut, nicht mehr der gleiche Geist!"

„Und so sprichst du, Luise", wunderte sich Carl August, „die du der Ausbund aller Tradition bist!"

„Tradition, wo sie aufrecht erhält, ist noch immer meine Devise, aber nicht, wo sie sich überlebt hat, wo sie den Verfall begünstigt. Sieh dir Ludwig doch an! Ein alter Mann in gepuderter Perücke, der das ancien régime zurückholen will, derweil wir im Zeitalter der Telegraphie und der Dampfschiffahrt leben."

„Luise, Luise! Ich kenne dich nicht wieder", schlug Carl August die Hände zusammen und spielte den Erstaunten, setzte aber zu einer Ehrenrettung des derzeitigen Ludwig an. „Du tust ihm Unrecht, Luise, als Comte de Provence war er der Erste, der im Staatsrat sowohl das Stimmrecht für den Dritten Stand als auch die Verdoppelung seiner Deputierten beantragte. Er ist ein Mann von Verstand und dem Empfinden für Proportion."

Doch noch gab Luise nicht auf.

„Und doch, ich hätte gern einen Jüngeren auf dem französischen Thron gesehen, einen..."

„Luischen", neckte Carl August sie, „trauerst du gar deinem Kavalier Napoleon nach?"

„Meinem Kavalier? Ich bitte dich!"

„Nun, Bonaparte kam jedes Mal ins Schwärmen, wenn von dir die Rede war. Und Recht hat er. Ich teile seine Meinung ganz und gar." Lachend nahm er ihre Hand und drückte seine Lippen auf den weißseidenen Handschuh. „Lass es gut sein, meine Liebe, es ist noch nichts Endgültiges über Frankreichs Geschick entschieden. Im nächsten Jahr wird zu Wien noch einmal konferiert, und ich hoffe zu Gott, dass dort alle Interessen unter einen Hut gebracht werden können." Carl August schloss mit einem Seufzer und stieß den Kutscher noch einmal mit dem Krückstock an. „Los, Konrad, lass die Rappen traben. Sie sollen mal ordentlich die Eisen zeigen."

Der Wiener Kongress begann zögerlich. Sechs Monate ist Napoleon bereits auf Elba und exerziert zum Zeitvertreib seine Miniaturarmee, ehe die Herren in Wien sich anschicken zu ersten diffusen Verhandlungen am runden Tisch Platz zu nehmen.

Man weiß nicht recht, worüber man sprechen soll. Das Wort von der ‚Einheit Deutschlands' geistert durch die Konferenzräume, aber wer würde, Kaiser, König oder kleiner Fürst, auch nur ein Jota seiner Machtbefugnisse, geschweige denn einen Fußbreit seines Besitzes dafür aufgeben? So bleibt es denn auch nur ein Wort.

Ein einigermaßen umrissenes Programm hat eigentlich nur Talleyrand mitgebracht, der dem neuen König von Frankreich wieder als Außenminister dient.

1. Sardinien soll nicht von Österreich geschluckt werden.
2. Neapel soll seinen früheren Herrschern zurückerstattet werden
3. Russland darf nicht ganz Polen schlucken.
4. Preußen darf nicht ganz Sachsen schlucken.

5. Polen soll nicht geteilt werden, eine Verfassung erhalten, und unabhängig bleiben.

Aber außer dem Gastgeber der Veranstaltung, Klemens Wenzel Fürst von Metternich, hört ihm kaum jemand zu. Der Wiener Kongress ähnelt weit mehr einem gesellschaftlichen Ereignis denn einer Arbeitstagung. Die Wiener Hofburg beherbergt in diesen Tagen und Wochen gleichzeitig zwei Kaiser, zwei Kaiserinnen, vier Könige, eine Königin, zwei Thronerben, zwei Großfürstinnen und drei Prinzen, die Fürstlichkeiten geringeren Grades kaum zu zählen, die Anzahl der Höflinge und des Gefolges nur zu ahnen. Nur ein Bruchteil von ihnen nahm an Konferenzen teil oder hatte in ihnen gar etwas zu sagen. Das Vergnügen stand im Vordergrund, der Prater, der Heurige und die Wiener Waschermaderln. Unter den adligen Herren, jung und alt, gibt es viele, die die Gunst der letzteren suchen und im Gegenzug großzügig für deren weiteres Fortkommen sorgen. Unter ihnen nicht zuletzt Zar Alexander, der sich in Wien pompös als Weltbefreier feiern lässt, und das weniger am Verhandlungstisch als in den Ballsälen. Dort herrschen Russlands Zar und der Wiener Walzer.

Herzog Carl August machte sich im September 1814 auf den Weg, um am Treiben in Wien teilzunehmen. Noch glaubte er an inhaltlich schwerwiegende Beschlüsse zur Neugestaltung Europas.

„Wir werden einen gerechten Frieden mit Frankreich bekommen", dozierte er vor seiner Abreise Luise gegenüber, mit der er wie in alten Zeiten am liebsten seine Gedanken austauschte, „Frankreich wird wieder in seinen alten europäischen Rang eingesetzt werden."

„Gott geb's", bestätigte Luise, „und sei es auch unter den Bourbonen, wenn sie 1814 von 1789 zu unterscheiden gelernt haben."

„Wir werden mit England wieder freien Handel treiben dürfen", steigerte Carl August sich weiter in Begeisterung, „und dadurch wird die Welt sich uns eröffnen,

Indien, Asien, Übersee..." schwärmte er in jugendlichem Eifer, wie er einem bald Sechzigjährigen kaum anstand. „All das wird sich auch auf Weimar auswirken", spann er den Faden weiter und war damit bei seinem Lieblingsthema, der Verfassung, an deren Gestaltung er mit dem Minister von Müller so lange schon arbeitete. „Weimar wird allen anderen kleinen Fürstenstaaten vorangehen! Ich hoffe in Wien auf Zuhörer für meine Vorschläge: Wehrpflicht, Pressefreiheit und Vertretungen aller drei Stände. Der Bauer muss auch ein Wort beitragen dürfen."

„Und nicht zu vergessen die Steuerreform", warf Luise den Punkt ein, der ihr besonders am Herzen lag, „Besteuerung auch der adligen Grundbesitzer! Es darf nicht weiter so sein, dass einzig das kleine Wörtchen ‚von' darüber entscheidet, wer Steuerlast zu tragen hat und wer nicht." Luises Empfinden für Tradition und Herkommen, so ausgeprägt es auch war, trübte nicht ihren Blick für das Unangemessene.

Ein neues Steuerrecht stand also mit auf des Herzogs Liste, als er die Reise antrat. Doch in Wien angekommen, klang auch an sein Ohr an Stelle trockener Formulierung von Statuten, der Wiener Walzer. Immerhin müht er sich redlich, seine Ziele und Vorstellungen zu Gehör zu bringen, stellt sich tapfer jedem Für und Wider, nimmt tagelang, wochenlang an schleppenden, lustlosen Beratungen teil und kommt endlich in einem Brief nach Hause zu dem Schluss:

Sie haben weder den Mut, sich zu entzweien, noch den Verstand, sich zu verständigen.

Enttäuscht darüber, dass seine Vorstellungen vom modernen Fürstentum kein Echo finden und von Natur gegen die Genüsse des Lebens nicht gerade mönchisch gewappnet, stürzt auch er sich ins Vergnügen, und zwar im Rhythmus des Dreivierteltakts.

Der Winter bricht herein, man tanzt und tanzt. Ganz Wien dreht sich zu Walzermelodien. Es wird Frühjahr, und eben ist Metternich dabei, die linksrheinischen Gebiete zu verschachern. Wer soll sie bekommen? Bayern, Baden oder Westfalen? Oder soll man gar ein Königreich der Niederlande gründen? Da stört ein Saaldiener die Konferenz.

„Was zum Teufel...?" wehrt sich der Fürst ungeduldig.

„Ein Bote, Euer Durchlaucht, direkt von Frankreich."

„Meinetwegen. Er soll eintreten."

Der Bote ist nicht aus Frankreich, er ist aus Genua, vom dortigen kaiserlich-königlichen Generalkonsulat, und er meldet: Kaiser Napoleon ist von Elba entflohen.

„Das kann nicht sein", wiegelt Metternich hochmütig ab, „was sollte seine Flucht für einen Sinn haben? Er bekäme keinen Fuß auf französischen Boden!"

Nach dem Motto, dass nicht sein kann, was nicht sein darf, wurde die Meldung unter dem Teppich gehalten. Der Kongress tanzte weiter, niemand war beunruhigt. Nur dem Herzog von Weimar war der Walzertakt vergangen. Ihm schienen warnend die Geschütze und Kanonen in den Ohren zu dröhnen, die nun bald wieder zu Wort kommen würden. Napoleon zu unterschätzen, war in seinen Augen der größte Fehler, den man jetzt machen konnte. Außer dem Herzog von Weimar gab es unter all den Herren, die in Wien versammelt waren, nur noch einen, der so dachte wie er. Sein Name war Arthur Wellesley, aber die Welt wird sich seinen Namen besser merken als Herzog von Wellington. Er erhob seine Stimme, und die Geigen von Wien verstummten. Stattdessen eilte ein jeder, der eine Uniform trug, zu seinem Regiment, wo immer es stand. Das war das Ende des Wiener Kongresses.

Belle-Alliance

Carl August, derzeit ohne Kommando, brach in Wien seine Zelte sofort ab und kehrte nach Weimar zurück. Dort angekommen, suchte er nicht wie in früheren Zeiten zuerst das Deutschritterhaus auf, sondern ließ sofort beim Schloss vorfahren. Die Familie, erfreut über die unerwartete Heimkehr, lief von allen Seiten zusammen, ihn zu begrüßen. Dann aber brach sich allseits die Sorge Bahn.

„Ist es also wahr, was man allerorts munkelt?" rief Luise als Erste.

„Was munkelt man denn?" hielt sich Carl August noch etwas bedeckt.

„Man munkelt nicht", übertönte Maria Pawlowna keck die Schwiegereltern, „man pfeift es bereits laut von allen Dächern: Napoleon floh von Elba! Was in aller Welt sagt der Zar, mein Bruder, dazu? Was wird er unternehmen? Ist er noch in Wien?"

Carl August war von ihrer vorlauten Art nicht sehr angetan. Das war nicht mehr das niedlich schüchterne kleine Ding, das er einstmals so ins Herz geschlossen hatte. So kam seine Antwort jetzt ein wenig patzig.

„Alexander? Der sitzt beim Heurigen, in jedem Arm ein Mädchen! Dass uns der Korse entwischt ist, wird er schon merken, wenn er wieder nüchtern ist."

„Dann ist es also wahr", kam es leise von Luise, „und alles wird von vorn beginnnen... das Marschieren und Schießen, das Töten..." Die tiefe Enttäuschung war ihr anzuhören. Ihre Gedanken gingen zu all den Menschen, über die sich erneut Leid und Trauer breiten wird. „Ich hatte so gehofft..." seufzte sie, und Carl August legte wie schützend einen Arm um ihre Schulter.

„Wir alle hatten gehofft, Luise, dass endlich ein Ende sei... aber solange Ehrgeiz und Machtgelüst die Menschen treibt..."

„Es ist wohl die Geschichte vom Garten Eden", meldete sich Carl Friedrich mit ruhiger Stimme zu Wort,

„vom Paradies, aus dem wir für alle Zeit vertrieben sind. Was wirst du tun, Vater?"

„Ich werde..." Aber er kam nicht weiter, denn energisch wie selten fiel Luise ihm ins Wort.

„Nichts wirst du tun, mein Lieber! Du hast allemal den Kopf hingehalten! Du bist neunundfünfzig Jahre alt, und mit deiner Gesundheit steht es nicht zum Besten! Lass diesen Knoten andere lösen, ich bitte dich, Carl August!"

„Na, na, Luischen, bist du so besorgt um mich?" fragte er neckend, „oder willst du nur, dass ich nicht wieder Haus und Herd verlasse?"

Doch sie blieb ernst.

„Das eine wie das andere, beides gleichermaßen. Ich denke, es gibt Jüngere, die sich jetzt bewähren sollten."

Er wusste, dass sie es gut meinte. Aber gleich zweimal an sein Alter und damit an sich anbahnende Hinfälligkeit erinnert zu werden, das tat ihm weh. Er trat ans Fenster und sah hinaus über den weiten Schlosshof bis hin zu den Schilderhäuschen, die den Hof begrenzten. Die Wache trat eben zum Wachwechsel an.

„Vielleicht hast du Recht", sagte er, ohne sich umzuwenden, „andere mögen sich jetzt bewähren." Und plötzlich war er sehr, sehr müde.

Napoleon setzte unterdessen nicht nur einen Fuß auf französischen Boden, sondern wurde von den Franzosen mit ungeahntem Enthusiasmus empfangen. Auf seinem Weg von Süd nach Nord hefteten sich mehr und mehr Menschen an seine Fersen. Als er nach zwanzig Tagen Fußmarsch Paris erreichte, stand erneut ganz Frankreich hinter ihm.

Ludwig war nach Gent entflohen, die Türen zu den Tuilerien standen weit offen. Nach dem ‚vive le roi', das man nur ein knappes Jahr hörte, erschallt es allerorten wieder laut ‚vive l'empéreur!' Hätte Napoleon außenpolitisch jetzt Ruhe gehalten, sich nur der Verwaltung des Landes gewidmet, die Geschichte hätte einen anderen

Verlauf genommen. Aber ein Mann, der sich selbst für den besten Soldaten der Welt hielt und von dem man den Ausspruch hörte: ‚Eine Million Gefallene können mich nicht aufhalten!', der bleibt nicht in seiner Hauptstadt hinter dem Schreibtisch sitzen. Noch weiß man nicht, wohin er sich wenden wird. 700 000 Österreicher, Preußen, Russen stehen gewissermaßen im Bogen gestreut parat, aber Bonaparte, der etwa 200 000 Mann unter Waffen vorgefunden hatte, marschiert mit 70 000 von ihnen in die Niederlande ein, genau in jene Gebiete, die der Herzog von Weimar vor Jahresfrist von Franzosenherrschaft befreite. Und dort, bei einem kleinen Weiler, kaum ein Dorf, mit dem bedeutungsvollen Namen Belle-Alliance trifft er auf britisch-hannoveranische Truppen von gleicher Stärke unter dem Kommando Wellingtons. Eine fürchterliche Schlacht entbrennt. Die Abwehr zu geschlossenen Karrees aufgestellt, dem Angriff todesverachtender Kavallerie ausgesetzt, über allem das Bersten und Heulen der Kanonen. Stunde um Stunde fallen die Reihen, stürzen die Reiter, formiert sich der Angriff von neuem. Die Franzosen glühen vor Hass, Wellington, hält Stand, aber zum Sieg reicht es nicht. Wo bleibt Generalfeldmarschall von Blücher, der Entsatz versprochen hat? Es wird Mitttag, drei Uhr, vier Uhr, sechs Uhr, die Männer sind zu Tode erschöpft, da entfährt es Wellington wie die Legende es erhalten hat:

„Ich wünschte, es würde Nacht oder die Preußen kämen!"

Endlich sah man die schrägen Strahlen der sinkenden Sonne durch die Rauchschwaden schimmern und das Bild des Schlachtfeldes zur Camera obscura werden, in der einzelne Gestalten rußgeschwärzt und ins Riesige vergrößert vorüberhasteten. Und da waren die Preußen! Selbst geschwächt von vorangehenden Kämpfen, aber als Zünglein an der Waage ausschlaggebend. Eine weitere Stunde vergeht, und Napoleon ist geschlagen, ein für alle Mal.

Diesmal ist eine ferne Insel im südlichen Atlantik, ganze sechzehn Quadratmeilen groß, sein Verbannungsort. Und Napoleon erinnert sich an einen Seufzer, den er tat, bevor er bei Belle-Alliance zum letzten Mal in die Schlacht, auch die Schlacht von Waterloo genannt, zog:

„Hoffentlich werde ich mich niemals nach Elba zurücksehnen müssen!"

Großherzog von Weimar

Noch im gleichen Sommer traf ein gewichtiges Dokument, fünffach gesiegelt, in Weimar ein. Es wurde dem Herzog übergeben, der soeben mit der Herzogin seinen Nachmittagskaffee einnahm. War dies in früheren Zeiten immer eine äußerst gesellige Mahlzeit gewesen, an der nicht genug Gäste teilnehmen konnten, so war es längst die Stunde, in der Carl August, kränklich und hinfällig, seine Ruhe haben wollte. Zur Gesellschaft wünschte er dann niemanden außer der Herzogin, und so musste Luise den Kuchen schneiden und die Tassen füllen, was sie nur zu gerne tat.

„Was kommt uns denn da ins Haus geflattert?" fragte sie und maß einen Löffel Zucker in Carl Augusts Tasse.

Carl August wendete das gefaltete Papier hin und her, anscheinend wenig interessiert.

„Es kommt aus Wien", bemerkte er trocken.

„Aus Wien?" Luise stellte die Zuckerdose ab. „Ja, so öffne doch um Himmels willen? Was kann aus Wien für Nachricht kommen?"

Carl August, schmunzelnd über ihre Ungeduld, hielt das Schreiben ungeöffnet hoch in die Luft.

„Da sieh mal einer an", lachte er, „wirst du auf deine alten Tage gar noch neugierig, Luischen?"

„Ach was, ich meine nur... vielleicht ist's ja vom Kaiser..."

„Welchem Kaiser, Luise? Dem von Österreich? Denn einen deutschen Kaiser haben wir ja nicht mehr, wie du weißt."

„Kaiser von Österreich, Kaiser des Deutschen Reiches, gleichwie. Nun öffne schon das geheimnisvolle Ding, Carl August!"

Tatsache war, dass der Habsburger Kaiser in Frankfurt einmal als Franz II. zum Deutschen Kaiser gewählt worden war, aber seit Napoleon das Deutsche Reich zerschlug, nur noch als Franz I. österreichischer Kaiser ist. Was an Stelle des Altbewährten dann im Wiener Kongress beschlossen wurde, war der Zusammenschluss aller neununddreißig Fürstenstaaten und Freien Städte unter dem neuen ‚Deutschen Bund', dessen Austragungs- und Versammlungsort wieder Frankfurt ist.

„Nun öffne schon, ich bitte dich", drängte Luise.

Gemächlich kam Carl August ihrem Wunsch nach, brach Siegel für Siegel und entfaltete das Dokument.

„Nun, was enthält das Schreiben?"

Carl August ließ sich nicht drängen. Sein Blick glitt über die Seite hin, dann hörte man ihn murmeln:

„Also doch..."

„Also doch was, Carl August?"

„Weimar ist Großherzogtum geworden, Luise, du bist nun Großherzogin, ich Großherzog."

„Aber das ist wundervoll", freute sich Luise, „dann ziehen wir all den anderen gleich, die schon seit längerem erhöht sind."

„Genaugenommen seit 1806, Luise, und das ist der Punkt. Ich sagte Fürst Metternich bereits..."

„Du hast also schon in Wien davon gewusst?" kam es vorwurfsvoll.

„Nun, ja und nein. Es wurde davon gesprochen, ich solle für meine strikte Haltung gegen jede Form französischer Annektion geehrt werden. Ich aber antwortete Metternich, ich wolle bleiben, was ich bin, da es ja vor

Standeserhöhungen nur so wimmelt: Bayern, Württemberg, Baden... Nun sehe ich, man hat es sich anders überlegt."

„Aber", suchte Luise der Neuigkeit ihre glänzende Seite abzugewinnen, „damit wären wir die Einzigen, die ihre Erhöhung nicht der Gnade Napoleons zu verdanken haben."

Carl August auf dem Balkon des Residenzschlosses in Weimar

„So oder so, es wird viel Arbeit geben", seufzte der neue Großherzog.

„Arbeit, Carl August…?"

„An Stelle eines Geheimen Rates muss ich jetzt ein Staatsministerium haben… ich denke, Goethen werde ich zum Staatsminister machen und den kleinen Müller zu meinem Kanzler, wenn er auch…"

Carl August schmunzelte in sich hinein, da er daran dachte, wie sein jüngster Regierungsrat insgeheim immer für den großen Napoleon geschwärmt hatte. Aber er war gescheit, konnte sich durchsetzen und würde sich als Kanzler bewähren. Der Großherzog war also in Gedanken schon ganz und gar dabei, sein neues Reich zu zimmern.

Luise schenkte derweilen ihrem Großherzog vom herrlich duftenden Kaffee nach und beugte sich absichtlich weit zu ihm hinüber.

„Darf ich?" fragte sie und nahm das Ernennungsdekret auf, um selbst einen Blick darauf zu werfen. „Sieh nur", wies sie auf eine Stelle des Dokuments, „mit dem neuen Rang ist die Anrede ‚königliche Hoheit' verbunden! Aber das kommt mir doch recht eigen vor…"

„Da siehst du mal", lachte Carl August, „man belohnt mich, weil ich versuche, zeitgemäß zu denken und zu handeln, und kann sich doch vom alten Plunder nicht lösen."

Im Grunde waren ja beide, Luise wie Carl August, Kinder der Tradition, wenn auch mit viel Empfinden für neue Strömungen.

„Nun ja", lächelte Luise endlich ein wenig verlegen, „schlecht klingt es ja nicht gerade: Königliche Hoheit…"

„Ach was", schnaubte er in gespielter Entrüstung, „Hoheit allein genügt vollkommen… am liebsten allerdings, das muss ich gestehen, höre ich die Anrede ‚General'… noch lieber ‚Generalfeldmarschall', aber den werd' ich wohl nicht mehr schaffen…"

„Carl August, untersteh dich", drohte nun sie in gleicher Pose, „du bist… sagen wir… in reifen Jahren und schon ein wenig invalid, mein Lieber. Bleib mir im Lande und regiere es redlich."

Im weiteren nahm Carl August dann die Gelegenheit der Umgestaltung seiner Regierung wahr, dem Land die lang geplante Verfassung zukommen zu lassen. Eine eigens zur Beratung über ein Grundgesetz einberufene Versammlung arbeitete Tag und Nacht. Der englische Parlamentarismus diente ebenso als Richtschnur wie ein Blick nach Übersee auf die amerikanischen Verhältnisse.

Am 6. Mai 1816 ist es beschlossen, ausgefertigt und gedruckt, das neue Verfassungswerk des Großherzogtums Sachsen-Weimar. Es enthält in erster Linie die geplanten Punkte Pressefreiheit, Stimmrecht des Bauernstandes und Besteuerung adliger Grundbesitzer.

Fast ein Jahr lang versuchen konservative Kräfte, vor allem aus Österreich, die neuerdings notwendige Bestätigung der Akte zu verhindern, aber endlich am 13. Mai 1817 erfolgt die Anerkennung des Verfassungswerks vom Bundestag in Frankfurt.

War Weimar auch arm und mochte kulturell den Zenit überschritten haben, in seiner neuen Regierungsform aber galt es jetzt als mustergültig und sein Großherzog als frühliberal. Der eine oder andere Fürst im Deutschen Bund ist bereits willens, seinem Beispiel zu folgen. Aber im eigenen Umkreis ist nicht jedermann der Meinung seines Landesherrn.

Wo Carl August nach vorn drängte, jede Anregung zur Weiterentwicklung aufnahm, war es Goethe, der bremste und festhielt. Hatte der Freiherr vom Stein schon einmal über den Dichter gespottet: „Still, still, nur kein Wort über Politik! Das mag der große Alte gar nicht!", so klangen Goethes eigene Worte wie der Ruderschlag gegen die Fahrtrichtung:

Lasst uns so viel als möglich an der Gesinnung festhalten, in der wir herankamen! Wir werden die Letzten einer Epoche sein, die so bald nicht wiederkehrt.

Recht oder Unrecht, Carl August dachte anders, wenn er es auch der Freundschaft, die so lange nun währte, nicht anrechnete. Und wo stand Luise in ihrer Anschauung der Dinge? Sie schwankte wohl ein wenig zwischen beiden. Aber mit ihrer Äußerung; es sei so, wie die Dinge nun einmal liegen, ein Gebot des Anstands seinen Untertanen gegenüber, ihnen auf alle erdenkliche Weise Freiheit und Gerechtigkeit angedeihen zu lassen, stellt sie sich eindeutig auf die Seite ihres Gemahls.

Einzig ein Punkt der auf fünfzehn eng bedruckten Buchseiten festgehaltenen Gesetzesartikel, nämlich ausgerechnet die Pressefreiheit, führte dann zu Komplikationen. Die schon immer gärende Masse der Studenten von Jena, anfangs froh, überhaupt einmal die Stimme erheben zu dürfen, nutzte das Recht der freien Feder alsbald aus, um Autorität jeglicher Art grundsätzlich zu untergraben. Im Wechsel von Duellen zu Turnübungen wächst eine vaterländisch-demokratische Tendenz heran, die sich in Wort und Schrift Luft macht. Man ruft lauthals nach einem geeinten Deutschland. Dem Großherzog klingt es nicht verwerflich im Ohr, aber Gegner liberalen Gedankenguts spotten bereits, es handle sich nicht mehr um ‚Pressefreiheit‘, sondern um ‚Pressefrechheit‘.

Carl August muss reagieren, da auch er den Beschränkungen durch den Bundestag unterliegt. Aber wie weit kann er der Pressefreiheit Zügel anlegen, ohne sie als solche unglaubhaft zu machen? Die Aufrührer will er in ihre Schranken weisen, die Turner unter Vater Jahn aber fördern. Als diese ihn um die Schlüssel zur Wartburg bitten, um dort an Luthers Zufluchtsort der Reformation zu gedenken, gibt Carl August nicht nur den Schlüssel, sondern auch Lebensmittel und ein paar Fuder Holz zum Heizen. Mitte Oktober 1817 wallfahren sechshundert Studenten auf die Burg hinauf, feiern Luthers Wort und fordern wie er Umbruch und Erneuerung. Noch verläuft das Fest in burschenschaftlich vorbildlicher Disziplin, erst nach Abschluss des offiziellen Teils, außerhalb der heiligen Stätten, brennen Siegesfeuer und Scheiterhaufen, nicht allein gespeist vom herzoglichen Holzdeputat, sondern zu sichtbarem Protest Gesetzesbücher, Aktenstücke und Polizeidokumente, symbolisch darunter ein hessischer Militärzopf, eine Ulanenschnürbrust und ein Korporalstock. Über allem ließen sie schwarz-rot-gold eine Fahne wehen.

Tadel und Einspruch aus Wien und Frankfurt erfolgen prompt. Noch will Carl August die Studenten nicht fallen lassen. Sie sind jung, überschäumend, messen ihre Kräfte, so war er selbst auch einmal. Selbst Luise verteidigt indirekt die Burschenschaft.

„Wir leiden lediglich darunter, dass die angeblichen Auswüchse dieses Festes von jenen übertrieben werden, die daran interessiert sind, unserem Ruf zu schaden. Der Großherzog hat sich in jeder Hinsicht korrekt verhalten."

Des Großherzogs Juristen beginnen einen langen, von unanfechtbaren Episteln begleiteten Streit, der sich im Dunkel von Meinung und Gegenmeinung, von Rede und Gegenrede verliert, ja im Grunde ausgeht wie das Hornberger Schießen. Doch Carl August, dessen liberale Neigungen nun in die Öffentlichkeit getragen und ins Überdimensionale projiziert wurden, fühlt sich unter den Fürsten isoliert, wenn nicht sogar gemieden. Aber er wusste es von der rechten Seite zu nehmen.

„Weißt du, Luise", sagte er, „war ich schon dem Napoleon zu Zeiten manchmal unbequem, warum sollte ich es dem Metternich und seinen Herren nicht auch sein?"

Es ist ein Schnitter, der heißt Tod...

Nach altem englischen Brauch liebte Luise es, morgens in der Früh mit einer Tasse gutem, kräftigem Tee geweckt zu werden. So kam jeden Tag, sobald die Sonne am Himmel stand, Jette leise zur Tür herein, trat ans Bett ihrer Herrin und stellte ein Tablett ab mit Tasse, Kanne, Zucker und Milch, wie es sich gehört. Während sie den Tee eingoss, weckte sie die Schlafende mit ihrer tiefen Stimme.

„Aufwachen, Hoheit... aufwachen, mein liebes Kind, die Vögel singen schon... ein neuer Tag beginnt..."

Das klang jedes Mal so zärtlich und ermunternd zugleich, dass Luise, aus tiefstem Schlaf kommend, immer das Gefühl hatte, mit Liebe erwartet zu werden, durch Liebe beschützt, ja von Liebe begleitet zu sein, ganz gleich, was der Tag ihr auch bringen würde. Manchmal war Luise schon halb und halb wach, ehe Jette hereinkam, und lauschte auf das leise Sich-Öffnen der Tür, ihren behutsamen Schritt, der sich in letzter Zeit schon manchmal recht schlurfend anhörte, und dennoch treue Fürsorge und, mehr noch, mütterliche Hingabe verhieß.

An einem ersten kalten Januartag öffnete sich wie sonst auch leise und pünktlich die Tür zum Schlafgemach der Großherzogin. Jemand trat ein, aber der Schritt, der in Luises Träume drang, war, wenn auch rücksichtsvoll, so doch fest und sicher. Jemand stellte wie alle Tage das Tablett auf einem Tischchen neben dem Bett ab, aber wo Jettes alte Finger oft unsicher hantierten und daher Tasse und Teller klirrten, wurde heute der Tee mit sicherem Griff eingeschenkt, und die Tasse blieb ruhig. Noch schläfrig öffnete Luise die Augen, setzte sich dann aber sogleich kerzengerade auf.

„Wöllwarth! Was machen Sie hier?"

Ja, es war die Gräfin Wedel, die Luise noch immer bei ihrem Mädchennamen nannte. Ihr Erscheinen erweckte tiefsten Argwohn bei Luise.

„Wo ist Jette, Wöllwarth? Warum bringt sie nicht den Tee?"
„Hoheit... ich fürchte, Jette wird..."
„Wöllwarth, reden Sie schon!"
„Jette wird nie mehr morgens den Tee bringen, Hoheit..."
Luise hatte in all den Jahren Gräfin Wedel, geborene von Wöllwarth, niemals weinen sehen. Jetzt aber, da sie leise die Vorhänge beiseite zog, fiel der Morgen auf ihr verweintes Gesicht.
„Jette ist tot, Hoheit, der Schlaf hat sie ganz leise mit hinübergenommen."
„Jette tot, meine Jette?" Luise klang heiser, aber seltsamerweise kamen ihr diesmal nicht wie sonst verzweifelte Tränen. Was sie empfand, glich eher dumpfem Unglauben, kindlichem Nichtverstehen. Ein Leben ohne Jette war unvorstellbar, war jenseits aller Möglichkeiten. Drum klang es fast zu sachlich, als Luise meinte:
„Die arme alte Jette... sie muss an die achtzig gewesen sein..."
„Sie war sechsundachtzig, Hoheit", korrigierte die Gräfin streng.

Die Großherzogin ließ ihrer getreuen Dienerin in der Schlosskapelle eine Trauerfeier ausrichten, und im Gegensatz zur sonstigen Scheu vor jeder Art von Öffentlichkeit saß sie vornan in ihrer Loge, für jedermann an ihren Zügen ablesbar der Kummer über den Verlust ihrer mütterlichen Gefährtin.
Vergeblich suchte Luise ein Leben ohne Jette zu erlernen. Immer wieder kamen ihr die Zeilen eines uralten Liedes aus dem siebzehnten Jahrhundert in den Sinn:

Es ist ein Schnitter, der heißt Tod
hat Gewalt vom großen Gott
bald wird er drein schneiden,
wir müssens erleiden.
Hüt dich, schöns Blümelein!

Und immer wieder stellte sie sich die Frage aller Fragen: Warum verlassen sich die Menschen gegenseitig? Warum muss einer vor dem anderen gehen, muss einer ohne den anderen weiter bestehen?

Der Winter war auch in diesem Jahr hart wie stets im Thüringischen, der Schnee lag hoch, Verwehungen machten das Durchkommen auf den Straßen schwer. So traf ein Bote, der am zwanzigsten Januar aus Schwerin abgeritten war, erst vier Tage später in Weimar ein. Er übergab im Schloss einen Brief, der, schwarzumrandet, den Eltern mitteilte, dass sie auch die letzte Tochter verloren hatten: Die Erbgroßherzogin Caroline Louise von Mecklenburg-Schwerin, geborene Prinzessin von Sachsen-Weimar-Eisennach, war in ihrem einunddreißigsten Jahr aus diesem Leben geschieden. Diesmal kamen die Tränen. Fast wohltuend strömten sie über die schon ein wenig welk werdenden Wangen der sechzigjährigen Großherzogin. Aber in all ihrem Schmerz schien es plötzlich eine Lösung zu geben für den doppelten Verlust.

„Jette ist unserer Caroline vorausgegangen, um sie drüben zu empfangen und ihr zu dienen, wie sie mir gedient hat."

„Nun ja, wenn du meinst, Luischen…" So ganz konnte sich Carl August mit der etwas kindlichen Form des Trostes nicht einverstanden erklären, war er doch mehr auf handfeste Weise dem Unabänderlichen geöffnet. Luise aber lächelte unter Tränen und wie zur Bestätigung klangen ihr auch die letzten Worte des Liedes im Ohr:

Wann Sichel mich letzet, so werd ich versetzet
in den himmlischen Garten, darauf will ich warten
Freu dich, schöns Blümelein.

Im gleichen Jahr schwang der Schnitter Tod ein drittes Mal seine Sense und nahm ein Leben mit sich. Christiane von Goethe war ganz plötzlich verstorben. Goethe, stumm vor Trauer, vermerkt in seinem Tagebuch lediglich:

Du versuchst, o Sonne, vergebens, durch die düsteren Wolken zu scheinen!
Der ganze Gewinn meines Lebens ist, ihren Verlust zu beweinen.

Der himmlische Garten

Die Waagschale des Glücks neigte sich dann noch einmal, als im Sommer des Jahres 1818 der lang ersehnte Enkel, ein künftiger Großherzog von Weimar, geboren wird. Das Kind ist gesund, hat keinerlei Schwierigkeiten, mit lautem Siegesgeschrei und kräftigen Atemzügen seinen Weg in diese Welt anzutreten. Wie wenig selbstverständlich das ist, weiß Großmutter Luise nur zu gut und dankt Gott für den gesunden Jungen.

Carl Alexander von Sachsen-Weimar nun heranwachsen zu sehen, erfüllt die Großeltern mit großer Freude, waren sie sich doch einig in dem Gefühl, dass es hohe Zeit wurde, die Nachfolge gesichert zu wissen. Beide, Carl August wie auch Luise, haben mit ihrer angeschlagenen Gesundheit zu kämpfen. Und beide ahnen die Schwäche des anderen.

Luise weiß, er ist nicht mehr jung, ihr Großherzog, er hat fünfzig schwere Jahre sein Land regiert, ist fünfzig Jahre lang mit ihr, der Großherzogin, verheiratet, die er als Ausdruck ihrer innigen Verbindung scherzhaft sein ‚untrügliches Hausorakel' nennt. Sein Freund Goethe schildert den Großherzog, wie er, einfach gekleidet, in Stiefeln und Loden, eine Schirmmütze auf dem Kopf, seinen Lieblingshund zur Seite, noch immer am liebsten ohne jede Begleitung zu Fuß durch Weimar schlendert oder in einem nahen Gasthof einkehrt.

„Er mag daherkommen wie ein Bauer", sagt er von ihm, „aber sobald ein Problem seinen Geist fordert, kehrt er den Fürsten heraus."

In Luises Beobachtung, wenn auch voll stolzer Anerkennung, verbirgt sich aber eher Sorge um den Zustand ihres Mannes.

Unser diesjähriger Landtag ist eröffnet worden, schreibt sie ihrem Bruder, *Carl August hat sitzend seine Rede gehalten, kurz, treffend, so wie sie sein muß. Er sprach auch mit starker Stimme und deutlicher Betonung, für alle gut vernehmlich, aber stehend zu sprechen hätte ihn zu sehr angestrengt.*

Sie hat Recht. Die Ärzte bestätigen ‚beengte Respiration' und ‚Brustkrämpfe', was soviel heißen will wie Herzasthma. Vom gelegentlichen Bierkrug aber und den schwarzen Zigarren, die die geliebte Pfeife abgelöst haben, will der Großherzog nicht lassen.

Luise hingegen, in letzter Zeit häufig unter Kopfschmerzen leidend, ist des öfteren ohne jeden sichtbaren Anlass gestürzt und hat sich dabei mehrfach verletzt. Die Ärzte regen an, sich nochmals einer Kur zu unterziehen und empfehlen diesmal Baden, im Talkessel der Oos gelegen, das als Kurort in der Gesellschaft soeben der letzte Schrei ist.

Carl August plant derweilen, sich in Berlin bei Hofe zu zeigen, da der König ihm seinen Rang als preußischer General bestätigte und ihm ehrenhalber das 8. Kürassierregiment überstellte.

Doch beide haben kein gutes Gefühl, sich noch einmal zu trennen. Sie haben in all den Jahren nicht gelernt, sich zu offenbaren, spüren nur undeutlich, wie unentbehrlich sie einander sind und wie der eine des anderen Freund geworden.

Wie sehr sich etwas in Luise sträubt, Weimar eben jetzt zu verlassen, liest man in ihren Briefen an den Bruder, die getreulich all ihre Gefühle widerspiegeln. Da nennt sie die neuerliche Badereise *einen Abgrund, in den ich mich stürzen werde.* Und sie kritisiert im Voraus: *Es muß doch lächerlich erscheinen, mich mit meinem alten Gesicht so viel Wert auf die Herstellung meiner Gesundheit legen zu lassen!* Auch der Ort Baden ist ihr nicht geheuer: *Und im übrigen werde ich mir unter all den in Baden versammelten Potentaten und Fürstlichkeiten vorkommen wie eine Ostgotin.*

Der Humor hat sie also nicht verlassen. Aber die Ärzte drängen Luise, die Kur anzutreten, und so sieht auch Carl August keinen Grund, seine Reise, die er schon zweimal aufschob, nochmals aufzuschieben.

Luise, wieder einmal ihrem Auftreten als Großherzogin entsprechend ausgerüstet, in Begleitung ihrer Damen Henckel und Wedel, ist zur Abreise bereit. Zum Abschied umarmt sie ihre Enkelkinder, erlaubt Sohn und Schwiegertochter den Wangenkuss und lässt sich von Carl August die Hand küssen. Gefühle zu zeigen, ist nach wie vor nicht ihre Stärke, und sie gehören auch nicht zu einem Abschied vor aller Augen.

„Adieu, Gott schütze dich."

„Adieu, Luischen, bleib mir schön brav!" Scherzhaft droht ihr Carl August mit dem Finger und lacht sein altes jungenhaftes Lachen. Aber seine Augen bleiben ernst.

Luises weißer Handschuh winkt noch eine Weile, als die Pferde schon anziehen und der Wagenzug vom Hof rollt.

„Ein paar Wochen nur, und ich bin wieder zurück", macht sie sich selber Mut, aber es klingt verzagt.

„Gewiss, Königliche Hoheit, gewiss..." echot Gräfin Henckel.

Aber Gräfin Wedel, die Wöllwarth, schweigt.

Auch Carl August reist ab, äußerst bescheiden unter Stand equipiert. Berlin bringt dann dem Herzog zwar ‚viel Ehr', aber auch große Anstrengungen. Er lässt sich beim König melden, wird von Friedrich Wilhelm nicht nur herzlich aufgenommen, sondern überschüttet von

Revuen, Paraden, Manövern, Festessen, Theaterbesuchen und derlei mehr. Ein jeder möchte den alten Herrn sehen, er hat auf Empfängen viele Hände zu schütteln. Und er trifft, was er sich schon lange gewünscht hat, mit Alexander von Humboldt zusammen, und dieser, wohl seinerseits auch beeindruckt, erzählt später von diesem Zusammentreffen:

„Wir saßen mehrere Stunden zusammen auf dem Kanapee und sprachen. Der Herzog stellte mir Fragen über Physik, Astronomie, Meteorologie, über die Mondatmosphäre, über den Einfluss von Sonnenflecken und die innere Erdwärme, und ob man sie nützen könne. Er schien heiter, aber doch sehr erschöpft. Mehrmals war er trotz des geistigen Interesses am Einnicken, dann wieder sprang er unvermittelt auf und sagte, er wolle jetzt sogleich an seine Gemahlin schreiben. Er machte den Eindruck von Unruhe und Überanstrengung, gab sich aber äußerst freundlich. Wir kamen auch auf religiöse Fragen, und mit einem Mal rief er vehement aus: ‚Ein Tor ist, wer an keinen Gott glaubt!'

Auf der Rückreise von Berlin hegt Carl August plötzlich den Wunsch, das Militärgestüt Graditz bei Torgau zu besuchen. Das ist kein großer Umweg, man schickt einen Vorreiter, den Besuch anzumelden. Alles ist zu einer pompösen Pferdeschau vorbereitet, als die einfache Kutsche des Großherzogs auf Schloss Graditz einfährt.

Drei Stunden lang lässt Carl August sich die herrlichen Tiere vorführen, besonders die Hengste gefallen ihm.

„Der dort, der wär etwas für meine Stuten", schwärmt er, fährt aber plötzlich mit der Hand durch die Luft und scheint zu schwanken. Sein Gesicht ist aschgrau. Einer der gastgebenden Offiziere, Major von Germar, will ihn stützen.

„Herr General…!"

„Nicht, lieber Germar, es ist nichts." Aber wenige Augenblicke darauf bittet er den Major, ihn auf sein

Zimmer zu führen. Dort, wo er gedenkt, die Nacht zu verbringen, tritt er ans halboffene Fenster.

„Dürfen wir Herrn General etwas servieren lassen?" will Germar hilfreich sein, „vielleicht eine Bouillon für Herrn General?"

„Nein, nein, danke lieber Major, nur einen Atemzug frische Luft..."

Luises Sohn, Großherzog Carl Friedrich von Sachsen-Weimar

„Aber es ist kühl geworden, Herr General sollten..."
Da sieht er seinen Gast leicht in den Knien einknicken, er springt herzu, ihn aufzufangen. Aber der General Carl August, Großherzog von Sachsen-Weimar, ist tot.

Luise, nach Weimar zurückgekehrt, schien mit einem Schlag gealtert. Sie sprach wenig über den Verlust des Mannes an ihrer Seite, dem sie sieben Kinder geboren hatte. Den meisten Trauerfestlichkeiten blieb sie fern, Kondolenzbesuche wurden in der Regel gar nicht erst vorgelassen.

„Ich werde wieder ins Fürstenhaus übersiedeln", teilte sie ihrem erstaunten Stab mit und Carl Friedrichs lebhaftem Einspruch, das Schloss sei doch nun wahrhaftig groß genug, setzte sie mit leiser Stimme, aber keinerlei Widerspruch duldend, entgegen:

„Mein lieber Sohn, du bist jetzt der Regierende, bist Großherzog von Weimar, Königliche Hoheit – und mehr noch: Deine Frau ist jetzt Großherzogin, und sie wird es ausleben wollen, ohne eine Herzoginmutter in ihrem Rücken..." An dieser Stelle mochten Luise wohl Erinnerungen an die ersten Jahre in Weimar überfallen haben, an den latenten Machtkampf zwischen ihr und Anna Amalia, der niemals eine wirkliche Klärung gefunden, aber sie so sehr belastet hatte. „Ihr müsst euch entfalten können", fuhr sie voller Überzeugung fort, „damit ihr diesem Lande Segen bringt. Ihr müsst euch einer neuen Zeit stellen, die neue Maßstäbe setzen wird. Ich habe daran keinen Anteil mehr, außer der Liebe, die ich euch entgegenbringe..." Eine so lange, zusammenhängende Rede sollte man kaum mehr von ihr zu hören bekommen. Doch gerechten Sinnes, wie sie war, bewegte Luise noch eine Frage: „Was ist aus Frau von Heygendorf geworden?"

Gräfin Henckel, an die die Frage gerichtet war, versteifte sich unwillkürlich, denn der Name war seit Jahren bei Hofe nicht mehr gefallen, und sie war auch nicht willens, ihn jetzt zu gebrauchen.

„Die Jagemann…" setzte sie daher zur Antwort an, und Luise ließ es geschehen, „die Jagemann hat die Stadt verlassen, sagt man. Karlsruhe und Dresden haben ihr Bühnenrollen angeboten, aber die herzogliche Rente wird ihr weiter ausbezahlt."

„Nun, dann ist es gut." Luise nickte zufrieden. Damit schien auch dies Kapitel abgeschlossen.

In ihren alten, vertrauten Räumen im Fürstenhaus war das Leben still geworden, hatte Luise im zurückgezogenen Gleichmaß ihrer Tage wohl ihren Frieden gefunden, soweit es ihre Psyche anging. Aber der Körper, da sie die Siebzig überschritten hatte, machte ihr mehr und mehr zu schaffen. Der Kopfschmerz ließ ihr keine Ruhe, und die kurzen ohnmachtsähnlichen Anfälle, bei denen sie zu Boden stürzte, häuften sich. Schon hatte sie dabei einmal eine Hand und zum anderen Mal ein paar Rippen gebrochen. Im Winter setzte ein hartnäckiger Husten ein, der sie wegen der gebrochenen Rippen sehr quälte.

Besucher empfing sie nicht mehr. Nur wenn die Enkel herüberkamen, nach der Großmutter zu sehen, füllte ihr Schwatzen und Lachen noch einmal die stillen Räume und Luises immer einsamer werdendes Herz.

Aber da war noch einer, der diese Einsamkeit ausfüllte oder, besser gesagt, mit ihr teilte: Goethe. Einmal hatten sie wieder eines ihrer langen Gespräche beendet, hatte Goethe sich schwerfällig erhoben und sich vom Diener in Schlapphut und Kragenmantel helfen lassen, war zur Haustür hinaus und die Gasse hinunter davongegangen, da hatte Luise noch eine Weile dem gleichmäßigen Klang seines Krückstocks nachgehorcht.

„Ach", empfing sie die ins Zimmer zurückkehrenden Damen, „es ist seltsam, der Goethe und ich, wir verstehen uns vollkommen. Nur dass er noch den Mut hat zu leben und ich nicht."

Luise wird immer unsicherer auf den Beinen. Als man eben glaubt, die Rippen seien gut verheilt, fällt sie erneut, und sie brechen wieder. Zudem schwellen ihr die Füße an, kein Schuh passt mehr, jeder Schritt wird zum Problem. Sie, die kaum einen Tag im Bett verbracht, verlässt es jetzt kaum mehr. Ihre Schwäche wird immer größer, das Leben scheint in immer leiseren Akkorden dahinzuschwinden. Die Ärzte geben das Zeichen zum Schlussakkord, die Familie versammelt sich im Sterbezimmer. Es wird kein Wort mehr gewechselt, nur Blicke nehmen Abschied. Es ist der 14. Februar 1830, als die Großfürstin-Witwe sanft, ohne jeden ersichtlichen Todeskampf aus dem Leben scheidet.

Mattes Mondlicht erhellt die schwindende Winternacht, als von Fackeln geleitet, vom tiefen Schweigen der Bevölkerung umgeben, der Sarg am Morgen des 18. Februar zur Fürstengruft getragen wird, wo seither Luise und Carl August von Weimar nebeneinander ruhen.

Nun gibt es nur noch Goethe aus dem Trio der langjährigen Freundschaft. Aber auch er, schon recht hinfällig und hadernd mit der Unumkehrbarkeit der Zeitläufte, führt das Dasein eines einsamen alten Mannes. Wenn Besuch kommt, lebt er auf, kommt ins Reden, lässt langatmig die Vergangenheit auferstehen. Nur wenige haben die Geduld, ihm zuzuhören. Und da ist es ausgerechnet Maria Pawlowna, die dann und wann hinübergeht ins Haus am Frauenplan, nach dem Alten zu sehen. Gelegentlich nimmt sie auch Carl Alexander, zu einem hübschen hoch aufgeschossenen Knaben herangewachsen, mit sich, damit er dem ‚Urgestein' in seinen Erzählungen lausche. Kam Goethe dabei aber auf die Herzogin Luise zu sprechen, auf ihre Persönlichkeit, auf die Rolle, die sie in fünfundfünfzig Jahren für Weimar spielte, dann packte er den Erbgroßherzog schon mal am Arm, wurden seine großen Augen feucht, und es sprach aus ihm der Dichter:
Eine kannte ich, sie war wie die Lilie schlank, und ihr Stolz war Unschuld, herrlicher hat Salomo keine gesehen... Zwei Jahre darauf starb auch Goethe und ging ein in den himmlischen Garten.

Verzeichnis der Abbildungen

Titelbild: Herzogin Luise von Sachsen-Weimar
Pastell, Goethe-Nationalmuseum, Weimar

1. Das Fürstenhaus von Weimar

2. Anna Amalia, Herzogin von Sachsen-Weimar-Eisenach. Die Schwiegermutter von Herzogin Luise

3. Johann Wolfgang von Goethe
Portrait von Kügelgen

4. Schloss Belvedere
Kupferstich von C. Müller

5. Carl August, Herzog von Sachsen-Weimar
Gemälde von A. Tischbein

6. Schiller in Weimar
Gemälde von W. v. Lindenschmidt

7. Römisches Haus
Kolorierte Radierung von G. M. Kraus, 1798

8. Caroline Jagmann
Pastell von L. Seidler

9. Maria Pawlowna
Ölgemälde von Tischbein, 1805

10. Herzogin Luise von Sachsen-Weimar, Gemahlin Carl Augusts, im Alter von 53 Jahren
Gemälde von Tischbein

11. Das Weimarer Schloss nach dem Wiederaufbau
Kolorierter Kupferstich von G. M. Kraus, 1805

12. Carl August auf dem Balkon des Residenzschlosses in Weimar

13. Luises Sohn, Großherzog Carl Friedrich von Sachsen-Weimar

Bibliographie

Ernst Beutler: ‚Essays um Goethe', Insel Taschenbuch 1995

Effi Biedrzynski: ‚Goethes Weimar', Artemis & Winkler Verlag, Düsseldorf-Zürich 1999, 4. Aufl.

Eleonore von Bojanowski: ‚Louise – Großherzogin von Sachsen-Weimar', J. G. Cotta'sche Buchhandlg. Nachf., Stuttgart Berlin 1903

Duff Cooper: ‚Talleyrand', Insel Verlag, Leipzig

Siegrid Düll: ‚Das Pyrmonter Brunennarchiv v. 1782', Academia Verlag, Sankt Augustin 1995

Volker Ebersbach: ‚Carl August von Sachsen-Weimar-Eisenach', Böhlau Verlag, Köln Weimar Wien 1998

Horst Fleischer: ‚Vertrauliche Mitteilungen aus Sachsen-Weimar', Thüringer Landesmuseum, Heidecksburg Rudolstadt

J. W. Goethe: ‚Campagne in Frankreich', Reclam Stuttgart 1972

Heinrich Hartmann: ‚Luise – Preußens große Königin', Manfred Pawlak Verlagsges., Herrsching 1988

John Keegan: ‚Das Antlitz des Krieges', Reihe Campus 1991

Manfred Knodt: ‚Die Regenten von Hessen-Darmstadt', Verl. H. L. Schlapp, Darmstadt 1976

Hansjoachim W. Koch: ‚Die Befreiungskriege 1807-1815', Türmer Verlag, Berg 1987

Reinhold P. Kuhnert: ‚Urbanität auf dem Lande', Vandenhoeck & Ruprecht, Göttingen 1984

Andreas Lilge: Bad Pyrmont – Tal der sprudelnden Quellen, Museum Bad Pyrmont 1992

Carl Wilhelm Heinrich Freiherr von Lyncker:
‚Ich diente am Weimarer Hof', Böhlau Verlag, Köln
Weimar Wien 1997

A. S. Manfred: ‚Napoleon Bonaparte', VEB Deutscher
Verl. d. Wissensch., Berlin 1989

Thomas Mann: ‚Lotte in Weimar', S. Fischer Verlag
1939

Walter Markov: ‚Napoleon und seine Zeit', Edition
Leipzig 1984

Doris Maurer: ‚Charlotte von Stein', Insel Taschenbuch
1997

Klaus-Peter Merta, ‚Uniformen der Armee Friedrich
Wilhelms III.', Brandenburgisches Verlagshaus 1993

Alfred Pretzsch, Wolfgang Hecht: ‚Das alte Weimar',
Hermann Böhlau, Weimar 1975

Ursula Salentin: ‚Anna Amalia', Böhlau Verlag, Köln
Weimar Wien 1996

Gustav Sicherschmidt: ‚Friedrich Wilhelm II.',
VGB Verlagsges., Berg am See 1993

Merete van Taack: ‚Zar Alexander I.', Rainer Wunderlich Verlag, Tübingen 1983

Brigitte Vacha: ‚Die Habsburger', Verlag Styria, Graz,
Wien 1992

Henry Vallotton: ‚Metternich', Bastei Lübbe 1966

Wolfgang Venohr: ‚Napoleon in Deutschland',
F. A. Herbig Verlagsbuchhdlg., München 1991

Valentin Graf Zubow: ‚Zar Paul I.', K. F. Koehler
Verlag, Stuttgart